异人崛起
6
辰东 著
继《完美世界》后
辰东又一东方幻想之作
后文明时代的全新历程/突破想象力的极限之作
绝地反击 严寒来袭
天地再次剧变 开启神秘空间
世间的枷锁被打开
全新的世界就此揭开神秘一角
异人崛起
6
辰东
因祸得福实力日益精进
严寒来袭天地再次剧变
奇异藤蔓引人以身犯险
残破建筑连接神秘空间
绝地反击 / 风波未平 / 锋芒毕露
继《完美世界》后辰东又一东方幻想之作
定价：32.00元/册
《异人崛起》第1～6册
全国火热销售中
第7册2019年6月上市，敬请密切关注！

完美世界20

PERFECT WORLD

Oriental Fantasy

辰东◇著

山东画报出版社

图书在版编目(CIP)数据

完美世界. 20 / 辰东著. -- 济南 : 山东画报出版社, 2019.5
ISBN 978-7-5474-3020-0

Ⅰ. ①完… Ⅱ. ①辰… Ⅲ. ①长篇小说－中国－当代
Ⅳ. ①I247.5

中国版本图书馆CIP数据核字(2019)第005975号

WANMEI SHIJIE 20

完美世界20

辰东 著

责任编辑 许 诺

总 监 制 梁 洁

策划编辑 黄香春

统筹编辑 罗嘉蕾

装帧设计 曹希予

主管单位 山东出版传媒股份有限公司

出版发行 山東畫報出版社

社　　址 济南市英雄山路189号B座 邮编 250002

电　　话 总编室（0531）82098472

市场部（0531）82098479 82098476（传真）

网　　址 http://www.hbcbs.com.cn

电子信箱 hbcb@sdpress.com.cn

印　　刷 湖南天闻新华印务有限公司

规　　格 169毫米×233毫米

20印张 300千字

版　　次 2019年5月第1版

印　　次 2019年5月第1次印刷

书　　号 ISBN 978-7-5474-3020-0

定　　价 29.80元

CONTENTS

目录

WANMEI SHIJIE

CONTENTS

目录

WANMEI SHIJIE

第927章 有了

WANMEI SHIJIE

混乱、神秘、危险，那便是“世界坟墓”的环境和氛围。

没有人能说清界坟的最深处到底有什么，它和其他几处古地一样，迄今为止都没有被探出个究竟。

太初古矿的最深处到底藏着什么？

上苍之地，究竟沉睡着怎样的生灵？

……

在这个月夜，众人共同探究疑惑，相互勉励。接下来的历程关乎他们一生的成就。

“修仙古法，必须得有一枚种子，可想要得到一枚无瑕的古种，真的太难了。九天十地目前只有世界树幼苗、宇宙雏形真种等少数几种仙种，仙种可遇不可求。”清漪轻声叹道。

至于曹雨生、长弓衍、龙女以及凤舞等人，他们虽然修今世法，但是也都到了关卡处。

就在不久前，长老说要带众人去一处“祖穴”，那是一个可以孕育神胎的奇异古地。

若是有机缘，便可以在那里实现大涅槃，从肉身到元神都完成蜕变，这等于能够扭转人生。

若是涅槃成功，此后的修行之路就会更加光明，成为一片坦途！

“据闻，那处‘祖穴’孕育过仙道生灵，他们刚一出世，就成仙了！”曹雨生叹道。那是发生在上一纪元的事。

有人推测那是一个天地胎盘，能孕育万物，夺乾坤造化，改变生灵的体质。

“当然，如果无缘的话，就算进了那处‘祖穴’，也可能什么都得不到。”

长弓衍正色道。

这一次，石昊等修仙古法的人要去寻古种，而长弓衍等修今世法的人则要去改变自身的命运。

对于他们来说，虽然走的路不同，但是这次远行对他们两类人而言都事关重大！

月光下，一道轻盈的身影走来，袅袅娜娜，莲步轻移，曼妙动人。

她肤色雪白，身穿黑色纱裙。其天鹅般的颈项、象牙般洁白的手臂、修长的腿，无不让人心动。

她是魔女，瞳孔如同黑宝石般闪亮，一头秀发随风飘动，似是月下起舞的精灵。

人还未至，就已经闻其笑声。

“到底还是出现了，我以为你故意躲着，不想见故人呢。”石昊为魔女倒了一杯美酒，这样说道。

“我的确是有意躲避，这不，刚来就有点后悔了，你旁边那个女子已经目露凶光了。”魔女笑盈盈地说道。她这些日子不出现，就是为了避开清漪，两人当年可是势同水火，针锋相对。

当然，魔女主要针对的还是月婵，因为清漪是次身，所以就顺带着遭殃了。

要知道，当年清漪被擒，与石昊产生各种纠葛，都是拜魔女所赐。如果没有魔女，石昊和清漪之间也许就不会发生那么多事情了。

清漪轻哼一声，明亮的眸子射出两道光芒。她虽然没有动手，但是明显对魔女心怀敌意。

“喂，清漪小妞，你这是什么态度，我可是你们的媒人！如果没有我，你们如今会这般甜蜜吗？”魔女笑道。

“哧！”

清漪的目光和魔女在空中相遇，现场的气氛顿时紧张起来。

“大家都是朋友，别伤了和气，没有必要如此。”龙女赶忙打圆场，这样说道。

太阴玉兔笑嘻嘻的，抱着雪白的麒麟幼兽，一副唯恐天下不乱的模样，叫嚷道："两位姐姐不如对决一场。"

清漪当即瞪了太阴玉兔一眼，心想，这小丫头和她都这么熟了，还曾在仙古遗地中共患难呢，居然在此时起哄。

"都是朋友，有话好说。"石昊也劝道。

对峙片刻后，魔女和清漪收回了各自的神力，不再理会对方。

众人也坐下了来，畅享美酒佳肴，气氛再次热闹起来。

然而，魔女突然冒出来的一句话让所有人都大吃了一惊。

"你不是有了吗，怎么看不出来？"魔女随口问道。

清漪一下子没有反应过来，太阴玉兔倒是扑闪着大眼睛直接问道："什么有了？"

"我是说清漪。在下界时，我就听闻她在仙古遗地有了，生了吗？"魔女笑问道。

"噗！"

一时间，酒浆四溅，几乎所有人都将还没来得及喝下肚的酒喷了出去。正在享用美味的人也是一样，嘴里的食物不是喷到了地上，就是喷在了旁人身上。

清漪面色通红，羞怒交加，差点将身前的玉石桌掀翻。

"据我所知，你已秘密生下了，男孩还是女孩？"魔女好奇地问道。

"哇，真的假的？清漪姐姐你真不厚道，这种事情居然这么久都不告诉我！"太阴玉兔兴奋地叫道。

众人瞠目结舌，有些搞不清楚状况。有些人虽然知晓石昊曾与清漪在三千道州的仙古遗地中发生了一些事情，但是没想到两人发展得如此迅速。

这时，秦昊插了一句："大哥，你们有了孩子，怎么不留在三千道州？父亲和母亲很想念我们，将那孩儿留给他们照顾也好啊！"

清漪气得说不出话来，再也坐不住了。

更过分的是，石昊竟有些心虚了。他傻傻地看着清漪，结结巴巴地说道："真……真的有了？在哪儿？"

清漪不知道说什么好，心想：这兄弟两人真不愧是一个娘所生，连表情都一模一样。

至此，别说是几个知晓秘密的人，就连不知情的人也明白了石昊和清漪之间发生了什么事。

“这是喜事啊，大喜，值得庆贺！”曹雨生突然拍桌子大叫道。

“恭喜，贺喜！”就连长弓衍这种不爱说话的人也赶忙开口道喜。

这下，清漪完全清醒了，从气得发抖的状态中恢复过来。她狠狠地用拳头捶打近在咫尺的石昊，恨不得让他从眼前立刻消失。

清漪实在是被气坏了，这家伙平时很精明，可刚才居然表现出一副摸不着头脑的样子！

还有他那个弟弟秦昊，也是一副愣头青的样子，让清漪忍不住顺带着把秦昊揍一顿。

石昊虽然平日里很机智，但是此时此刻真的很傻，以为他和清漪真有了孩子。要知道，几年前他还在满世界地抓凶兽，自己都还是一个顽劣少年，现在突然之间有了孩子，实在是难以想象。

“别捶我！”石昊对清漪说道。如果不是他肉身强大，说不定就被清漪打伤了。

“我只是随口问问，真相就自行浮出水面了。”魔女得意扬扬地说道。她自斟自饮，眨着眼睛，如同一只狡猾的小狐狸。

“魔女，你损我清誉，我要和你决斗！”清漪火冒三丈，直接冲向魔女。

月光下，清漪一袭白衣飘舞，如同广寒仙子般美丽灵动。

“还怕你不成，来吧！”魔女应道。她拎着一个小酒壶，朝嘴里倒着酒，面不改色。

“哧！”

随着一声轻响，一黑一白两道身影交织在了一起，衣裙飞舞，有一种说不出的美。

酒宴因此中止了，但众人并不觉得扫兴，反而很开心，皆兴致勃勃地在一旁观战。

只有石昊苦着一张脸，一言不发。他回头看了秦昊一眼，发现秦昊一脸诧异，顿时气不打一处来。

“砰！”石昊直接对着秦昊的脑袋拍了一巴掌。

“哥，你为啥打我？”秦昊面露不解之色，叫嚷道。

第928章 异域来客

WANMEI SHIJIE

月色朦胧，一株古树悬浮在天神书院的上方，那是守护书院的生灵之一——铁血古树。

“有情况，外敌入侵！”在被灿烂星空笼罩的天神书院中，突然响起了示警的声音。

众人皆大吃了一惊，居然有人敢侵扰天神书院，这简直就是天方夜谭——谁这么大胆？

各处洞府和各座灵山的修士们纷纷站起身来，身在碧蓝小湖畔的石昊等人也惊诧不已，全部起身。

铁血古树巨大得如同一座山岳，扎根在虚空中，通体赤红，几乎遮蔽了星月。

这是一株不知道活了多少年岁的古树，它可以守护部落，防御外敌攻击，拥有难以想象的强大力量。

铁血古树曾经是某一大族的祭灵，现在成了天神书院的护山古树之一。

夜空中，七八位长老接连出现，一个个如临大敌，神情凝重，遥望远空。

天神书院自成立以来还从未遇到过这样的事！

要知道，这可是九天十地中的隐世高手联合创建的书院，有绝世高手坐镇，谁人敢进犯？

“在那个方向！”石昊指向西方，说道。一股压迫性的气息席卷而来，浩浩荡荡。

“什么生灵？”有人问道。

天边，星光暗淡，黑雾浮现，一个生灵张开眼睛，眺望着天神书院。

入侵者终于出现了，虽然隔得有些远，但众人还是能够看到一张狰狞的淡金色鬼脸。

金色光芒并没有为其增添一丝一毫的神圣气息，反倒令其显得阴冷和诡异。

“一只大蜘蛛！”太阴玉兔惊呼。那生灵不断接近，逐渐露出本体，似乎比山岳还要庞大。

一个巨大的生灵出现在黑雾之中，一张嘴便有金光冲出，如同火山喷发一般。

这是一只大蜘蛛，通体呈金色。它的可怕之处在于它拥有三颗头，正中间的是蜘蛛头，两侧的分别为人头和狮子头。

之前黑雾太浓厚，众人只能看到一颗头，现在夜风吹来，雾霭稍微散开了一些，巨大生灵的真身才清晰可见。

“天啊，这是三头王！”有人认出了巨大生灵，当即脸色大变。

这个生灵不属于这一界！

这不是异域的生灵吗？怎么会出现在这里？

这只三头王太强大了，实力远胜于石昊曾经打败的那只，一般人无法与之抗衡！

“三头王是异域的王族，数量稀少。这是一个绝代高手！”一位长老神色冷峻，解释道。他手中握着一杆战矛，那战矛赤红如玛瑙，散发着煞气，锋利无比。

天神书院的长老平日间极少使用兵器，今日刚见到对手，就手持战矛，足以说明这个异域生灵有多难对付。

这时，一种晦涩难懂的古老语言响起，这个比太古魔山还要庞大的生灵开口了。

一瞬间，群山万壑仿佛都在跟着三头王的声音晃动。

“它在说什么？”有人问道。

“它在问谁打败了它的后人。”懂得以神识传音的人解释道。

此时，众人无不感到毛骨悚然，三头王是怎么过来的？难道异域的生灵要闯入九天十地了？

上一次，在仙家战场遗迹通过乾坤袋开启时空之门之后，一群实力相对来说不算强的异域生灵就曾出现过，不过当时它们只能站在一定的范围之内，不能肆无忌惮地攻过来。

眼前这三头王是怎么来到此地的？它有什么特别的手段？

“天啊，成年的三头王，谁可与之匹敌？天下真的要大乱了吗？异域的生灵要攻过来了！”

“为何会如此，两界要交战了吗？那世间岂不是要烽火连天、兵荒马乱了？”

天神书院的众人纷纷议论着，觉得没有比这更糟糕的事情了。

“三头王的真身还没有过来，这是利用祭坛传送过来的虚影，不然的话，凭它的实力多半会压塌虚空。”一位长老看出了究竟，解释道。

这时，一座祭坛浮现出来，巨大且陈旧。这是仙古遗物，早年埋在地下，现在才显现出来。

祭坛上有许多繁复精美的纹路，同时还有一种特别的魔力，仿佛能把人的心神都吸进去。

祭坛发出光芒，映射出三头王的身影，让它展现在众人面前。

“这是异域生灵于仙古纪元时留下的祭坛，祭坛虽然不能将他们直接传送过来，但是可以投下虚影。”三长老为众人讲解道。

“当年，大劫过后，长生世家中活下来的人在九天十地中摧毁了不少祭坛，可终究还是遗漏了一些。”另一位长老补充道。

众人这才知道是怎么回事。

“它到底想怎么样？”一个年轻人不明白为何三头王会突然现身，问道。

并不是所有人都能感应到三头王的神识，即便它只是一道虚影，也很可怕，一般人的神识探过去就会被反弹回来。

“它要派一个使者过来，送一封书信。”感应得到神识的人解释道。

“什么？！一个使者要过来？异域的生灵能贯通两界了？”其他人有些害怕，颤抖着问道。

数不清的符文从古老的祭坛迸发而出，形成了一扇门，那扇门在虚空中缓缓开启，强行连接了异域和九天十地。

刹那间，众人听到了惊天动地的嘶吼声，异域的生灵咆哮着、挣扎着，似是想挣脱牢笼。

异域有不朽者和最强大的一批古老生灵，也许连上一纪元的征战者都还活着呢。

“嗒嗒……”

脚步声传来，不紧不慢，有人向着这一界走来。

这个人体外的甲胄将他护得严严实实，他的面部都被头盔遮住了，全身上下只露出一双眼睛，不知是男是女。

众人不禁倒吸了一口凉气，这个异域使者穿戴的甲胄是由仙金制成的，乌光闪烁。传说黑色仙金寓意不祥，十分诡异。

黑暗仙金甲胄！

这个异域使者身上居然穿着如此贵重的甲胄，实在令人惊讶，黑暗仙金可是世间最稀有的天材地宝之一。

黑暗仙金乌光点点，如同墨玉般，尽显雍容华贵。

“这个异域使者好像是个女子，不然怎么会以蒙面示人？”一个弟子猜测道。

这时，异域使者仰望星空，抬起双手，深深地吸了一口气，像是在领悟着什么。他身上的甲胄开始发出光芒，许多符文亮起，无比耀眼。

“他分明是在探测这一界的法则，为全面进攻九天十地做准备。”一位长老说道。

很快，异域使者的甲胄颤动起来，发出乌光，护住全身。

“我们依旧被这一界排斥，这种情况何时才能改变？”祭坛上，三头王低语道。

“异域使者，有什么话请说。”一位长老淡淡地说道。

穿戴黑暗仙金甲胄的异域使者跳下了祭坛，在虚空中自在迈步，向着天神书院走去。

所有人的脸色顿时就变了，这可不是虚影，而是真身！

一个活生生的异域使者就这样过来了！

第929章 黄金血

WANMEI SHIJIE

夜空下，异域使者一步一步地走着。他身材修长，冰冷的黑暗仙金甲胄上乌光闪烁，散发出一股恐怖的气息。

众人看不见使者的真容，而他又来自异域，这一切显得无比诡异，众人的目光都不由自主地落在了他的身上。

“你这是在挑衅吗？在这里了解情况，然后带消息回去，为攻打我们做准备吗？”天神书院的一位长老喝问道。

“他是使者，只是送信而已，你们多虑了。”祭坛上，庞大的三头王开口了。

三头王的形体十分巨大，就连它说话的声音，都隆隆如雷鸣。

“将信拿来！”一位长老朗声道。

穿戴黑暗仙金甲胄的使者上前，“嗖”的一声，一封信从甲胄中飞了出去，直接投至那位长老的手中。

天神书院的数位长老凑了过去，看过信后，勃然大怒。

“劝我等归降？真是笑话！”四长老冷笑道。

“信中有写到，赐予你等永生。”三头王淡淡地说道。

祭坛上，金黄色的光芒闪烁，三头王巨大的躯体伸展开来，很是恐怖。此时的三头王虽为虚影，但也不是一般人可以对抗的。

“说得真好听，赐予我等永生？这世间有几个生灵能真正永生？当年你们跨界而来的先祖如今还剩下几人，他们挡得住岁月的流逝吗？”五长老面带怒色，斥道。

“来这一界征战的前辈不曾老去，他们是永存的！”三头王严肃地纠正道。

听到这些话，在场的人内心深处不由得生出了一种无力感，也许不需要与异域对抗了，结局早已注定。

“不要气馁，他们如果足够强大，早就过来了，何必费尽心机来游说我们。”这时，很少露面的二长老开口了。

“也是，能活下来的先祖有几个？三头王不过是恐吓我们罢了。”曹雨生说完，一群人也跟着响应。

“我等愿意建造一个神国，帮助这一界的每一个人成为不朽者！”三头王这般说道。

“真是说的比唱的都好听！”二长老一脸不屑，讽刺道。

“要说的话我等都已经写在信中，为举世生灵谋求永生的计划也列在了其中，你们当仔细研读。”三头王强调道。

“举世同永生，你这是在梦呓吗？”四长老冷笑起来。

“这一界有些人不了解我等，以讹传讹，说我等穷凶极恶，罪恶滔天。我等会用行动证明，那些都只是虚假的传闻。”三头王郑重地说道。

众人愕然，三头王到底给了长老一封怎样的信？它居然说异域的生灵很温和，这也太离谱了吧。

在众人的印象中，异域的生灵从来都是穷凶极恶的，现在异域的三头王居然说要做造福众生的好事。

“休要胡言乱语，你们不过是想了解九天十地的情况罢了，扯这些乱七八糟的事情做什么？！”三长老喝道。

随后，三长老认真地打量着眼前的异域使者，可是任他怎么琢磨，他也看不透这个异域使者的年龄、性别等。

“轰！”

伴着惊天动地的一声巨响，天神书院的五长老突然出手，欲禁锢这个异域使者的元神。

“当！”

五长老击中了黑暗仙金甲胄，碰撞的声音如同敲在金石上般清脆，那是仙金在鸣响，它抵挡了神力。

“你要除掉使者吗？”三头王的声音从远处传来。

“别以为我不知道你在想什么，你不就是想利用他为你们探测天地的法则与限制吗？休要妄想！”五长老呵斥道。

这次，五长老动用了道行，释放出神力，准备将那穿戴黑暗仙金甲胄的异域使者擒住。

“谈永生，你们不信；如今有一个十分不简单的人站在你们面前，你们也认不出——还是说，你们早就将他们遗忘了？”三头王感叹道。

众人一头雾水，三头王想表达什么？

就在这时，三头王出手了。

“哧！”

一声轻响过后，蛛丝如瀑布般在星空下洒落，晶莹发亮，让人胆战心惊。三头王分明就是一只大蜘蛛的变异体，因为它在吐丝结网！

更让人吃惊的是，三头王吐出的蛛丝竟禁锢了那个使者，挡住了天神书院的五长老。

三头王虽是虚影，但能主动出手！

一道神光冲过，在铿锵声中，三头王念起了咒语。黑暗仙金甲胄开始发光，而后破裂，“噗”的一声，异域使者负伤了。

“它怎么伤自己人？疯子！”一个弟子惊呼出声。

“那是血液，金色的血液！天啊，这异域使者是什么来头？”其他的弟子惊叹道。

金色的血液圣洁又美丽，散发出一种难以形容的独特气息。

这引起了不小的轰动，有些族群的血液确实会发出金光，不过与眼前所见的这种金色血液绝对不一样。

“为什么会流出金色的血液？这异域使者究竟是什么来头？三头王分明话中有话，这到底是怎么回事？”几个弟子小声议论道。

弟子们十分不解，眉头紧锁。

几位长老变了脸色，五长老见状也停止了攻击。

“是那种血液，没有错！”一位长老激动地说道。

“想不到漫长岁月过后，这种血脉还能再现世间，真是一个让人振奋的好消息！”二长老也很高兴，感叹道。

几位长老激动不已，连手指都微微颤抖起来。

“呵呵，总算有人还记得。”三头王笑道。

“请问前辈，这究竟是怎么回事？”书院中的一个弟子提出了疑问。

“他是守护者的后裔，唯有这一脉的人血液最神圣，是金色的！”二长老答道。

众人大吃了一惊，这异域使者居然是守护者的后裔！

“那是什么时代的人？”又一个弟子问道。他虽然猜到了大致的时代，但还是想求证一下。

“仙古纪元。守护者一脉为这一界付出了太多，虽人丁稀少，但征战不止，抵御外敌。”二长老解释道。

守护者一脉以守护这一界为准则，立下无数大功，他们有一个明显的特征，那就是血液是神圣的金色。

所有人都以为守护者一脉彻底灭绝了，没有留下任何后裔，没想到今日三头王居然带来了一个体内流淌着金色血液的人！

据说，守护者一脉之所以强大，是因为金色血液为他们提供了无敌的力量。

“这是守护者的后裔，怎么会在你们那一界？”就在此时，大长老也被惊动了。

原来守护者并未绝后，那么这个守护者的后裔肯定要被重点保护起来，因为守护者一脉为这一界付出了太多！

无论如何也不能让守护者绝后，毕竟他们昔日立下了盖世功劳，若是绝后，那就太可惜了。

“你是什么意思？”四长老喝问道。他不明白三头王为什么要带来一个这样重要的人物。

“我们研究了很久，发现所谓的无敌血脉，也就是守护者一脉的血液的颜色是会变的。这次我将守护者带回来就是想让你们看一看，好弄清楚真相。”三头王这样说道。

在场的人自然不信三头王的话，它怎么可能随意送回一个体内流淌着金色血液的人?

第930章 黑血

WANMEI SHIJIE

金色的血液灿烂又耀眼，吸引了所有人的目光，三头王和几位长老的对话更让人目瞪口呆。

三头王打伤异域使者，使其血液展现在众人面前，到底有什么目的？

黑暗仙金甲胄重新发光，包裹了异域使者，他只是破了点皮，伤势并不严重。

“你到底什么意思？”天神书院的五长老再次喝问三头王。

难道三头王知道他们不忍看到守护者的后裔殒命，想借此提出无理的要求吗？

“别急，慢慢看。”三头王淡淡地说道。

接着，三头王催动神力，身体发出刺目的光，无形之力笼罩了洒落在虚空中的金色血液。

只见金色血液刹那间化成了雾气，熠熠生辉。

随着三头王力量的压制，金色血雾发生了奇异的变化，竟生出了一丝戾气。

众人不解，这只是部分血液而已，至尊可以直接将其炼化，可它怎么一直在变化，始终不灭呢？

金色的血液很有灵性，或者说有一种顽强的生命力，越是受到压制，变化就越明显。

因此三头王虽用了全身的力量截断虚空，化一方天地为熔炉，但也无法彻底毁灭金色的血液。

这时，一部分金色血液逐渐暗淡下来，先是被蒸干，留下一些金色物质，而后化为灰烬，还有一部分金色血液则仍在挣扎。

这的确很神奇，不过是血液而已，怎么会如此强大？

看到这样的场景，众多弟子皆大吃了一惊，天神书院的长老们更是脸色大变。

那部分仍在挣扎的金色血液渐渐变成黑色，到了最后竟如同墨水般漆黑，这血液的前后差异太大了！

一开始，金色血液灿烂耀眼，充满神圣气息，现在却黑得瘆人，无比诡异，给人一种不详的感觉。

为什么会有这种变化？所有人都疑惑不解。

这时，三头王开口了："看到了吧，你们的守护者，号称拥有最神圣的血液和无敌的体魄，可本质是什么？如果不断压制金色血液，就会发现血液的金色只是表象，血液中隐藏着邪恶的力量！"

"你施展了手段！"天神书院的四长老不相信三头王所说的话，反驳道。

"我不过是一道虚影，只用了纯粹的力量压制此血，结果它便露出了本来的面目。"三头王说道。

"你想表达什么？"一位长老问道。

"我想说，你们虽然生在这一界，但是对这一界了解得不一定比我们多，连你们的守护者都有隐秘，可见这一界是多么复杂。"三头王表情复杂，这般说道。

"那又如何？血液的颜色能代表什么？这有什么意义？"天神书院的四长老反驳道。

"怎么会没有意义？金色血液流淌时，释放的是神圣的力量，可是，当血液变成黑色后，就只剩下了残暴和戾气，与之前截然不同。你们觉得一个人身上的血液有两种不同的表现形式，这正常吗？所谓的守护者来头很大，大到几乎已经超出了你们的想象！"三头王一连说了好多话。

"胡说八道！"天神书院的人都不相信这话，大声呵斥道。

"真相就是如此，守护者一直都在遮掩真身，就如同你们这一界一般。这一界远比你们看到的复杂，实际上始终有一只无形的手在主宰着一切。拥有金色血液的守护者，对你们而言是最危险的。"三头王神情凝重，这般说道。

后方，石昊思忖着三头王的话，心中颇不平静。他很清楚，异域的生灵战胜后没有在这一界停留太久，就退走了。这始终是一个谜，至今所有人都不知晓当初到底发生了什么，难道那与三头王说的一些情况有关？

“休要挑拨离间！”五长老怒斥道。

“呵呵，不相信就算了，你们早晚会明白的。你们可以去求证，我们曾在太初古矿挖出一些尘土，发现古矿最深处有黑血涌出。”三头王不紧不慢地说道。

“你……什么意思？”四长老心中一惊，问道。那个地方太古怪了，埋藏有长生药、仙器以及无上经文等，谁知道最深处会埋藏着什么呢。

“你们这一界很复杂，我们可以无所顾忌，你们却……”三头王欲言又止。

“有什么话都说出来！”三长老朗声道。

“等我们降临吧，那一天不会太久。这一次我们会排除所有障碍，包括古矿、仙渊、上苍之地以及它们背后的……”说到这里，三头王突然打住了，不再细说。

“虚张声势，胡言乱语！”二长老喝道。

此时，长老们有些后悔当众与三头王对话，因为这些话太容易动摇人心了。

“所谓的不朽者也有固定的寿命，你们的先祖终究是要殒命的。你们若是再敢出现在我们这一界，难逃一死！”一位新晋的长老对三头王怒目而视，呵斥道。

听到这话，三头王大笑起来，道：“真是可笑，何为不朽者？不朽者是永恒不灭的生灵，连仙都可以打败！他们战胜了仙古纪元所有的高手，你以为是凭你几句话就能打败的吗？”

说到这里，三头王开始对所有人传音：“大乱将至，希冀永生，可每日叩拜我界的诸位大人。不久后，他们的神像将会出现这一界，你们可兴建神庙，供奉之！”

“轰！”

惊天动地的声音响起，几位长老联手催动十界图，试图毁坏祭坛，不让三头王继续说下去。

同一时间，九凰炉变得如同烈日般火红，带着熊熊大火向三头王冲去。

“就这么送别我啊？不用如此客气，相信我们很快就会再见面，不过到时候就不会像现在这样分别处在两界了。”三头王说完，身影逐渐消失，直到那座祭坛轰然倒塌。

那个穿戴黑暗仙金甲胄的异域使者没有离开，被三头王留在了这里。

四长老与五长老亲自上前，将异域使者堵住，不让他离开。

“这是我留给你们的礼物，守护者一脉有着天大的秘密，希望你们通过他们的后裔查明真相，弄清楚黑色的血液到底代表什么。”三头王的声音传来，之后它便彻底消失了。

“当心点儿，异域生灵本性残暴，它可不会无缘无故地帮助我们！”三长老提醒道。

天地间一片寂静，所有人都盯着那个穿戴黑暗仙金甲胄的异域使者，三头王特意留下他，众人相信他身上肯定藏着一个惊天动地的大秘密。

第931章 守护者一脉

WANMEI SHIJIE

两位长老先以强大的法力压制这个穿戴黑暗仙金甲胄的异域使者，再用一条无比珍稀的神链将他困住。

没有人敢大意，因为这个使者来自异域，虽然三头王说他是守护者的后裔，但谁也不敢保证三头王说的是真话。

“押回去！”二长老命令道。一行人开始往回撤。

很多人亲眼见到了这一幕，消息传回，天神书院瞬间就沸腾了！

三头王的出现本就惊动了不少人，到了现在，连一些闭关的人都出来了。众人得知长老们擒下了一个异域使者，都想来一探究竟。

漫长岁月以来，这里的人能见到几个异域生灵？

天神书院沸反盈天，所有人都来到了一座神山下，山上有一座气势宏伟的青铜建筑物。

天神书院的弟子们在山脚下走来走去，坐立不安。

消息实在太惊人了，仙古纪元守护者的后裔拥有金色的血液，而且其金色血液还可以变成黑色，神圣与黑暗并存，这一切都显得很神秘。

三头王的一番话在不少人心中留下了深刻的印象，所有人都想第一时间知道这到底是怎么回事。

石昊有幸登上了这座巍峨的神山，山上紫气缭绕，药草遍地，还有多处由灵穴建成的洞府。

山顶，青铜建筑物尽显岁月的沧桑，让人不由自主地回想起往事。

除了石昊，一同上山的还有他的仆从——莫道。

事实上，石昊能够来这里是沾了莫道的光。莫道来自异域，见识颇广，长老们希望借助他的学识辨认异域使者的身份。

宽阔的大殿中，仙气弥漫，显得神圣而超俗。

殿中摆着十几个蒲团，上面盘坐着一道道模糊的身影，仿佛古老的神祇被供奉在庙宇之中。

那些身影都是天神书院的长老，平日不可能一下子出现这么多。主要原因还是这次事情关系重大，守护者后裔的出现，牵动了长老们的神经。

“莫道，你见过这个人吗？”这时，一位长老缓缓开口了。他的体外雾霭弥漫，整个人散发出强大的气息。

“穿戴黑暗仙金甲胄，真正的无上皇族也没有这样的气势，我不曾见过。”莫道应道。

殿宇中，穿戴黑暗仙金的异域使者被神链捆得结结实实，除此之外，他没有受到什么严酷的刑罚，长老们并不想苛刻地对待他。

如果不是长老们对异域使者心有疑虑，他肯定会享受最高级别的礼遇。在九天十地中，守护者一脉值得所有人尊敬。

“去掉他的黑暗仙金甲胄！”二长老朗声道。

异域使者身上的神链被松开了，黑暗仙金甲胄闪烁着神秘的乌光，颇为亮眼。黑暗仙金可炼制成仙道兵器，是世上最珍稀的天材地宝之一。

“咔嚓！”

甲胄被取下，异域使者丝毫没有要反抗的意思，颇为从容，默默地站立在殿宇之中。

“真是稀世宝物！”石昊赞叹道。黑暗仙金甲胄颜色乌黑，其上密布着唯美的纹路，随着神力的渗透，甲胄逐渐变得比美玉还细腻。

随着黑暗仙金甲胄被取下，异域使者露出了真容。

石昊不禁有些吃惊，修长的身材，精致的面孔，一头金色的长发——这是一个女子吗？

“不对，有喉结。”石昊自言自语道。原来是个男子，生得这般美丽的男子十分少见，估计很多女子看到他都会自惭形秽吧。

在石昊看来，恐怕只有白衣宁川能与这个男子媲美了，两人都俊美得过分，甚至超过了很多女子。

这个男子身体表面有金色的神焰在跳动，像是因为发怒才如此，可见他对这九天十地中的人没有什么好感。

不过，很快这个男子恢复了平静，与此同时，神焰逐渐消失，他的长发也由金黄色变成了黑色。

“金色的血液沸腾时，护体神光升起，肌体和头发都璀璨得如同由黄金铸成的一般，与书中记载的守护者特征相符。”一位长老说道。

“你认识他吗？”这个时候，殿宇中的长老再次问莫道。

“不认识，没有见过。”莫道的回答和第一次一样。

众人默然，其实他们也能料到这一结果，因为莫道来自边荒外围，而不是那让人忌惮的异域。

“你叫什么名字？”三长老问那个男子。

那个男子生得颀长而白皙，头发乌黑，双目如同两颗宝石般发出神圣的光芒，一看就是出类拔萃的人物。

“独孤云！”出乎众人的意料，男子居然回答了。

“你真的是守护者的后裔吗？”三长老继续问道。

听到这个问题后，独孤云的目光中顿时显露出几分恨意，满头乌黑的长发也变成了金黄色。

“我只知道我的三位先祖被这一界的人加害了，被曾经守护过的人出卖了！”独孤云愤怒地说道。

众人面面相觑，很是尴尬。

按照独孤云所说，当年的守护者一脉是因遭到这一界的人背叛而不幸殒命的，他的话如若属实，那实在是这一界的一大耻辱！

事实上，出土的骨书和一些长生世家的玉石册上都有模糊的记载，当年守护者一脉之所以不幸悲壮地战死，确实是因为内部人的出卖。

“无论什么年代，总有一些人犯下大错，做出让人不可饶恕的事。”一位长老叹了口气，道。

“异域生灵说的话不能全信！”另一位长老突然开口了。

“关于先祖的死，这种大恨……已经烙引在我的骨子里！”独孤云眼神深邃，像是能透过时空看到仙古旧事，愤愤地说道。

“我的血液里有神识碎片和先祖的印记，我能够看到昔日发生的事！”独孤云强调道。

众人闻言，皆大为震惊，守护者一脉果然与众不同，连先祖的印记都能藏在血液之中，实在令人难以置信！

“你的祖上值得我们尊敬，那些加害你祖上的人应该都已经归于尘土了，再去追究这些也没什么意义了。”一位长老劝道。

“那些人不一定殒命了，我此次来就是为了找到他们！”独孤云毫不掩饰地说道。

听到这番话，所有人都不知道该怎么劝解独孤云了，无论如何独孤云都不能出事，因为他可能是守护者仅有的血脉了。

可是，如果独孤云执意清算以往的恩怨，长生世家很有可能会被牵扯进去，那事情就麻烦了！

听闻当年的人都去世了，仙古纪元的强者也都殒命了，再去清算恩怨已毫无意义了。可是，他们应该如何劝独孤云放下仇怨，打开心结呢？

就在众人束手无策之时，一位长老突然上前，向独孤云道了一声“得罪”，接着取出一根神针，刺破他的肌肤，取了几滴血液。

在场的人都很谨慎，虽然初步认定独孤云是守护者的后裔，但还是要通过实际的证据来确证。

骨书中记载了数种检验守护者血脉的方法。

那位长老退到了后殿中，跟着他离去的还有几人，他们一起以仙古法探查金色血液，想知道独孤云守护者后裔的身份到底是真还是假。

很快，结果出来了，几位长老脸上带着激动之色而归。

“是真的，用几种仙古法检验的结果表明都没有错！”二长老朗声道。

“请坐！”一位长老对独孤云说道。这时，几乎所有长老都用热切的目光看着独孤云，态度完全不同了。

长老们对守护者一脉很是尊敬，独孤云虽是从异域回来的，但从此刻起也颇受他们的喜爱。

此外，所有人都知道，拥有金色血液的守护者一旦成长起来，前途不可限量。

在人才辈出的仙古纪元，拥有金色血液的守护者是最强的四大血脉之一。

长老们相信，他们有办法感化独孤云，让他心甘情愿地回到九天十地，成为未来战场中的重要一员。他们可以通过吟诵古经抹去独孤云异域的印记，使其真心向善。

“你们想同我并肩作战？”独孤云不待众人回答，便直接说道，“和那一界的人相比，你们实力太弱了！”

“不对战怎么知道，你是不是要告诉我们那边的情况？”四长老问道。

“这一界的生灵太弱了，不仅无人可与不朽者抗衡，而且年轻一辈与那一界的相比也实力悬殊。”独孤云一脸不屑地说道。

“何出此言？我们这一界也有一些了不得的年轻奇才，不会比异域的人差！”一位长老有意刺激独孤云，想让他说出更多消息。

“了不得的年轻奇才？可否与我过上几招？能与我的金色血液抗衡吗？这一界的奇才根本不是那一界某些古老皇族年轻人的对手！”独孤云面露讥讽之色，道。

第932章 横扫

WANMEI SHIJIE

“这么长时间了，山上怎么都没消息，那个人真的是守护者的后裔吗？”山下有人提出了疑问。

神山脚下的弟子还在焦急地等待着结果，因久久没有听到消息而显得有些焦躁不安。

“我看多半是异域的阴谋，不然他们怎么可能会放这样一个人回来！”有人这样说道。

众所周知，异域的人不会做什么对九天十地有利的事，三头王这样做肯定有什么目的。

山顶的青铜建筑物内，气氛沉闷。长老们多次劝阻未果，独孤云执意要找到那些害过他先祖的人。

“这么多年过去了，别说当初的那些人，就是他们的后裔多半都殒命了，由他去吧。”二长老开口了。

一番对话后，长老们了解到独孤云提到的仇人应该不属于今世的长生世家，便不再有所担忧了。

可是，对于独孤云的金色血液为何会变成黑色这一点，长老们仍心存疑虑。后殿的几位长老经过数次试验，还是无法给出合理的解释。

长老们眉头紧皱，独孤云则沉默不语。

“下山了，他们出来了！”山脚下，有人喊道。

弟子们看到一个人从古老的青铜建筑物中走了出来，他一头乌黑的头发披散着，在朝霞的映照中，整个人笼罩着一层神圣的光辉。

“咦？一位绝代佳人！”有人大声道。

这句话瞬间引起一片哗然，所有人的目光都被独孤云吸引了。同时，人们也很疑惑，他为什么就这样下山了？居然没有任何人限制他的行动。

“不对，是男子，并非女子！”有人失声惊呼。

“啊，真是男子啊，太俊美了！”一些少女顿时觉得有些自愧不如，羡慕之余又有一丝不悦。

一些人叹道：“异域使者一定是守护者的后裔，不然长老们怎么会还他自由身？拥有金色血液的人未来必定无敌！”

独孤云的出场引起了众人的热议，许多人双眼放光，心绪难平。

有一部分人清醒地知道，长老们不可能真正地放任独孤云自由行动，暗中肯定会派人监视他，不然到时候出了大问题，谁也担待不起。

“谁知道他究竟是不是守护者的后裔，说不定是异域生灵冒充的。”一个弟子低语道。

“有谁敢去和他对决吗？看一看传说中的守护者到底有多强！”另一个弟子提议道。

“不错，这是个好主意。至少可以通过他来了解一下异域的生灵到底实力如何，是不是像传闻说的那么可怕。”其他人也赞同这个提议。

众人议论纷纷，有些人不太服气，一副跃跃欲试的样子。

然而，事情的发展出乎了众人的预料。独孤云下山后，冷冷地瞥了众人一眼，竟主动提出与他们对决。

“这样的乌合之众也想与异域的生灵决战，简直是自不量力！”独孤云的声音不大，却传到了山脚，不少人都听到了。

一些人脸色骤变，迫切地想和独孤云决一胜负，有些人更是直接上前拦住了独孤云的去路，似乎要在此地出手。

神山上的青铜建筑显得异常静谧，没有一个长老出来，显然是一副放任不管的态度。

“你们很不服气吗？这就是事实，一群实力弱小的人！异域的古老皇族子弟，即使只来一个也可以把你们全部打败！”独孤云的言辞中满是轻蔑之意。

“大言不惭，让我来看看你究竟有什么本事！”一些人再也忍不住了，猛然向前冲去。

“太弱了，你们一起动手吧！”独孤云说完，便将手缓缓向前推去。沉闷的声音随即响起，如同雷鸣。

独孤云的手落下时像一方天穹倾塌了下来，气势惊人。

“轰！”

随着一声巨响，刚刚冲上去的人才和独孤云打了一个照面，就被击飞了，瘫倒在一旁。

“小心！”后方的人一边喊，一边出手帮伤者化解那股力量。

然而，即便是这么多人同时出手，独孤云的手依旧在向前推进，罡风浩荡，血气滚滚。

“啊——”

出手相助的十几个高手惨叫起来，身体如遭雷击。

独孤云仅凭这一掌，就打伤了十几人，观战的人震惊不已，霎时间哑口无言。

“看来我还高估了你们，像你们这样的修士就是有再多都无济于事，异域的年轻至尊轻而易举就能打败你们。”独孤云毫不留情地说道。

“再来！”后面的一群人仍不服气。他们联手，直接布阵，欲将独孤云擒下。

可惜，这一次他们败得更快，独孤云的速度实在太快，快得众人只看见一道金色的身影闪过。

“轰！”

一群人布下的法阵当即被独孤云击散，他们根本无力反抗。

“可惜啊，并没有发现当年的家族。”独孤云想找到血液印记上所记载的仇敌，这般叹道。

“太精彩了，不愧是守护者的后裔，金色血液无敌，没有人可以打败守护者！”这时，几个少女忍不住称赞起独孤云来。她们脸上露出崇拜之色，目光炯炯，让人有几分不解。

“什么守护者，被人当成俘虏囚禁了多年，早已没了昔日的荣光，他现在站在哪一边都很难说！”一个中年人朗声道。

“就是，一个囚徒而已，哪里还有守护者的风采？”其他人纷纷附和。

独孤云目光冷厉，看向众人，“唰”的一声从原地消失，接连出手，不少人瞬间被打伤。

这下没有人敢出声了，那些心有不满的人也忍住了，不再口出狂言。

“快去请绿陀和王曦，让他们出手。”一个人对另一个人低语道。被一个年轻人轻易打败，大家心里都很不是滋味。

“咦？荒下山了，我们可以请他出手啊。”有人看到石昊下山，当即提出这样的建议。

“荒兄，还请出手相助，压制这个来历不明的人！”有人叫嚷道。

“休要胡言乱语，他是守护者的后裔，长老们已经证实了。”石昊没有半点要出手的意思。

石昊很同情守护者一脉，对独孤云没有任何敌意，只觉得他的经历有些可悲可叹。

“他太狂妄了，不仅看不起我天神书院，还对我们的人大打出手，还请荒兄主持公道！”还是有人不死心，继续劝石昊与独孤云对决。

这时，独孤云也注意到了半山腰的石昊，便说道：“你很强吗？不如我们对决一场！”

石昊瞥了独孤云一眼，虽然如今他的实力已经足够强大，但是他此刻并不想与独孤云对决。

“莫道，你去和他对决！”石昊对莫道说道。

莫道走下山去，头顶浮现出三朵大道之花，整个人气势大增。他也想知道这个拥有金色血液的独孤云到底有多厉害。

“比起你姐姐，你还差得太远，她是个杰出人物，可是你……根本就不是我的对手！”独孤云冷冷地说道。

莫道当即一愣。

一门出了两个至尊，千古罕有，是他们家族最大的荣耀。

莫道的姐姐被不朽者引至不朽的净土之中，与某一古老皇族的人一起修行，实力在他之上。

“你见过我姐姐？”莫道问道。他很长时间都没见到姐姐了。

“见过，真正的天纵生灵我都见过。”独孤云答道。

就在这时，绿陀、王曦以及玄昆等人出现在了山脚。他们一直在等待消息，只是没有在山脚等候而已，一听到异域使者下山的消息，就立马赶过来了。

绿陀、邀月公主以及十冠王等人都是天神书院的佼佼者，散发出的气息如同渊海般深不可测，刚才与独孤云对决的那些人根本无法与他们相提并论。

“很好，省得我去找了，谁敢与我对决？”独孤云问道。

众人面面相觑，这个异域使者也太狂妄了，难道他要挑战这里所有的年轻至尊不成?

“就从你开始吧！”独孤云选中了玄昆。

“轰！”

巨大的声音响起，这场对决开始得太突兀了，双方没有什么交流，直接就打起来了。

独孤云猛地冲向玄昆，结下金色的法印。一时间，山河震动，响声隆隆，独孤云仿佛要颠倒乾坤，以无敌的姿态压制对手。

“好，就让我们看看异域的高手有多厉害。”在后方观战的绿陀等人轻语道。

众人猜测，独孤云的实力应该不会比异域的皇族子弟强。

然而，不到几分钟，众人便脸色大变，因为战斗局面迅速扭转——玄昆不敌独孤云，被一掌击飞，无法起身迎战。

玄昆居然败了!

此时，独孤云的头发变成了金黄色，很是亮眼。他原本容貌俊美，现在变得英气十足，有一种绝世的风采。

独孤云和玄昆的对决结束了，众人震惊不已。

这就是守护者一脉的实力吗?

拥有金色血液的人果然拥有无敌的气魄，难道独孤云要以一己之力横扫天神书院吗?

第933章 圣使

WANMEI SHIJIE

玄昆败了，独孤云取胜。众人大惊失色，难以置信，一位年轻至尊竟如此轻易地就被打败了？

玄昆何许人也？他是修出三道仙气的天纵人物，天神书院中有几人可与他抗衡？

这场对决的结果让众人惊诧万分，玄昆的大败，让众人开始思考守护者一脉的强大力量。

“玄昆不敌守护者的后裔，金色血液真的可以让一个人无敌吗？”有人说出了心中的疑惑。

“一位修出了三道仙气的年轻至尊今日却被人生生压制，遭遇了人生的一大惨败！”也有人感叹道。

玄昆的大败极大地打击了众人的信心，一些人不由得对独孤云产生了畏惧之意。

“下一个，还有谁要出手？”独孤云挑战的热情不减，问道。

此时，别说是其他人，连绿陀、王曦等人都不敢妄动，所有人都看出来了独孤云是一个名副其实的劲敌。

谁都不愿意在这种情况下接受挑战，若是败了，落得和玄昆一样的下场，颜面何存？

“没有人了吗？”独孤云再次问道。

众人相顾失色，发现书院中的高手竟无一个人愿意出手。

众人这才意识到今日的事非比寻常，这位守护者的后裔才对决一场，就已经奠定了无敌之名！

此时，远方传来一阵喧闹声，似乎发生了什么事。

天神书院的门口有人拜访，引起了不小的轰动。

“圣院的使者到了！”

远处传来一个声音，这个突然降临的消息又一次掀起了巨大的风波。早就有传闻说仙院和圣院的人会来，没想到恰巧今日来了。

喧闹声由远及近，众人明显能感受到一群人正向这里赶来。

很快，众人看到了一个年轻人，他头戴紫金冠，身披蛟龙袍，背挂一杆青铜战矛，紫发飘散，双目炯炯有神，气宇不凡。

众人见到这个年轻人，皆被其气势所惊，那种自然释放的气息太强大了。

“谁是荒？”这个年轻人直接问道。他的目光在人群中匆匆扫过，带着一种自负与高傲。

这是谁？竟如此无礼！

众人疑惑不已，来人这般傲然，不像是来拜访荒，倒像是来找荒的麻烦的。

“荒在哪里？”另一个人的声音传来。

众人心头一震，这声音怎么如此耳熟？好像在哪儿听过一样。

众人一边思忖，一边向声音传来的方向望去。

元宏！他怎么又回来了？

元宏不久前在天神书院待过一段时间，他倨傲无礼，不仅非让石昊迎见他，还上演兴师问罪的戏码，最后被石昊教训了一顿，受了重伤。

谁都没有想到元宏这么快又回来了！

“荒在哪里？滚出来！”元宏不耐烦地吼了起来。

元宏是元青之子，身份尊贵，上次他为了元丰之死而来，结果反倒受辱。由于他实在咽不下那口气，因此走后直接与圣院的使者会合，再次来到了天神书院。

“呦，这不是被打得满地找牙的元族高手吗？长老命人将你丢了出去，你还敢回来啊？”曹雨生、凤舞等人躲在暗处传音，让众人都能听到。

元宏的脸色变得极其难看，由白到红，红了又紫。他暗自握紧了拳头，这是对他的嘲讽与侮辱！可他不能替自己辩解，万一天神书院的长老出来了，再次将他赶出去，那他只会更难堪。

“我是随同圣院使者来的。”元宏忍住怒火，沉声道。

“哈哈……太滑稽了，自己被人揍得鼻青脸肿，如今居然搬来一个毛头小子当救兵，真是丢脸啊！”一个嘲讽的声音传来。

“你应该请你的父亲元青帮忙，找一个毛头小子当靠山干吗？哈哈……”另一个人大笑道。

曹雨生和太阴玉兔故意在暗中取笑元宏。

“都闭嘴！”头戴紫金冠的圣院使者眸子射出两道寒光，逼视众人，“荒在哪里？出来一见！”

半山腰上，石昊不慌不忙地往下走，踏着悠闲的步子来到了山脚，道：“嚷嚷什么？有事说事。”

石昊知道来者不善，似乎对他怀有很大的敌意。

传闻元青与仙圣两院有来往，现在看来他的关系确实有点作用，他的子嗣元宏竟陪着圣院使者一同前来了。

“荒！”元宏大叫一声。

“过来说话。”头戴紫金冠的圣院使者招了招手，对石昊说道。

这就像是一个长辈在教育晚辈，随意传唤晚辈，圣院使者完全没有在意石昊的身份。

“你是谁啊？有话就说，我是不会过去的。”石昊冷冷地说道。

“你以为自己有了点成就，就可以无视我了吗？我听闻你是奇才，本想与你好好交谈，你却敬酒不吃吃罚酒，看来我得给你一些教训！”圣院使者怒斥道。

石昊脸色大变，心中暗道：此人屡次口出不逊，实在是太嚣张了！

“闪开，都给我滚！”圣院使者迅速向石昊冲去，喝道。

圣院使者看到挡路的独孤云也毫不手软，欲除掉在他看来碍事的所有人。

“砰！”

伴着一声轻响，独孤云一下子就抓住了圣院使者的拳头。

圣院使者全然不知自己面对的是一个无比强大的对手，刚和独孤云过了一招，整个人就被甩了出去。

圣院使者太轻敌了，要知道站在他面前的可不是寻常人，而是拥有无敌金色血液的守护者后裔独孤云！

“圣使！”元宏在后面喊道。

同一时间，石昊看到圣院使者被独孤云抛到了这边，便迅速出手。

“看招！”圣院使者也看到了石昊，大喝一声。

圣院使者的体内亮起一片片符文，就连他的手指头也闪烁着五彩的光。一时间，符文密布，他向石昊发起猛烈的攻击。

“轰！”

石昊刚施展出一记轮回神通，符文便燃烧起来。

“砰！”

一声巨响过后，圣院使者再次被击飞了，他被轮回神通击中，变得虚弱不堪。

石昊追了过去，又给了圣院使者一脚。

“噗！”

圣院使者其实算得上是年轻人中的翘楚，可他刚遭受轮回神通的攻击，又挨了这样一脚，还是吐了一口血。

不巧的是，圣院使者这次坠落的地方正是独孤云站立的位置，于是他又挨了独孤云一巴掌。

在石昊和独孤云的轮番攻击下，圣院使者有些扛不住了，他方才还趾高气扬，不料转眼就被人打成了重伤。

“你怎么又来了？”石昊不耐烦地嘀咕了一句。圣院使者又被独孤云扇了过来。

石昊二话没说，抬起脚用力一踢。圣院使者怒吼一声，结果还是被踢飞了。

“你竟敢如此，他是圣院派来的人，是一位圣院使者！”元宏大叫道。

“你管我做什么？”石昊冷笑道。

圣院使者贸然攻击石昊，结果成了石昊和独孤云试探对方实力的工具。

终于，目中无人的圣院使者彻底昏厥了过去。

这时，石昊与独孤云两人开始对决。他们连续对了数掌，还是分不出实力强弱。

“你很强！”独孤云对石昊说道。

“你也马马虎虎。”石昊笑道。

可怜的圣院使者恢复了意识，隐约听到了石昊和独孤云的对话，心想，原来他们刚才把他当成了练靶的对象！

“砰！”

独孤云抬脚一踩，圣院使者又一次昏了过去。

“有这样的本事，你可敢与皇族的子弟对决？”独孤云问石昊。

“有何不敢？尽管带到我眼前来！”石昊信心十足地应道。

第934章 目的地

WANMEI SHIJIE

石昊和独孤云两大高手仍在激战，此地狂风大作，山摇地动，许多巨大的石块都在胡乱飞舞。

曾有无数高手在天神书院大战，以仙剑击落漫天星辰，致使地上陨星堆积成山。如今这些陨星在石昊和独孤云力量的带动下旋转起来，漫天飞舞。

一般的人对决根本不会出现这样壮观的场景，太不可思议了！

独孤云的血气滚滚而出，璀璨夺目，整个人如同从仙古纪元走来的战仙般强大。

隐约间可以看到，飘浮在独孤云周围的巨石化成了一颗颗星星，闪烁着点点星光。他推动着星辰，向石昊冲去。

众人目瞪口呆，独孤云竟能推动星辰，这是何等惊人的力量！

石昊面不改色，没有退后一步，他散发出恐怖的气势，实力不容小觑。

“咔嚓！”

石昊一挥拳，无数符文浮现出来，笼罩天地，恐怖至极。被独孤云推来的那些星辰都碎裂了，碎片四处飞散。

“砰”的一声，一块青金色的巨石被石昊一拳击飞，炸裂的石块大小相当于房屋，径直撞向不远处的地面。

圣院使者还在昏厥之中，不幸被碎石块砸中了。他大叫一声，活生生被疼醒了。

“还不快带我后退！”圣院使者怒不可遏地冲元宏喊道。

元宏疾步走到圣院使者近前，他一肚子的火没处发，还要被圣院使者这样呵斥。他本来是想借圣院的势力争回一口气，没想到如今却是两边受气。

“轰隆！”

伴着一声巨响，一块淡金色的石块迅速向元宏和圣院使者所在的方向砸去。

元宏一挥袍袖，直接将石块震碎了，他其实很想对付独孤云和石昊，可又对天神书院的长老有所忌惮。

另一边，石昊与独孤云的战斗已经到了最激烈的阶段。众人惊讶不已，没想到两人都这么厉害。

“那就是无敌金色血液带来的力量吗？太强大了！”几个年轻人惊叹道。

独孤云身上闪烁着金色的光芒，气息恐怖，压得人近乎窒息，周围的石块纷纷崩裂。

石昊却丝毫不受影响，仍不断进攻，一招一式凌厉无比。

“荒真的太厉害了，面对无敌血脉的传承者居然这般从容！”有人忍不住赞叹道。

就在这时，独孤云突然停下了攻击，与石昊拉开一段距离，郑重地道：“你很强，也很特别。”

“服输了吗？”石昊问道。

独孤云并不回答这个问题，转而说道：“你确实有资格与皇族的子弟对决。”

“哈哈，统统击败！”石昊大笑道。

此时，在神山上观战的长老们出面了，他们不想石昊和独孤云继续打斗下去了。

“元宏，你已被逐出书院，还回来干什么？”五长老喝问道。

元宏面色发白，张了张嘴，不知道该怎么应答。

“长老息怒，他是为我引路的，我是圣院使者。”圣院使者解释道。

“你上山来说话。”五长老说完，大手一挥，一道匹练飞出，将圣院使者卷走了。

随后，五长老一挥袍袖，当场击飞了元宏。

众人震惊不已，元宏可是一位高手啊，在长老面前居然如此不堪一击。

“荒，你将他丢出书院！”五长老冷冷地扫了元宏一眼，“元宏你再敢入内，就别怪我们不客气了！”

石昊上前，拎起元宏就走，脸上带着笑意。

元宏的脸色变得难看极了，居然又是这个小子奉命将他扔出去！他火冒三丈，却无可奈何，因为现在的他根本无力反抗。

“啊——”

片刻后，天神书院门口传来一阵凄惨的叫声。许多人跑了过去，想知道究竟发生了什么事情。

天神书院门口，元宏瘫倒在地上，石昊将他身上的法器、丹药等宝物都拿走了。

圣院使者留下一封书信，灰溜溜地走了，颜面尽失。

数日后，独孤云由两位长老亲自护送前往太初古矿，天神书院的众人纷纷猜测独孤云此行的目的。

大半个月后，消息传回说太初古矿发生了异常。

“天啊，守护者的后裔独孤云进入太初古矿后，一待就是数日，最后竟被黑色的血液冲了出来！”

这一事件引起了不小的轰动，天神书院的所有人都惊呆了。

独孤云进入太初古矿数日后，黑色的血液竟如同泉水般从古矿出口喷涌而出。

而独孤云从太初古矿出来时安然无恙，只是脸色铁青，一言不发。没有人知道他看到了什么，也没人知道他在想些什么。

后来，太初古矿恢复了正常，黑色血液的腥味在数日后才彻底消失。

太初古矿中到底有什么秘密？为何会出现黑色的血液？独孤云是否知道其中的原因？

所有人都在猜测，此时有人想起了三头王说过的话。

三头王提到过太初古矿，说他们在太初古矿中挖出过黑血，如今这一说法被证实了。

“呜呜——”

号角声响起，如同从异域传来的一般，沉闷而悠长。一艘数万丈长的银色战舰飞向天空，径直朝着悬在天神书院上方的祭坛冲去。

“目的地——‘世界坟墓’！”二长老一声令下，准备亲自带领着一群年轻奇才去寻找古种。

不仅石昊、王曦、绿陀、十冠王、邀月公主等人一个不少，而且独孤云也在，他们都要进入“世界坟墓”。

“喂，你在太初古矿到底看见什么了？怎么会有黑色血液涌出？”战舰上，石昊向独孤云直接问道。

然而，独孤云沉默不语，似乎什么都不想说。

这时，祭坛发出强烈的光芒，银色的战舰逐渐变得模糊。一群人将从原地消失，前往“世界坟墓”。

“喂，你怎么跟一个闷葫芦似的，到底看到了什么？不妨说来听听。”石昊锲而不舍，一再追问。

其他人虽然不说话，但是都默默关注着石昊和独孤云。

独孤云终于开口了：“你如果很闲，不如养精蓄锐，准备应对界坟中的危险，说不定在那里你可以和某些古老皇族的成员对决。”

“什么？异域的生灵会在那里出现？”石昊睁大了眼睛，难以置信。

“只要你敢不断深入，说不定就能碰到上一纪元被困在那里的皇族成员。”独孤云淡淡地说道。

听到这番话，别说是天神书院的弟子，就连长老们都大为震惊。

“你确定？”石昊问道。

“当年我的先祖亲自将那些人引进界坟，我自然可以肯定。而且，我相信那批大军还活着，甚至还有可能留下了后裔。”说到这里，独孤云心里生出了一股怨恨之感。他的先祖付出了太多，一直尽心尽力守护这一界，最后却惨遭自己人的暗算。

“还有这等事？我们需从长计议，一定要小心谨慎！”长老们说道。他们虽去过界坟，但从未听闻那里有异域的生灵。

众人知道，这一次去界坟肯定能见到一些奇异之物。

界坟是世界的坟墓，那里有一个又一个残破的古宇宙，谁也不知道其中究竟埋藏了多少秘密。

有人在界坟找到世界树，并带出。

也有人在界坟得到宇宙雏形种子，将种子栽种在体内，与之融合。

第935章 残缺宇宙雏形种

WANMEI SHIJIE

幽静的古地，残破的世界，这是一个神秘而妖邪的地方。

银色战舰在这里穿行，舰身留下了不少时光的痕迹。不少人都发现了这一异常，无不目瞪口呆，途中发生了什么？

在途中，他们精神疲惫，仿佛大睡了一场，之后便从虚无的空间中穿越了。

银色战舰上强大而密集的符文形成了一片光幕作为保护，即便如此，战舰还是受到了侵蚀。

如果不是有战舰和符文光幕的保护，众人很难想象会经历怎样可怕的事。

放眼望去，四周全是各种残破之物，一颗颗巨大、残缺的星星缓缓地转动着，神秘而诡异。

战舰继续前行，昏暗的光线中，一块块残破的古大陆陈列在四周，无数星辰在上方旋转着。

“这里就是界坟？”战舰上有人打破了寂静，问道。

“这里只是界坟的边缘。”一位长老答道。来到这个地方后，长老们神情严肃，不敢有丝毫的松懈。

忽然，一阵声响传来，虽然很轻，但是很清晰，像是沙子在流动。

几位长老猛地抬起头来，有些惊慌失措，战舰上有天眼的弟子纷纷眺望昏暗的空间深处。

“虚空中有沙子在流动！”一个弟子惊呼出声。

那是一堆细沙，洁白无瑕，仿佛没有沾染一点儿尘世俗气。若是匆匆一瞥，众人还以为那是一汪纯净的湖水。

然而，领队的二长老脸色一沉，像是看到了十分可怕的东西，大喊道：“快走！”

那是什么？竟然让二长老都失色了，弟子们都很疑惑。

其他长老闻言，迅速催动战舰逃离这里。

弟子们十分不解，纷纷回头观望。

那些沙粒迅速散开，遮盖天地。四周的星辰因为沙粒的力量开始颤动起来，难以想象那些沙粒究竟有多重！

沙粒散开后，发出柔和的光芒，几乎将所有残破的星球都震得粉碎了。之后，沙粒继续演化，每一粒沙仿佛变成了一个世界，一会儿生机勃勃，一会儿又死气沉沉，甚至幻化出了许多生灵。

最后，沙粒变得狂暴起来，雪白的沙子漫天飞射，刚刚一番安宁的景象荡然无存。

虚空中，许多正在转动的星辰只要被一粒沙击中，就会当场碎裂，场面壮观，震撼人心。

一道道璀璨而刺目的光不断腾起，那是一颗颗星星在崩裂。

“天呐，那白色的沙粒是什么，怎么会如此恐怖？”战舰上，有弟子大喊道。他们如果晚走一步，岂不是会落得与星辰一样的下场？

如此多的沙粒，如果落在战舰上，后果简直不堪设想！

战舰远离了可怕的沙粒，众人在仓促之间瞥见那些洁白的沙粒又聚集在了一起，如流水般朝着远方涌去。

“二长老，那究竟是何物？”一个弟子向二长老请教道。

其他长老似乎意识到了那沙粒的来头，神色颇为复杂。

“残缺的宇宙雏形种子！”二长老答道。

“果然是这东西，没想到比传闻中还要可怕！”旁边的长老说道。他们虽然见多识广，但是过去也没有见到过此物。

不少弟子听到答案后，眼中顿时流露出希冀与向往之色，他们来界坟就是为了寻找古种，而宇宙雏形种子就是珍贵的古种之一。

“不要多想了，这样的种子不能用，它们早已残缺，蕴藏的成长性力量也已经流失。而且，它们如今凝聚了这天地中可怕的力量，难以被人利用。”二长老告诫道。

“其实在一定的条件下，残缺的宇宙雏形种也能化为一片天地。”另一位长老说道。

二长老神情凝重，补充道：“残缺的宇宙雏形种很不稳定，因此形成的天地不知道会在什么时候毁灭，到了那时一切将不复存在。”

听了这一番话，所有人都死心了。就算有仙道之人相助，也没人敢把残缺的宇宙雏形种纳入体内一同成长，说不定某一天自己就会因为它的突变而殒命。

“这堆细沙很特别，呈白色，而且威力特别大，应该是进行过封魔。”二长老认真地说道。

封魔？众人不解，那是什么意思？

“有人曾经以大法力降伏沙粒，将它当作兵器，封印强者，即将强者炼化至沙粒之间。岁月更迭，被封印的强者躯体与沙粒进行了长时间的磨合，使得所有沙子都变成了这种颜色，那种磨合就如同蚌壳孕育珍珠一般。”二长老继续解释道。

听到这番话，其他长老皆面露惊讶之色。

“竟然是这种东西，那意思不就是它已经成了至宝？”

“如果将此物收集起来，进行祭炼，就可使之成为无比珍贵的宝物啊！”

战舰上的弟子闻言，脸色大变，议论纷纷。

“不要多想了，它虽然珍稀，但是蕴藏着恐怖的力量，说不准什么时候就会爆发，继而汲取主人的血肉之力。”二长老说道。

总的来说，残缺的宇宙雏形种看似圣洁，其实不可轻易触碰。

战舰继续向前行进，周围残破的星辰越来越多，古大陆仿佛森林中的落叶一般，散落得到处都是。

当雾霭开始弥漫，长老们便提醒弟子们真正进入界坟了。

这才算是进入了界坟？弟子们讶异不已，原来刚才所见并不是界坟的景象，那真正的界坟又会是怎样的呢？

战舰穿过层层迷雾，进入苍茫的界坟中。

“天啊，这些都是什么啊？”刚一进入界坟，就有人惊呼起来。

一株干枯的古树高大得望不到头，就算通过天眼也只能看到其模糊的轮廓。它的枝条上结着数不清的星星，像是一枚枚果子，不过星星都是暗淡的，并没有发光。

古树像是遭受了病虫害一样，枝干上有数不尽的小洞。

一株古树为什么结出了如此多的星辰果实？

“这该不会是世界树吧？”有人猜测道。如果是世界树，那么哪怕它死去了也是价值连城的，它的枝条、树干以及根须等都是炼器的绝佳原料。

“不是，这要是世界树，早就被经过这里的无上强者带走了，怎么可能还留着？”一位长老说道。

“不是世界树，那是什么？”有人问道。

就在这时，一个年轻人脸色发白，指着前方，声音发颤：“那里……”

顺着那个年轻人指的方向，众人看到不远处有一株碧绿的植物，它像是树，却长着很多草叶，令人吃惊的是，它的叶子居然在蚕食星辰！

第936章 界坟

WANMEI SHIJIE

这一番景象让人看得心惊肉跳，那可是一颗颗巨大的星星，居然就这么被一株植物吃掉了，简直是难以置信！

界坟就是这么奇异，充满了神秘与未知，在这里的所见所闻无不挑战着每一个人的胆量，大家的心都绷得紧紧的。

“咔嚓！”

星辰碎裂的声音传来，还伴着绚烂的光，光芒转瞬即逝，一下子就被草叶吸收了。

“这是食星草，专门以星辰为食物。”二长老第一时间告知众人那是何物。

食星草生长在混沌中，属于先天神祇。它没有清醒的意识，一切行动都依靠本能。

拥有盖世大法力者可在混沌中开辟空间，形成残缺的世界，让万物复苏，使之成为生灵的净土。

食星草之所以会出现，是因为残缺世界的存在，这种生灵在混沌中是极其罕见的。

弟子们了解到这些后，皆震惊不已，原来还可以这样开辟世界！

“太不可思议了！也就是说，在我们的世界范围之外，在混沌之中，还可能存在其他的世界？”一个弟子问道。

“那些只是残缺的世界，不能长久地存在，也许几万年、数十万年后就会崩坏毁灭。”二长老摇头道。

即便开辟出来的残缺世界能够存在得更久远，但终究还是会消失，而且还可能会连累开辟者，使之一同走向灭亡。

弟子们不禁倒吸一口凉气，难道这里就是由开辟出来的古界形成的吗？

二长老直接否定了这一想法，界坟比他们想象的更神秘、可怕。昔日的仙道之人经过一番探索，也没能弄清楚界坟究竟是如何形成的。

“那株古树是截取下来的世界树枝条，有人以大量的天地精华浇灌枝条，让它生根发芽，之后又对其悉心栽培。”二长老向众人解释道。

“培养成真正的世界树？”邀月公主问道。

“不是，培养成一株魔树。世界树只能自然进化形成，盖世魔头希望将古树养成魔器，掌控日月星河，汲取天宇之力。”二长老说道。

众人闻言，不得不叹服界坟果然是界坟，凡事动辄涉及星辰宇宙，天地日月。而他们和这些比起来，就如同尘埃般微不足道。

“不过，那些图谋不轨的人都失败了，耗尽了精气神不说，甚至连肉身都成了树的养分。”二长老继续说道。

“食星草过来了！”这时，绿陀大喊一声。食星草太诡异了，连星辰都能直接吞掉，众人对付它的唯一办法就是躲避。

还好食星草没有意识，仅凭着本能在吞噬其他物体，否则肯定会造成巨大的威胁，而且恐怕只有绝代高手才能降伏它。

“走了！”长老们大喊道。

众人再次上路，途中遇到了无数残破古界。古界迷雾重重，众人仿佛回到了仙战之地，到处都是衰败的景象。

“天呐，那是什么生灵？太庞大了！”银色战舰上，一向安静的王曦忍不住惊呼出声。

其他人闻言，皆瞪大眼睛，看向前方。

正前方，一个生灵飘浮在古界之中，看起来比星辰还大好几倍，身上覆盖着青色的鳞甲，闪耀着光泽。

这个生灵形如鼍狗，却长着龙角，生着朱雀的翅膀，众人在外界从未见过此种生灵。

“这是先天神祇，是自混沌中诞生的强大生灵，连大长老都没有十足的把握降伏它。”四长老解释道。

众人愕然，这个生灵竟如此厉害？

唯一值得庆幸的是，这个生灵已经殒命了，只剩下了一具躯壳。

“它身上的东西都是宝物，我们可以去取吗？”一个修出两道仙气的年轻人问道。

“如果这个生灵还有价值，就轮不到你了。这么多年来，一批又一批的人来过，它身上怎么可能还剩下有价值的东西呢？”三长老摇了摇头，这般说道。

果然，银色战舰来到这个生灵附近后，众人看到它只剩下了一层鳞甲，而且鳞甲中的精华也早已流失，什么都没有留下。

“可惜了！”有人叹道。

银色战舰离开了此地，继续在界坟中前行。这里实在太广阔了，无边无际。

“不好！准备战斗！”突然，四长老大喊道，提醒所有人。

“敌人在哪里？我怎么没有看到？”

战舰上的弟子们一头雾水，哪里来的敌人？而此时此刻，所有的长老都神情凝重，谨慎地戒备起来。

“战灵灰雾出现，离开战不远了，你们都拿出武器，准备战斗！”五长老对弟子们说道。

一时间，战舰里的氛围开始紧张起来，弟子们屏住呼吸，不敢出声。

前方，灰色的雾气一丝一缕地从远处的残破星辰中弥散开来。

石昊觉得浑身发凉，肌肤紧绷，像是钢针刺进了身体一样。

“什么东西？”有人声音颤抖着问道。

很快，其他人也察觉到了这种令人毛骨悚然的气势，皆手持兵器，严阵以待。

危险正在逼近，来者气势惊人，众人隔着银色战舰和防御符文都能清楚地感受到。

四处寂静无声，一艘红色的古船在星球废墟中飘浮着，径直向众人所在的战舰驶来。

“战灵！”一位长老惊呼道。

“果然是战灵，希望没有先祖级的战灵，不然我们麻烦就大了！”二长老沉声道。

“真是没有想到我们这次远行会遇到这种东西！”五长老面露诧异之色，道。

那艘古船残破老旧，看不出是什么年月建造的。它没有发出一点声响，天地仿佛都处于其无形的威慑之中。

灰色的雾气从古船上一缕又一缕地弥散而出，不断侵蚀着银色战舰。

“很可怕吗？不然我们先躲开它吧。”邀月公主提议道。

“没用的，这种古船一旦锁定目标，就会不达目的不罢休，除非它主动离开。现在看着它速度慢，是因为它还没有真正起航，一旦它真正起航，很少有战船的速度能赶得上它！”三长老解释道。

“嗷——”

突然，那艘红色的古船中传来一声吼叫，许多弟子的汗毛都竖了起来。

“来了，准备战斗！”五长老大喊道。

“这是对你们的一次重大考验，熬不过去的人可能会丧命！”二长老朗声道。

红色古船上，一道又一道身影向众人所在的银色战舰扑了过去。

第937章 战灵

WANMEI SHIJIE

这片古地到处都是残缺的星辰，现在又飘来了一艘诡异的古船，还带来了这么多可怕的战灵，不得不让人毛骨悚然。

“这就是战灵吗？被浓雾包围着，看不真切，好快的速度！”一个弟子大叫道。

那些战灵冲出红色古船后，速度快如闪电，眨眼间就冲到了银色战舰近前。

“怎么回事，它们……在吞食神力！”修出三道仙气的王曦惊呼出声。

其他人也注意到了这一点，那些战灵猛地冲了过来，连银色战船凝聚出的符文都无法阻挡它们。

这些战灵太怪异了，情况不妙！

“这就是战灵，它们会吞食神力，并将神力化为己用，所有人都要小心！”一位长老提醒道。

几位长老一直在监视红色古船，他们猜测古船中还隐藏着更为恐怖的战灵。

“嗷——”

果然，红色古船中传出了一阵咆哮声，这片古地剧烈地晃动起来。

幸亏有几位长老在这里，不然弟子们肯定性命难保。

“先祖级的战灵也来了，这下麻烦大了。”三长老低语道。

古船中，几个可怕的战灵浮现出来，一双双眸子发出妖异的光芒，透过灰色的雾霭注视着众人。

那是能与几位长老对决的战灵，现在双方处于对峙状态。

“嗷——”

伴着巨大的咆哮声，一个战灵统领如同一道闪电般俯冲向银色战舰。

同一时间，四长老纵身跃出银色战舰，正面迎击那个战灵统领。

“当”的一声，兵器撞击的声音响起，另一个地位尊贵的战灵统领向这边冲了过来，实力丝毫不比刚才那个弱。

五长老见状，也向天空中冲去。

这是顶级大战，是强者之间的争锋！

天神书院的长老哪一个不是绝世高手？他们都来头不小，随便跺一跺脚都会令四方震颤。可现在就连实力如此强大的长老也被战灵统领缠住了，脱不开身。

红色古船上的战灵统领接连出动，扑向银色战舰上的长老们。

长老们也一鼓作气，前去迎敌。

此时，弟子们终于看清了那些战灵的模样。

“啊——”有人尖叫起来。

四周的灰雾逐渐消散，战灵露出了真身。它们的样子很是奇异，像是由不同的生灵组合而成的。

有的战灵是一只三头六臂的猴子，有的战灵则形似海蚌，有着人的身体，两个巨大的贝壳生在身体两侧，像翅膀似的，还有的更奇特，有着人类的躯体，其他动物的头，狰狞无比。

“它们没有生命气息！”一个弟子大叫道。

其他人很快也看出来了这一点，不由得睁大了眼睛，眼前的场景简直令人难以置信！

这些都是昔日战死的生灵，它们当年临死之际心有不甘，留下意念，最终化作了战灵。

很快，众人就意识到了这种生灵的可怕，它们凶残无比，竟直接攻击人的元神！

这就是战灵！

银色战舰已经快顶不住了，一些战灵像蛀虫一样穿透银色战舰布下的光幕，齐齐钻进了战舰内。

“啊——”

惨叫声传来，一个女弟子惨遭袭击，被钻进来的战灵掀翻在地。

这些战灵太蛮横狂野了，在场的人无不感到毛骨悚然。

“护住元神！”有人提醒道。刚才那个女弟子就是因为来不及反应，所以元神遭到了攻击。

“嗷——”

一阵刺耳的吼叫声传来，好像无数厉鬼在哭嚎，数百个战灵扑向银色战舰，迅速穿过光幕，冲了进去。

真正的危机来了，这是一次生死考验！

“啊——”又一阵惨叫声响起，一眨眼的工夫，书院的三个弟子便丢了性命。

“这些战灵都成精了，收服它们实在太难了！”石昊大喊道。

“来啊！”绿陀大吼一声，与冲进银色战舰的战灵展开激战。

“战灵是由意念蜕变而成的，希望有朝一日能够复活！”不远处，正在与战灵的大统领对决的二长老解释道。

在石昊的不远处，一个蓝衣少女还没反应过来，眉心就裂开了。

无奈的是，众人想不出办法对付这些凶残的战灵，它们精神力强大得惊人，一上来就攻击人的元神。

“嗷——”

银色战舰上，数不清的战灵尖叫着，全面展开进攻。

片刻间，很多弟子都负伤了，根本无力抵抗战灵的攻击。战灵不仅在数量上占优势，而且个个都气势凶猛。

“冲啊！”石昊大吼道，准备进行猛烈的反击。他一拳击向一个战灵的胸膛，战灵凄厉地叫喊起来。

“真的不是血肉之躯！”石昊惊叹道。他发现战灵殒命后会直接化成精神力，慢慢消散。

“好！”有人赞叹道。

石昊解决了第一个战灵，速度惊人，动作干脆利落。

其他战灵看到这一幕后，齐齐涌向石昊，这些战灵中有九头神鸟、人形天蝎等，皆拥有强大的实力。

石昊双手结印，再次除掉了一个战灵，剩下的战灵变得更加狂暴，纷纷扑向他。

突然，石昊感到眉心一阵剧痛，这些战灵的精神力太强大了，从四面八方袭来，就像一柄柄仙剑刺入他的灵魂之中。

“轰！”

伴着一声巨响，石昊体外出现了一片光幕，那是唯一洞天的保护罩，可以阻挡精神力的攻击。

石昊的眉心渗出了一滴血，这算不上什么大伤，他重新振作起来，全力以赴地对付战灵。

凄惨的叫声传来，石昊除掉了九头神鸟。奇怪的是，九头神鸟殒命后，他体内似乎多了一股精气，元神得到了滋养。

“战灵的精气可以滋养元神？”石昊有些疑惑不解，自言自语道。

而此时，其他人则是目瞪口呆，他们对战灵束手无策，荒却单枪匹马地冲进了战灵的大部队之中，除掉了一个又一个战灵！

第938章 激烈对战

WANMEI SHIJIE

石昊气势大增，继续作战。在这场战斗中，他和众多战灵的对抗已经成了众人瞩目的焦点。

“嗖”的一声，一道紫色的光芒径直朝着石昊所在的方向而去。

这道紫色的光芒是一条蝎子尾巴，它在空中摆出一道弧线后，狠狠地刺向石昊的头，速度之快令人惊叹。

蝎尾还未抵达，石昊的眉心就开始感到疼痛，哪怕有唯一洞天作为防御，也依旧如同针扎般难受。

这是精神力攻击！人形天蝎在精神攻击方面有着得天独厚的优势，力量更为惊人。

此时，一些弟子惨叫起来，由于相隔不远，他们也被人形天蝎的精神力攻击了。有些弟子眉心裂开，元神被重创。

战灵的最可怕之处就是灭人神识，毁人元神，让人防不胜防。

石昊咆哮一声，撑开唯一洞天，浑身发出耀眼的光芒。与此同时，他的眉心也在发光，隐约间一种符文浮现出来，熠熠生辉，璀璨夺目。

随后，石昊迈开脚步，如同一阵狂暴的风向前席卷而去，震开其他战灵，正面迎向人形天蝎。

“当！”

石昊一手抓住了那条紫色的蝎子尾巴，手指与蝎尾碰撞后发出刺目的光，声音异常刺耳。

蝎尾差点被折断，石昊的眉心也渗出了一点血，他痛苦的程度可见一斑！

这蝎子尾巴是精神力的有形体现，战灵是由精神力凝聚形成的，没有实体。

“咔嚓！”

伴着清脆的响声，蝎子尾巴被扭断了，石昊凌空一脚，狠狠踢向人形天蝎。

人形天蝎赶紧用精神力阻击，可还是被石昊踢中了。它踉跄着退后几步，最终倒下了。

石昊那一脚的力量太强大了，即使是成片的太古魔山在眼前，也很有可能被夷为平地。

这个强大的战灵殒命后化成了一缕缕精气，精气向四方扩散，让石昊感到心旷神怡。

这种精气对元神来说是大补药，石昊吸入精气后，觉得体态轻盈了不少，同时元神之力大增。

此刻，石昊盘坐在地上，继续吸收精气，修炼仙气。

“哧！”

伴着一声轻响，石昊手臂上逐渐浮现出一道仙气，仙气包裹着他的手，而后化为了一柄洁白的剑。

修炼完毕，石昊又开始与一群战灵进行激烈的对抗。

这是一场艰难的战斗。战灵的精神力太强了，石昊如果不是年轻一代中的至尊，恐怕早就倒下了。

突然，不远处传来一声惨叫，一个身穿蓝金甲胄的男子被战灵击中，瞬间没了生气。

另一边，一个女子虽全力对抗，但还是被战灵强大的精神力压制，不幸受了伤。

“这些东西太邪门了，怎么对抗？”有人大叫道。

此时，除了石昊、绿陀以及王曦等人，其他人根本不敢和战灵正面交手。

不要说对抗战灵的统领了，很多人就连对付一般的战灵都感到相当吃力。

这才刚刚开始，书院的弟子就已经死伤无数了，这使得一些人内心生出了深深的恐惧。

“你们连战灵都对付不了，还想对抗皇族的成员？一个古老家族的皇族成员打败一整艘古船的战灵都不在话下！”此时，独孤云开口了。他一直冷眼旁观，突然冒出的一番话让弟子们既讶异又羞愤。

此时，绿陀出手解决了一只三眼神猿，他感觉元神似乎变强了一些，心中暗道：难怪荒一直在主动出击！

随后，王曦、十冠王以及邀月公主等人也纷纷加入战斗。一时间，修出三道仙气的至尊都出手了。

“战灵可以壮大元神，让我等的神识蜕变！”有人大喊道。

众人被激起了斗志，与其退缩，还不如豁出性命与战灵对抗，这样才能求得一线生机，说不定还能让自身变得更强。

形势发生了逆转，连独孤云也出手了，场面颇为壮观。

石昊一把攥住了一条灰色怪蛇，这蛇虽然不足一米长，但是力大无穷。

没有修三道仙气的人无法与这条蛇抗衡！

石昊有些恼火，道：“一个战灵而已，居然这么强！”

“咝咝！”

灰色的怪蛇吐出芯子，刹那间形成精神场域，与石昊的唯一洞天碰撞在了一起。

“真是邪门了！”石昊自言自语道。这怪蛇实在是太恐怖了。

连石昊与这怪蛇对抗都感觉很吃力，换作其他人，多半与怪蛇过一招就会被打伤。

远处，长老们和战灵统领们的对战更为激烈。红色的古船前，日月无光，天地失色，阴风怒号。

“不要小看战灵，它们中的任何一个曾经都是绝代英杰……”二长老告诫道。

能留下意念的一般都是绝世人物，这些意念因为各种各样的机缘成长起来，最后化为战灵。

“战灵之所以无比强大，看似不可战胜，是因为其前身都是绝世人物，并非你们的实力太弱。”二长老解释道。

听到这一席话，弟子们重拾了一些信心。

“那条怪蛇……与真龙有关！”二长老盯着正在与石昊激战的灰色怪蛇，面露震惊之色，这样说道。

“真的是那条蛇！昔日，真龙巢穴旁的石穴中出现过一条蛇，那条蛇成长为无上强者，后来殒命在界坟内。”四长老惊呼起来。

随后，长老们接连认出了许多由意念化成的传说中的强者，比如九头神鸟、白金狮子等，它们昔日都是赫赫有名的。

而这条灰色怪蛇更是清晰地记载在了骨书上，它曾经纵横天地，罕有敌手。

“噗！”

石昊吐出一口血，虽然受了伤，但还是把灰色怪蛇解决了。而且，他的眉心也愈合了，整个人顿时觉得神清气爽。

由于这条灰色怪蛇是攻击银色战舰的战灵头领，因此它被除掉后，立马引起了战灵们的恐慌。

这个时候，红色古船那边也已经决出了胜负，几个先祖级的战灵不敌二长老等人，仓促逃走。

“轰！”

随着一声巨响，二长老硬生生将那艘古船从中间劈开了。

“嗷——”

战灵们突然哀号起来，向着已经破碎的红色古船冲去。

“咦？完美的道种！”二长老惊讶地喊道。

在红色古船裂开的一刹那，各种器物向四周散落，其中，一枚闪闪发光的种子释放出惊人的力量，静静地飘浮在空中。

“一枚无价的种子！”五长老惊呼道。

众人此行的目的就是寻找仙种和道种，现在终于发现了一枚来之不易的种子，而且这枚种子还蕴含着无穷的力量。

“冲啊！”众人喊道。

银色战舰上的众人一边追击战灵，一边向那枚种子靠近。

原来，这些战灵之所以退出对战，是因为想夺取那枚道种。

石昊一直在战斗，也不知道除掉了多少个战灵，那些战灵都对他生出了几分恐惧。

石昊越战越勇，元神不断在变强！

“砰！”

石昊和王曦对了一掌，紧接着又与绿陀交手，还和十冠王拼了一记龙拳，场面非常激烈。

长老们默默注视着几人打斗的场面，弟子之间的竞争他们不会插手。

“禁锢！”

石昊大喝一声，唯一洞天内出现一道道瑞气，道种被他拉入其中。

“此战落下帷幕，都住手！”二长老命令道。

第939章 道种

WANMEI SHIJIE

红色古船的周围，各种器物散落得到处都是，许多战灵尖叫着，怒吼着，争相抢夺器物。

天神书院的几位长老以威力震慑众多战灵，它们虽心有不甘，但还是匆匆逃跑了。

离开前，一些战灵还紧紧盯着石昊唯一洞天中的道种。

界坟内恢复了宁静，战斗终于停止了。

弟子们纷纷看向石昊的道种，特别是绿陀、王曦等人，似乎很不甘心。只是二长老已经发话，他们也不好再争抢了。

没有一个人不羡慕石昊，他得到的那枚种子十分珍稀，价值不可估量。

石昊仔细观察着这枚道种，发现它的大小和拳头差不多，如同一颗蓝色的心脏，还带着晶莹的光泽。

石昊把道种放在手中，顿时感到身心舒畅，元神得到了滋养，神识在不断壮大。

这绝对是一件不可多得的宝物！单是养魂这一点就足以让人眼红，何况它还能与身体融合。

"我们来这里就是为了寻找适合自己的仙种和道种，如今有人已经得到了一枚种子，这是非常好的开端！"三长老对众人说道。

魂力种子与元神密切相关，是道种中的顶级种子之一，绝对算得上是瑰宝。

"这枚古种虽然比不上世界树的幼苗和宇宙雏形种子，但是也非常难得了。"五长老叹道。

"那可是第二等的古种啊，这才进入界坟没多久，就被人得到了！"有人感叹道。

“运气也太好了吧！”也有人羡慕地说道。

这枚道种绝对是意外的惊喜，一时间，众人都忘记了刚才的激战与危险。

“好了，该上路了！”四长老提醒道。

看到银色战舰上的血迹，众人又开始惶惶不安，明白此行异常艰险，一不小心就可能会丢了性命。

银色战舰继续前进，在古界废墟中缓缓穿行。

“请问二长老，一个人最多可以与几枚种子融合呢？”石昊向二长老问道。

众人听到这番话，皆惊讶不已，荒为什么会这样问？难不成他想融多枚种子于一体之内？这想法未免也太大胆了吧！

“修炼仙古法，关键是要专一，心无杂念。你还没有开始修炼第一枚种子，就想着融合其他的种子，这是大忌！”二长老告诫道。

石昊琢磨了一阵，郑重地点了点头，准备将道种收起来。

“道兄，你若是不喜这枚种子，我愿意用古天功同你交换。”就在这时，一个人款步走来，暗中对石昊传音。

道种不是一般人可以拥有的，就连地位尊贵的长生世家之人都很难得到。

一些人向石昊这边望来，认出了走向石昊的这个人后，不禁面露惊讶之色，这不是为长生世家办事的人吗？

“这个人暗地里与风族有莫大的关联！”

“他该不会是想与荒交换这枚道种吧，胃口实在太大了！”

“不错，他根本就没有资格拥有道种，也拿不出什么有价值的东西做交换，很明显是受风族所托。”

石昊听到这些议论，脸色当即就沉了下来。他对风族没有什么好感，元青之所以要压制他十年，就是因为风族提出了压制他的要求，而且他还在仙家战场遗迹除掉了风族的年轻至尊风行天。

如今，风族已经怀疑到了他的头上，说不准随时会对他展开报复行动。这种形势之下，他怎么可能把道种交换给风族？

“不换，这枚种子我要留着自己用。”石昊果断地拒绝道。

在石昊看来，元神的修炼至关重要，这样完美的种子是万万不能错过的。

“荒兄，其实是风族想和你做笔交易。”这个年轻人解释道。他有一头灰发，连眸子都是灰褐色的。

“风族？”石昊故意表现出一副难以置信的样子。

“正是！”灰发男子点头道。来此地之前，风族曾给予他指示，无论是谁得到珍稀种子，他都要把种子拿到手。

可灰发男子不知道的是，石昊早已与风族势同水火，而风族也没有把这一消息透露给灰发男子。

石昊冷冷地看了灰发男子一眼，灰发男子不由自主地打了个冷战，不敢多言，赶紧退走了。

这段小插曲过后，银色战舰继续穿过残破的古地，在一个又一个破碎的世界中穿行，无数史前文明的废墟呈现在众人眼前。

“好大一颗头！”一个弟子惊叹道。

众人向前望去，只见一颗比星星还大的头颅飘浮在昏暗的天宇中。那颗头颅有着枯黄的长发，皮肤呈土黄色，干瘪而没有光泽，显然精气神都流失得一干二净了。

“这是黄金巨人一族的第三先祖，根据史书中的记载，他能够开天辟地，斩落星辰。”二长老向众人解释道。

连这样的黄金巨人先祖都殒命在此，可见这里是多么神秘和恐怖！

石昊见过黄金巨人，可是他见到的那个黄金巨人身高不过数十丈，和这个头比星星还要大的黄金巨人相比，简直就是“小巫见大巫”。

“前方更危险了，我们在接近生长有种子的古地，所有人都要提高警惕！”四长老提醒道。

众人来这里就是为了获得仙种和道种，眼看种子已经近在咫尺了，心情忍不住开始波动起来。

“一群渺小的虫子，也敢踏入此地？！”就在这时，惊天动地的吼声传来，震得银色战舰剧烈地摇晃了一阵。

众人无比诧异，这里怎么还有活着的人？听起来那个人似乎对他们有敌意，不知道几位长老能否与之抗衡？

“不用理会他！”二长老对众人说道。

“面对神祇，你们还不膜拜吗？”那个声音带着嘲讽之意。

众人闻言，皆面露疑惑之色，那究竟是什么人？

“囚徒而已！”二长老冷冷地说道。

就在这时，一道黑色的身影出现了，众人顿时清楚地感受到了一股异于常人的气息。

隐约间可以看到，那个人头戴一顶由仙金铸成的五色皇冠，身体部分太过模糊，看不清楚。他手中持着一根木杖，仿佛天生拥有神秘的魔力。

“这是……皇族成员！”独孤云神色大变，惊讶地说道。

“皇族？不管他是什么身份，我们都不用担心。他被关押多年，与世隔绝，连生活都快不能自理了。”二长老这样说道。

这个人是一个虚幻的投影，其真身被囚在某一处角落，还在等待逃脱牢笼的机会。

“无知的人，居然连我都敢顶撞！你们的先祖当年都要匍匐在我脚下，对我顶礼膜拜！”那个人的语气中满是自负和不屑。

二长老眼中流露出冷厉之色，随后祭出了九凰炉，守护银色战舰。

“竟是这件东西！”那个人见状立马撤退了，消失在茫茫天宇之中。

九凰炉是仙道法器，也是无上至宝，虽然在昔日的一次战斗中破损了一些，但是仍能震慑强大的生灵。

众人知道有异域皇族被封印在界坟中的事实后，心情都很沉重。如果那些皇族成员被释放出来，势必会掀起一场天大的风波。

众人继续前进，沿途看到许多破碎的世界，还有很多大裂缝，不知通向何处。

突然，众人透过一道裂缝看到一座没有生气的城在虚空中飘浮着，顿时感到有些毛骨悚然。

“咦，那是什么？”有人问道。

经过时空乱流时，许多人惊叫起来，他们看到了刺目的金色光芒，还有喷涌而出的混沌之气。

一株通体金黄的树耸入空中，其树叶托着星斗，如同神话故事中的场景一般。

“天啊，这是世界树吗？”

“那株古树旁还有一块世界石！”

众人震惊不已，议论纷纷。

他们居然看到了只出现在传说中的东西！

石昊看到金色古树和世界石时，竟生出了一种熟悉的感觉，它们怎么会出现在这里？

第940章 真正的世界树

WANMEI SHIJIE

金色古树有数不尽的金色叶子，每一片叶子都托着日月星辰，这是一种何其壮丽的景象！

此时此刻，所有人都看呆了，无论怎么看，这株古树都像是一株真正的世界树！

“我没看错吧？一株长满了星辰的古树，这该不会就是那株世界树吧？”有人大胆推测道。

众人目光灼灼，认真观察着这株金色古树，都想占有它。

这株树历经了亿万年的进化，汇聚了天地间无数精华，要是能够将其据为己有，那么就算这个宇宙毁灭了也无所畏惧。

拥有了这株树，就可以造物、开辟世界，甚至演化出一个完美无缺的大宇宙！

“嗖！”

伴着一声轻响，有人擅自冲出了银色战舰。他们想抓住这个千载难逢的时机，成为古今最强大的人物之一。

几道人影迅速离开战舰，冲进了虚空大裂缝之中。

几位长老并未阻止那几个擅自冲出去的人，他们也很震惊，想弄清楚这株金色古树到底是不是真正的世界树。

可是，那几人刚冲出去，便被混沌之气禁锢了。

一阵大风刮过，那几人一下子全都消失了，形神俱灭。

其他人皆脊背生寒，不由自主地倒退了好几步。这株金色古树居然如此妖邪，力量这样强大！

“和传闻一样，这株金色古树在进化，有成为世界树的可能。”二长老的一句话透露了很多信息。这株金色古树还没有真正成熟，依旧在进化之中。

“在过去，达到这一境界的树也有不少，不过十有八九都进化失败了，这株也不见得能成功。”五长老淡淡地说道。

“怎样才算成功？”石昊问道。这株树对他来说不算陌生，当年他还在上面战斗过呢。

昔日，他与小塔大闹不老山，救出不灭生灵，之后到过一个奇异空间。当时他在奇异空间见到的金色太阳古树，正是这一株。

后来，金色太阳古树和世界石一起升入上界，据推测金色太阳古树应该前往星坟了，三千道州上没有任何它的踪迹。

“真正成为世界树后，这株古树就不是这个样子了。到了那个时候，它将开天辟地，无所不能，而且上面会有生灵栖居，比如真龙、鲲鹏等。”四长老解释道。

众人闻言，纷纷表示赞同，的确只有真龙、鲲鹏等生灵才有资格在世界树上栖居。

石昊无论如何也没有想到会在这个地方见到金色太阳古树，难道说星坟和界坟之间有通道连接，所以它来到了这里？

“但凡想进化成为世界树的古树都会来界坟，它们可以从破碎的古界中汲取力量，从而加速进化。”二长老解释道。

“咦？那里有一个女子！”

有人通过天眼看到了树冠上的奇景，惊呼起来。

只见树冠上有一朵花，一个女子盘坐在花中，浑身闪烁着金光。

那个女子有一头如同火焰般绚烂的长发，肤色如同羊脂玉般洁白晶莹，此时她正闭着眸子，微微向上翘起的睫毛很是惹人注目。

那个女子穿着纱裙，身材修长，曲线完美无瑕，体态优雅，挑不出一点瑕疵，如同上天最得意的杰作。

众人震惊不已，这金色古树上居然已经有生灵了！

石昊面露异色，他见过这个女子，当年金色太阳古树的花朵绽放时，他亲眼看到这个女子随之出世。

这个女子居然还在树上，始终不曾离开！

突然，那个女子睁开了眼睛，眼神平静得如同没有波澜的湖水一般。她先是看向众人，之后看向石昊，展颜一笑。

银色战舰上除了几位长老，都是年轻人，刹那间，很多人都被女子不经意的笑迷倒了，心突突地跳了起来。

“她在对我笑！”一个人非常兴奋，悄声道。

“不对，是冲着我笑！”另一个人争辩道。

几位长老冷哼了一声，一群年轻人这才停止了议论。有人眼尖，发现那个女子是在对着石昊笑，不禁深感诧异。

“能留下这株古树吗？”三长老问道。

“很难。这株古树一旦受到干预，进化速度就会变慢，最主要的是我们恐怕没有办法留住它。”二长老答道。他们虽然实力强大，但是对拿下这株金色古树也没有十足的把握。

当一株树进化到这一步，它早已悟透了天地的各种法则，就算九天十地全部的强者都来了，也不见得一定能拿下这株金色古树。

“这么大一株树，怎么拿来做种子？”邀月公主嘀咕道。谁能与一株树融合为一？这又不是世界树的幼苗。

二长老解释道：“除非它涅槃，化成苗体。”

就在这时，虚空中的大裂缝开始变得模糊了，金色古树也晃动个不停。它即将远去，在各个破碎的古界中穿行。

二长老当机立断，朗声道：“跟上古树！”

“太危险了！”其他长老持反对意见。

“跟着这株古树既有危险，也有天大的机缘。它在进化，需要前往各种造化地，我们紧随其后，也许能发现顶级的仙种和道种。”二长老解释道。

金色古树快速穿行，途经了一块又一块大陆。路途中，众人看到了许多奇异的画面，成片的神秘坟墓，比星星还大的生灵骨架，失去生命却依旧鲜红的宇宙花海……

这一日，金色古树忽然停止前进，降落了在一个无比广阔的地方。

这是一块陆地，陆地上有五种精气，五种精气化成五色光芒，冲霄而上，很是壮观。

“五行之地！”一位长老朗声道。

这块大陆看不到尽头，由五种颜色组成，五种颜色代表五行。

有的地方土黄色气体滚滚而行，如同泥沙浪涛般翻涌；有的地方碧蓝如海，美得让人心醉；有的地方绿意盎然，生机勃勃……

金、木、水、火、土一样不缺，代表不同的极道本源，它们流动着，融合着，生生不息。

金色古树扎根在这片大地上，尽情汲取着五种精气，它的枝干在发光，一闪一闪的，很是引人注目。

“这里有不少极其珍稀的五行种子，分属于金、木、水、火、土，如果你们与种子有缘，便可得到！”三长老激动地说道。

银色战舰降落在五行大陆上，使得这里腾起五彩光芒，璀璨夺目。

“这片古地一般人根本寻不到，更进不来，其中有不少古怪之处，你们千万不可大意！”一位长老提醒道。

所有弟子都走出了银色战舰，准备寻找种子。

这时，玄昆脚下的土地突然塌陷，随后他坠入一个红色的古洞中，洞里烈焰熊熊，仙气氤氲。

众人一下子沸腾了。

“天啊，一枚火种！”有人惊呼道。

在玄昆落下去的刹那，红色古洞中的一枚种子被惊扰了，想要逃跑。玄昆立马祭出三道仙气，抓住了它。

谁都没想到才一开始，就有人捕捉到了一枚火道种子。

见此情景，众人大喜，迅速分散开来，各自寻找机缘。

二长老叹道：“传言这片古地中孕育有一枚五行仙种，完美无瑕，可与宇宙雏形种子相媲美。”

“所有人都听好了，这里有一枚自古以来最强的种子，你们要抓住机缘！”三长老朗声道。

第941章 不自重

WANMEI SHIJIE

三长老的一句话让众多年轻人欣喜若狂，不能自已。

谁不想登上武道绝顶？

若是修炼仙古法，就要选一枚与自己最契合的种子，这样才能发挥出所有的潜能。

从古至今，最强的仙种只能在世界树幼苗、宇宙雏形种子等种子里面选择，此时又多了一枚，怎能不让人激动？

众人摩拳擦掌，跃跃欲试，就连王曦这般安静的女子也不例外。

“目前还没人得到过五行种子，传说此地有一枚，拿不拿得到就看你们的本事了！”二长老对众人说道。

所有人都信心十足，想抓住这次机会，找到传说中的种子。

这块大陆广阔无边，因此才能容得下金色古树扎根。

地上有无数星辰碎片，不知道星辰是怎么坠落于此的，还有不少深坑，兴许是域外星球砸落所致。

大陆各处腾起烟霞，那是由五行精气形成的。众人不禁感叹，在这里修行的好处实在太多了。

如果不是为了寻找古种，石昊恨不得直接埋进大地深处，尽情汲取五行精气。

众人分散开去后，就如同微尘一般，很不起眼。

“此地实在太广阔了，这样找下去何时是个头啊。”有人叹道。

时间已经过去了数日，别说走到大陆深处了，众人连一隅之地都没有探索完。

众人已经竭尽所能，扩大寻找的范围，可这相对整块大陆来说依旧只是一个不起眼的小角落。

就在此时，远方突然腾起一道湛蓝的光，神圣的气息弥散开来，显然是有惊世种子出现。

石昊见状赶了过去，意外看到了邀月公主，她被碧蓝的光芒笼罩着，显得格外圣洁。

邀月公主劈开一座灵气弥漫的大山，从中取出一枚种子，那枚种子蓝得晶莹，绚烂剔透。

“水道种子！”不少人惊呼出声。

显然，被异象惊动而赶到这里的不止一两人，不少人都看到了这一幕。

属于五行的种子都非常珍贵！

一些人见种子是邀月公主所得，连争抢的念头都没有了，只好愤愤地离去。

“清漪，跟我一起走。”这时，石昊见清漪也在此处，便这样说道。两人虽一直相距不远，但并未同行。

清漪略有迟疑，她和石昊虽然在天神书院中与故人一起聚过会，但是私下里同行的机会并不多。

清漪一直在回避两人之间的关系，她和石昊虽然交情很深，但是发生过不少尴尬之事，过去发生的种种至今还让她难以释怀。

“这地方有古怪，到处都有危险，我们一起走。”石昊说完，拉着清漪就准备走。

远处，一些人看到这一幕，不由得讨论起来。这两人可不是一般的人，一个是威慑天神书院的年轻奇才；另一个体内有青月仙子的火种，是长生世家想联姻的对象。

这时，邀月公主脸上带着笑意，对石昊说道：“荒兄，我刚有所收获，你也不恭喜我？”

自从知道石昊与王曦反目，邀月公主就一直希望能将石昊拉拢到她的家族这一方。

“自然要恭喜，你有这么大的收获，我都眼红了，所以得赶紧去寻找机缘。”石昊笑道，接着便和清漪离开了。

邀月公主脸上露出一抹意味深长的微笑，看着石昊的背影，自言自语道：“你逃不了。”

清漪挣脱了石昊拉住她的那只手，道：“这里到处都是五行精气，只会孕育出神圣之物，哪里会有什么危险？”

石昊摇了摇头，一本正经地说：“这你就不懂了，神圣之地孕育出的凶险才最可怕，物极必反的道理你应该明白吧？”

清漪闻言，眉头微皱，虽有些怀疑石昊的说法，但还是点了点头。

两人一路寻找五行种子，沿途经过了很多奇异之地。

这些奇异之地不仅有稀世的种子，还有各种神奇的宝物，甚至连五行仙金都有。

这时，石昊回头看了一眼，小声对清漪说：“还说没有危险，你看，危险不是马上就出现了吗？如果我不在你身边，你肯定会有大麻烦。”

清漪知道是月婵出现了，悄声道：“还不是因为你来了，她不放心你。”

说到这里，清漪面孔略微发红，不由得想到了一些往事。

月婵不愿意看到石昊和清漪走在一起，在她看来，清漪就是她的另一半，她不容许那个讨厌的人再次亵渎清漪。

如果不是清漪如今有青月焰护体，月婵真的很想除掉清漪这个次身，因为当初发生的事让她难以承受。她是一个追求完美的人，那天发生的一切对她来说简直是奇耻大辱！

“你要干什么？！”清漪发觉石昊的一只手放在了她的肩头，怒斥道。

石昊微笑道：“自然是为了逼走后面那个尾巴，要不是有长老盯着，我真想立刻擒住她。”

“别乱动！”清漪双眸射出耀眼的光芒，喝道。

石昊的手搭在她的肩头，让她觉得很是别扭。

“哈哈，别多想，一切都是为了逼走后方的那个女子。”石昊解释道。

远处，月婵身体突然一僵，觉得一阵难堪，她的肩头也被一只手搭上了。

主身与次身本为一体，两个人等同一个人，身体上的感受也是相通的。对于月婵这样追求完美的人来说，被人搭肩是非常严重的冒犯。

“清漪，你能端庄一些吗？”月婵忍无可忍，在后方直接喊道。

“关你什么事，你管得太宽了吧？”石昊抢先答道。随后，他一把揽住了清漪，另一只手则抬起了她的下巴。

月婵顿时觉得汗毛都竖了起来，起了一身的鸡皮疙瘩，她的腰部一阵僵硬，感觉被人搂住了，下巴那里像是有一只毛毛虫在蠕动。

“哇！”

月婵难受至极，呕吐出了起来。这是一种本能反应，被讨厌的人冒犯身体，她的生理和心理都厌恶到了极点。

石昊见状先是一愣，而后有几分生气，道：“你什么意思，我不过是揽住了清漪，你居然吐了？！”

石昊一向很自恋，看到一位绝代佳人面对他时是这个反应，脸色顿时变了。他故意伸出手，揉了揉清漪的脸蛋。

“你这浑蛋！”清漪大骂道。

不远处的月婵更是无比难堪，精致的面孔近乎扭曲，大肆呕吐起来。随后，她尖叫道：“清漪，你太不自重了！”

“什么不自重，你是在说你自己吗？鬼鬼祟祟地跟在别人后面，这是补天教仙子应该做的事吗？”石昊反驳道。

月婵气得七窍生烟，还从来没有人这么讽刺过她！

石昊继续道：“上次我与大长老交谈，他说我们可能都会战死，所以要我们趁早寻好修道的伴侣，留下最强大的血脉。我想时间不会太久了，你如果继续跟随……”

清漪羞怒不已，使劲掐石昊的手臂，甩开他的手，让他不要胡说八道。

听到这番话，月婵气得掉头就走，她发现自己在这里只会自取其辱，根本无法改变什么。

“我说的是真的！”石昊一脸真诚地向清漪解释道，“大长老确实单独跟我说了这个想法。”

远处，月婵一个踉跄，险些跌倒。她真的被吓坏了，如果真有那么一天，荒与清漪结为伴侣……

“好了，那个讨厌的女子终于走了，我们也该上路了，我要得到最强的种子。”石昊对清漪说道。

“什么讨厌的女子，她与我一体两面，原本就是一个人。”清漪不太爱听这种话，这般说道。

“我说错了，我会帮助你降伏她，让你们彻底融合。”石昊笑道。

“以后不得胡言乱语，我怕过分刺激她，她会行为过激。”清漪有些担忧地说道。

“我可没胡说，大长老真的和我说过这些。他忧心忡忡，对未来不是很看好，想提前留下一批最强血脉。”石昊一本正经地说道。

界坟，五行大陆外。

一艘古老而陈旧的战船笼罩着洁白的仙雾，看起来模糊而神秘，正无声无息地向着下方的大陆前进。

第942章 石碑

WANMEI SHIJIE

这个地方很幽静，到处都是金属块，几乎不见人烟，只有石昊和清漪。

五行大陆上金属颇多，这个地方连地面上都是金属，给石昊和清漪一种阴森的感觉。

不远处，剑气冲霄，石昊和清漪感到身体一阵剧烈的疼痛，像是被神剑刺中了一样。

“这个地方该不会有至宝吧，也许埋藏着一柄仙剑。”石昊认真观察着四周的环境，嘀咕道。

众人在这块大陆上已经停留了数日，共有十几人寻到了古种，皆与五行有关。

可石昊和清漪还是一无所获，直到今日才发现了一处奇异之地。

前行数十里，一个大湖映入石昊和清漪的眼帘，剑气正是从这个湖中腾起的。

湖中冒出阵阵热气，湖泊上方的空气都是扭曲的，湖泊的温度实在是太高了！

“这湖泊里……是由金属熔化而成的液体！”清漪惊讶地说道。

大湖中液体透亮，金属光芒闪耀，阵阵金属气息弥散开来。

金属湖！

“机缘来了，这湖里的至宝不是仙剑，多半是一枚金属性的种子。”石昊推测道。

五行当中单一属性的种子虽然异常珍贵，但是对石昊来说诱惑力没有那么大，他要找的是最强种子。

不过，要是得到这样的种子，也可以与人交换道法、神药等。种子一旦到了外界，必定是价值连城的。

“任何一枚种子都是大道的果实，对应不同的法则。这枚种子很珍稀，经过金属湖数百万年的孕育已经成了宝物。”清漪分析道。

“如果你喜欢，我可以把它送给你。”石昊笑道。

“咻！”

随着一声轻响，石昊施展出了鲲鹏法。他的左手漆黑如墨，释放出一股太阴之气，随后一条黑色的大鱼出现，“咚”的一声没入金属湖之中，溅起极大的浪花。

金属液体溅落在湖边，冒出阵阵白烟，响声惊天动地。

黑色的大鱼体形庞大，散发出太阴之气，似乎要把此湖冻结起来。

“轰！”

伴着一声巨响，湖中瞬间出现了很多波纹，无数神秘的生灵显现出来。

“咦？这里的种子居然还有生灵守护！”石昊惊叹道。

这时，一个由金属液体凝聚而成的人形生灵出现在石昊和清漪面前，浑身闪烁着绚烂的光芒。

“轰！”

石昊二话没说，抬手就挥出一拳，那个金属人应声倒下。

“哗啦！”

湖中，十几个金属生灵陆续冲了出来，其中有狻猊、朱雀、三眼狮子等。

石昊五指间聚集了无数闪电，伴着噼里啪啦的响声，刺目的电火花迸发出来。

那十几个金属生灵虽然实力强大，但还是无法与石昊抗衡。

“砰！”

伴着一声巨响，几乎就在一瞬间，十几个金属生灵全部碎裂，消失得无影无踪。

“啪！”

湖中，黑色大鱼一个甩尾，掀起惊涛骇浪。

这是由石昊的太阴之力化成的大鱼，它在寻找金属系的种子。

“哧！”

一道光芒闪现，一口小鼎从湖中腾起，跃上高空，似乎想要逃走。

黑色大鱼先是摆尾，然后“唰”的一声，化成一只巨大的鹏，鹏冲出水面，展翅翱翔。

“当！”

那口小鼎不停地撞击鸟喙，剧烈地挣扎着，想要逃离此地。

可是鹏哪会放松？它衔住小鼎，迅速俯冲向地面，不断缩小，最后落在了石昊的掌心上。

不一会儿，鹏消失了，只剩下那口小鼎。

当石昊揭开鼎盖的刹那，小鼎熔化为了液体。之后，他的掌心多了一枚菱形晶体，近乎透明。

“金属道种，而且是顶级的！”清漪惊叹道。

这枚金属道种非常难得，天然的神纹和各种符文密密麻麻地分布在上面，若是修炼者与之融合，便可掌控金属的力量。

这枚种子若是继续演化，肯定会成为金属种子中的极品。

“喜欢的话送你！”石昊直接将这枚金属道种丢给了清漪。

清漪头顶立刻浮现出一轮青月，柔和的月光洒落，“唰”的一声禁锢了这枚金属道种，吸收了其中的金属精气。

金属道种化成一块废金属，“啪”的一声掉在了地上。

“就这么毁掉了？”石昊有些难以置信。

“青月之中似乎多了一股蓬勃的生机。”清漪轻声道。她觉得这种感觉就像是吃了人参果一样，全身的毛孔都舒张开了。

青月朦胧，逐渐消失。

“那轮青月就是你的古种，它可以吞噬别的种子，与世界树幼苗、五行种子相比都不会差。”石昊突然想到了这一点，这般说道。

难道清漪真的是上一纪元青月仙子的转世吗？想到这里，石昊的心开始怦怦直跳。

“你可别打什么歪主意！”清漪脸色微红，道。

石昊听到这话，忍不住傻笑起来。

这时，空中传来一阵号角声，沉闷而压抑。那是天神书院的一件秘宝，发出的声音格外悠长。

“有事情发生，我们得赶过去。”石昊对清漪说道。这号角声是长老召集书院弟子的信号。

众人听到号角声后，纷纷朝着一个方向赶去。

当石昊和清漪赶到时，很多人都已经到了，几位长老神情凝重，正目不转睛地盯着一块石碑。

一块巨大的石碑矗立在地上，高耸入云。它远远超越了众多古代的神山，气势惊人。

最为重要的是，石碑周围还闪耀着五色光芒，金、木、水、火、土五种本源精气笼罩着它。

这石碑原是一块五行石，蕴含着五种本源精气，是世间稀有的神料。

几位长老召唤众人只为众人告知一件事，这块大陆上有不少这样的石碑，这些石碑都记载了同一件事。

“五魔封天种。”

简单的几个字让所有人大吃了一惊。

“有人用五魔封印了一枚天种，曾有很多人前来寻找那枚天种，皆一无所获。不过，有人推测出了那枚天种可能会出现的几个地方。”二长老解释道。

众人的思绪翻涌起来，“五魔”和“天种”，这两个词实在让人有些震惊。

“五魔应该指的是五行，天种应该是指无敌的种子，不然根本不敢取名为天种。”有人猜测道。

这时，几位长老在虚空中展现出五行大陆的图案，二长老指了指其中几个地点，告知众人真正的天种可能就在那些区域里。

“人都到齐了吗？我们一处一处地去找，现在就启程！”四长老朗声道。

有了新的发现后，长老们都下了很大的决心，希望能顺利得到那枚天种。

在长老们看来，天种多半就是那枚五行种子。还有一种更为惊人的可能，那就是五魔指的是五行种子，天种则另有所指！

待所有人都登上战舰后，几位长老取出一座骨质祭坛，合力将其催动，并确定天种的具体坐标。

突然间，狂风大作，时光碎片四处飞舞，这里的时空混乱了。

“嗖”的一声，银色战舰瞬间起航，向着目的地前进。

不知道过了多长时间，银色战舰来到了一个地方，这里的五行之气十分浓重。

“咦？这地方果然奇特！”不少人惊叹道。

众人走出战舰，发现四周都是火山，五行之气是从各个火山口冒出来的。正中央的那座火山颇为奇特，喷出的不是一种本源精气，而是由多种本源精气组合而成的混合本源精气。

“这……该不会就是那枚天种的所在地吧？”一个弟子问道。

众人惊讶不已，这一路未免也太顺利了。

“去寻找你们的机缘吧。”二长老并未回答那个弟子的问题，而是对众人这样说道。

所有人都出动了。石昊施展鲲鹏法，化为一只鹏，拉着清漪朝着正中央的那座火山冲去，第一个登上火山。

刚登上火山，石昊就感受到了一股说不出的压抑之感，忍不住战栗起来。

一股可怕的气息铺天盖地地席卷而来。

“嗖！”

石昊一抬头就看到了一艘被仙气笼罩着的古船，那艘古船呼啸而下，直冲正中央的火山口而来。

石昊赶紧带着清漪躲到一边，他可不想这样被一艘神秘古船压在火山口。

“那是……一艘古船，怎么会带着仙气？”一个弟子惊讶地说道。

几位长老抬头，看到那艘古船后，大惊失色。

古船降临，气势惊人。

“一只鹏，正好给我练练手。”古船上传来懒洋洋的声音。几个年轻人出现了，其中一个人当即弯弓搭箭，对准了石昊化成的鹏。

第943章 轻狂

WANMEI SHIJIE

“嗖！”一支青铜箭带着不可阻挡之势冲出，撕裂了长空。

石昊大怒，这伙人也太轻狂自负了，连鹏都敢射！

“呼！”

石昊挥动双翅，带起巨大的风，身体迅速缩小，化成一道金光，躲开了青铜箭。

“轰！”

不远处，一座巨大的火山被一箭射中，瞬间崩塌。

火红而炽热的岩浆涌了出来，那座火山被青铜箭的力量禁锢，随即化成了飞灰。

一箭的威力竟如此强大！

这里是五行大陆，山川有五行本源精气守护，异常坚固。而此处似乎是封印地，每一座火山都有强大的神纹，十分牢固。

一支青铜箭就摧毁了一座火山，实在是不可思议！

“咦？这只扁毛飞禽有点道行，居然躲过了我这一箭。”半空中，射箭的那个年轻人诧异地说道。

古船被仙气笼罩着，显得分外神秘，像是一艘仙家宝船。船体上隐约可见岁月的印记，有些部位还有铜绿，像是刚从某一处古地中脱困。

古船上，几个年轻人气宇轩昂，目光犀利。

那几个年轻人拥有仙道气韵，不像是温室中长大的花草，而像是经历过残酷考验的高手。

其中一个年轻人穿戴着湛蓝甲胄，背着一杆几丈长的战矛，手持一张铜胎大弓。此时，他正从箭壶中取出一支青铜箭，准备再次张弓。

那个年轻人一头紫发柔顺浓密，几乎垂到了腰部，眼睛如同星星般明亮，瞳孔里有十字的形状，灿灿如剑刃。他面如刀削，有种坚毅狂野的气质，再次开弓，道："中！"

"你这是存心挑衅吗？"石昊喝问道。他心中暗道，这个人没完没了，射了一箭就罢了，还射第二箭，这不是视他为一只野禽吗？

石昊这一声大喝如同惊雷般，震得天宇摇动，响声隆隆。

可石昊的呵斥并未能让那个年轻人收手，他反而更加直接，青铜箭瞬间穿透了天地，光芒四射。

"嗖嗖嗖！"

这一次，石昊避开的刹那，身旁也出现了不少神箭，神箭直接朝着那个年轻人射去。

那个年轻人射出的青铜箭接连射中了五座巨大的火山，火山虽然有符文守护，但还是被击碎了。

"这只鹏的速度很快啊。"古船上的几个年轻人随口说道。而那个射箭的年轻人则神色严肃，笑意全无，瞳孔中的金色十字更加显眼了。

湛蓝甲胄发出耀眼的光芒，那个射箭的年轻人收起弓，猛力挥动战矛，劈斩射向他的神箭。

"锵！"

火花四溅，成片的光芒迸发出来。

与此同时，石昊化成人形，带着清漪降落在一个火山口，对那个射箭的年轻人怒目而视。

"不简单，居然避开了昊泰的神箭！"古船上的一个年轻人赞叹道。

"还带着一个姿色不凡的小娘子，咦？不对，应是国色天香、世间罕见的美人，哈哈……"另一个年轻人大笑道。

石昊看到这番场景，气愤至极，这几人刚才以弓箭射人，现在又如地痞流氓般调侃他和清漪，实在是狂妄！

"你们是什么人，为何随意射箭？"石昊脸色阴沉，问道。

石昊虽然看出这几个年轻人身手不凡、地位显赫，但还是开口了。这群人未免太霸道了，伤人不成还故意嘲笑人。

“你小子最好安静一些，我们又没有真的伤到你，大呼小叫些什么！”其中一个年轻人怒斥道。

“小娘子，看你倾国倾城，待在他身边还不如来我等的战船。快快上来，这里有仙道机缘。”另一个年轻人继续调侃道。

石昊的脸色变得难看极了，这些人实在是太嚣张了，不仅无缘无故射击他，还戏弄他身边的女伴，丝毫没有把他放在眼里。

天神书院中的其他人看到这一幕不禁有些疑惑，这些人是从哪里来的？竟敢这样轻视荒。

石昊一言不发，取出了弓箭。“嗖”的一声，神箭径直射向古船，气势惊人。

“咦？还敢反击！”古船上的一个年轻人讶异地说道。

古船上的几个年轻人口念咒语，古船开始发光，一片光幕浮现出来，挡住了射来的神箭。

“哧”的一声，神箭被光幕吞噬，瞬间消失不见。

“何人攻我战船？”

古船中传来一个苍老的声音，声音中带着不可违抗的威严。石昊那一箭迫使古船开启了防护，惊动了船内的其他人。

“抱歉，惊扰长老了，一个野小子而已，不值一提。”一个年轻人应道。

此时，天神书院的长老也出现了。他们看到这艘仙气四溢的古船，神情凝重。

经过一番仔细的观察后，四长老缓缓地开口了：“请问是仙院的道友吗？”

附近天神书院的弟子们闻言，大吃了一惊，这艘古船来自仙院？仙院不就是他们将来要前往的那个书院吗？

圣院和仙院的人避世不出，外人很难见到他们，直到最近招收门徒，他们才出现在世人面前。

天神书院的一些弟子看向石昊，神色复杂，这才刚见面，荒就得罪了仙院的人。

这时，古船的门徐徐开启，几位老者从里面走了出来。他们比天神书院的长老还苍老，须发如雪，有的人的头发甚至都掉光了，脸像是一张纸被揉成一团，然后又稍微展开，皱巴巴的。

这些人虽年事已高，但精神矍铄，眼神坚定，散发出惊人的生命气息，实力深不可测。

这几位老者拥有强大的力量，任何一位都不会比二长老弱。

仙院是修炼仙古法的无上圣地，那里的每一个人都精研仙古道法。仙院不仅有很多典籍和绝世仙经，而且有最适合修炼的环境。

“原来是天神书院的道友，我等正要拜访你们书院，没想到竟会在此相遇。”古船上一位年岁较其他老者小的白发老者说道。他的头发虽已雪白，但十分浓密，而且他看起来气色不错，脸上泛着淡淡的红光。

“误会一场，都是自己人。”天神书院的四长老笑道。

大家同属于九天十地，日后会并肩作战，天神书院的弟子还会经过选拔进入仙院，两院的关系自然非同一般。

不过，一想到弟子将被选走这件事，天神书院的长老心中就颇有几分不快，却又无可奈何。

“谁无年少时，你我当年不也是如此吗？小辈冲动、有血性也不算是什么坏事。”仙院的一位长老笑道。

显然，这些长老不可能没有看见刚才发生的事，只是一直持观望的态度，没有干预罢了。

石昊心中十分不快，他无缘无故遭人射击，不可能大方到若无其事，故而脸色很是难看。

“你也不错，只要努力一些，说不定就能成为我等的师弟。”古船上的那几个年轻人对石昊说道。

此时，又有不少年轻人从古船中走了出来，个个都头角峥嵘，样貌不凡。

“你可以带着小娘子上船来一叙，与我等多多亲近。”那个之前射箭的年轻人吴泰对石昊说道。

“你凭什么对我指手画脚？下船来！我打到你满地找牙！”石昊目光冷厉，盯着吴泰，毫不客气地说道。

第944章 无所畏惧

WANMEI SHIJIE

有些事可以忍，但有些事则需要直面，石昊不信他和仙院的人起了冲突后，仙院的长老们会一味偏袒己方的人。

仙院的这几个年轻人接连冒犯、刁难他，他如果一再避退，就会颜面尽失，甚至会让天神书院受辱。

天神书院的弟子们看到这一幕，心情有些复杂。他们之所以修炼仙古法，就是为了进入仙院，现在荒还未进门就得罪仙院的人，这样逞一时之快的做法太不明智了！

“你是在对我说话？”吴泰俯视着下方，问道。

气氛本来有所缓和，吴泰此话一出，众人的心又悬了起来。

“你可真是不讲道理，我等又没有伤及你的性命，你不是好端端地站在这里吗？”吴泰不以为意地说道。

“哧！”

石昊一抬手，掌心便出现了一杆金色战矛，这战矛完全是由闪电凝聚而成的，璀璨夺目，威势惊人。

石昊迈开脚步，甩动手臂，手中的金色战矛“嗖”的一声飞了出去，如流星一般。

金色战矛太快了，它划过长空，冲上那艘古船，径直飞向吴泰等人，气势惊人，带着大片的雷霆。

“你大胆！”一个年轻人喝道。接着他祭出一个宝瓶，宝瓶喷吐出熊熊火焰，与金色战矛相碰撞，无数符文交织，响声不断。

吴泰则拉开弓，射出青铜箭羽，以阻挡金色战矛。

此时，古船上的那几个年轻人脸色都不是很好看，其中一个人更是目露凶光，盯着石昊，厉声道："好大的胆子，居然敢攻击我等！"

"野小子，真是不识抬举！你是觉得自己身手不错吗？竟敢攻击我等！"吴泰也跟着呵斥。

"你们觉得受辱了吗？我不过是以其人之道还治其人之身，刚才你们是如何对我的？！"石昊很是气愤，连声音都有几分颤抖了。

"就凭你，也配与我等相提并论？"吴泰喝道。

"你以为你很了不起吗？不服气就下来比试一场！"石昊朗声道。

仙院的人皆面露惊异之色，心想，这个年轻人是下定决心要出手了。

王曦、绿陀等人都在一旁观望，等着石昊与仙院的人对决。

清漪很担心石昊，吴泰可是仙院的弟子，石昊还未进入仙院就先得罪仙院的人，后果可能会很严重。

天神书院和仙院的长老们一直都没有说话，只是静静注视着这一切。

"这个人是谁？好生狂妄！是觉得我仙院没人吗？居然这样挑衅我仙院！他有什么厉害的本事？"古船上的一个少女不是很了解情况，这样说道。

"多半是不服我仙院之名，想一战成名吧。"一个年轻男子应道。

"真当我仙院无人吗？什么人都敢来挑衅。吴泰你下去跟他比试比试，务必打得他跪地求饶！"一个中年人朗声道。

一个知道事情经过的年轻人见状，低语道："嘘，这次是吴泰等人惹事在先，怪不得别人反击。"

……

"吴泰，你有湛蓝甲胄，击败那个小子应该不成问题，给他一个教训！"这时，古船上的那几个年轻人中有人开口了。

吴泰点了点头，紫发随风飘动，瞳孔中的十字闪闪发光，迅速跃下了古船。

罡风吹动，吴泰身上的湛蓝甲胄发出耀眼的光芒，外罩的衣袍猎猎作响，整个人看起来如同战神一般。

"你以为你是什么人，竟敢在此口出狂言！我告诉你，不是什么阿猫阿狗都可以挑战仙院的威严！"吴泰大吼道。

“你算哪根葱，也能代表仙院？！”石昊说罢，腾空而起，猛然向吴泰冲去。

“哧！”

伴着一声轻响，吴泰眼中射出耀眼的光芒。这次他用了全力，每一支青铜箭都气势惊人，迅速朝石昊飞去。

“面对这等狂徒，压制才是唯一的办法！”

“以神箭对付他！”

吴泰的同伴们恨不得亲自上场，呼喊道。

罡风浩荡，石昊化为一只鹏，在长空下振翅，转眼间就接近了吴泰。

“轰隆！”

伴着一声巨响，鹏锋利的爪子瞬间抓碎了长空。

观战的人都大吃了一惊，这种速度，这种手段，一般人谁敢与之争锋？吴泰如果不是手持教主级兵器，多半会有大麻烦。

“既然你化身成扁毛飞禽，那我就成全你，弯弓射大鹏！”吴泰抽出一支赤红色的箭，冷冷地说道。

“中！”吴泰大喝一声，松开了弓弦。

一道耀眼的光冲起，那支赤红色的箭仿佛拥有魔性的力量，恐怖至极。

“神念锁魂箭！”天神书院的弟子惊呼道。

神念锁魂箭是大人物炼制的法箭，威力强大，施法者只要在箭中加入自己的神念，便可锁定对手的元神。

吴泰的这一箭显然是超级高手炼制的，一旦击中石昊，必将爆发出惊人的能量。

“轰！”

随着一声巨响，石昊化成的鹏接连闪躲，数次划破长空，如同一道金色的闪电。

“快躲开！”

“太快了，那只鹏到你近前了！”

仙院的人大声提醒吴泰。

吴泰不是一般人，反应极快。他挥动手中的长弓，湛蓝甲胄发出耀眼的光芒，气势惊人。

“嗖！”

石昊与吴泰擦身而过，并未攻击他。

吴泰再次拉弓，准备射击。

然而，“嗡”的一声，吴泰双耳轰鸣，石昊化成的鹏再次出现，符文如浪涛般涌向吴泰。

石昊没有在意一直在追击他的那支赤红色的箭，他相信只要重创吴泰，那支箭必定会停止追击。

“当！”

吴泰将长弓一挥，抵挡石昊的攻击。

刹那间，千百道爪影落下，鹏的利爪发起了足足上千次攻击，全部击在了长弓上。

吴泰面色惨白，身体剧烈地颤动起来。

这只是第一轮攻击，石昊刚刚祭出的是至阳道法，之后还有至阴道法。

此时，一条黑色的大鱼带着黑色汪洋铺天盖地而来，禁锢了吴泰的躯体，影响了他的速度。

“砰！”

伴着惊天动地的一声巨响，吴泰借助湛蓝甲胄催动秘法，撑起一片水蓝色的光幕，以抵挡攻击。

可在最后关头，吴泰还是倒飞了出去，遭受了如同雷霆般的一击。

“这个人好强，居然将鲲鹏法领悟到了这等境界！”仙院的人忍不住惊叹起来。

“轰隆！”

巨大的声音响起，又是一击。

吴泰大叫一声，长弓脱手飞了出去，湛蓝甲胄撑起的光幕也破碎了，他的身体则撞向了一座火山的火山口。

石昊迅速化为人形，提前一步到达了火山口。

“砰！”

石昊一只脚落在吴泰的胸膛上，把他踩进了火山口内的岩浆中，“扑通”一声溅起大片的岩浆。

第945章 得志猖狂

WANMEI SHIJIE

红色的岩浆溅起，带着灼热的气浪落在地上，烫得地皮赤红，岩浆汇聚在一起，如同河流般流淌。

这些火山都有神纹守护，蕴含的力量异常惊人。

石昊踩着吴泰的胸膛，滚滚热浪从火山内喷出来，若是肉体凡胎，恐怕早已承受不住。

“扑通！”

吴泰奋力挣扎，手脚并用，引得岩浆四溅。被人这样一脚踩进火山口内的岩浆中，简直是一种天大的侮辱！

石昊的右脚开始震动，一股呈螺旋形的力量释放出来，这力量是由太阴之气与太阳之气结合而成的。

吴泰虽然有仙气护体，但在岩浆中挣扎时还是感受到了如同刀割般的疼痛。这岩浆中不仅蕴含着煞气，还有奇异的神纹。

“轰！”

突然，吴泰一头长发竖立起来，岩浆瞬间升上了数百丈高的空中，气势惊人。

石昊纹丝不动，那股螺旋形的力量仍在钳制着吴泰。

“啊——”

吴泰惨烈地嘶吼着，剧痛感扑面而来。

可是，比起身体上的疼痛，吴泰觉得心里更难受。他是谁？仙院的嫡系子弟，长老亲手教出的高徒！如今他却在此受辱，被人踩在脚下，这简直忍无可忍！

“嗡！”

空中像是有蝉在轻鸣，光芒四射，璀璨夺目。

吴泰好不容易摆脱了石昊的控制，此时的吴泰犹如一个愤怒的魔神，乱发飞扬，瞳孔内的金色十字更加清晰了。

“是湛蓝甲胄！”观战的人惊呼出声。

“我就知道形势一定会逆转，吴泰怎么可能会败呢！”仙院的人松了一口气，大笑道。

“那个野小子虽然很强，但是如何能与我仙院培养出来的人相比？他终究是要被打败的，不是谁都可以挑战仙院的！”古船上的那几个年轻人开始沾沾自喜，朗声道。

而此时，石昊泰然自若地站在火山口，背后的鹏的翅膀带着混沌之气，气吞山河。

吴泰眼中流露出浓浓的怒意，恨不得将心中的怒火全部发泄出来，他居然在此遭受了这种羞辱！

“你竟敢以脚踏我胸口！”吴泰将黑色战矛直指石昊，怒斥道。

石昊神色淡漠，道：“那又如何？我都说了，要打得你满地找牙，说到做到！”

“轰隆！”

随着一声巨响，吴泰用战矛劈裂了长空，长空中瞬间出现了一道可怕的大裂缝，这片天地被分成了两半。

力量惊人！

石昊脚下的那座火山当即就被劈成了两半，红色的液体四溅，涌向各方的山地，场面壮观。

观战的人莫不心惊肉跳，石昊背后的一群人皆快速倒退，唯恐殃及自身。

石昊移动的速度快如闪电，巧妙地避过了这一击，长空的大裂缝过了好一会儿才闭合。

“有点奇怪，你居然能发挥出这般威势。”石昊虽有几分惊讶，但依旧面不改色。

吴泰脸上浮现出不少黑色的斑纹，有些是施法所致，有些是因怒意而产生的。

听到石昊的话，吴泰更加气愤了，对方竟这样小觑他，简直是狂妄至极！

“看招！”吴泰大喝一声。他再次挥动战矛，释放出一股更为惊人的力量。

“真的是这副甲胄赐予的力量？”石昊自言自语道。他认真观察着吴泰身上的湛蓝甲胄，可是并未感觉到可怕的气息。

甲胄色彩亮丽，如同仙家花朵般引人注目，不仅如此，甲胄上还有各种烙印，其中最多的就是花瓣烙印。整副甲胄看起来就像是一株结着美丽花朵的金属树，有种绚烂的美。

“轰！”

巨大的响声传来，战矛的力量剧增，比刚才还要可怕。天地被一分为二，无数符文迸发出来，如同金色的雨点在飞舞。

石昊皱眉，一副甲胄而已，怎么能如此快速地提升一个人的实力呢？

吴泰越发勇猛，手中的战矛劈碎了虚空，无坚不摧。

石昊并没有正面迎敌，而是一直躲避吴泰的攻击。

吴泰以为石昊不敢与他正面对抗，冷笑道：“不过如此！”

“嗖！”

吴泰手持战矛，再次攻向石昊。刹那间，三道仙气从吴泰体内弥散而出，随后缠绕在战矛上，恐怖至极。

“轰隆！”

一声巨响过后，这片天地被吴泰以战矛击碎。仙气弥漫，石昊看起来如同盖世魔神一般。

“原来是拥有三道仙气的年轻至尊，难怪这么厉害！”天神书院这边有人叹道。

“不愧是从小天王那里借来的湛蓝甲胄，穿上它便可夺天地造化，吴泰必胜！”古船上的那几个年轻人大喊道。

“就此殒命，或者跪地求饶，给你两个选择！”吴泰朗声道。他浑身闪烁着蓝光，一朵又一朵花瓣从湛蓝甲胄上浮现出来，精美绝伦。

“真是得志更猖狂，你忘记刚才被一脚踏进火山口的经历了吗？”石昊冷冷地说道。

吴泰听到这番话，脸色越发阴沉，径直向石昊所在的方向冲去。他手中的战矛发出刺目的光芒，似乎要燃烧了一样。

这次石昊不再躲避攻击了，他确信那副甲胄有古怪，准备趁机将它夺取。

“轰！”

大量的雷电从石昊的身上迸发而出，仿佛和他背后的一对鹏的翅膀融为了一体，灿烂夺目。

“当！”

伴着一个清脆的响声，石昊徒手迎向战矛。他的手指如同仙金铸成的钳子般牢牢夹住战矛的锋刃，而后猛力一扭，战矛瞬间就变形了。

众人震惊不已，这是一股怎样的力量？这个人居然敢徒手对抗神兵利刃！

战矛是罕见的珍宝，此时正剧烈地挣扎着。吴泰脸色大变，怎么也没有想到对方如此胆大，竟敢徒手对付战矛。

“开！”吴泰大喝一声。他催动全身力量，湛蓝甲胄无比耀眼，三道仙气越发恐怖了。

“咔嚓”一声，石昊徒手折断了战矛。他抖手一甩，将战矛锋利的部分掷出，插在了一座火山上。

同一时间，雷霆之力从石昊掌心爆发，沿着战矛的金属杆攻向吴泰。刹那间，吴泰全身布满了符文，受了不轻的伤。

所有人不禁目瞪口呆，被这突如其来的一幕吓到了。

就连守护者的后裔独孤云都震惊不已，他们守护者一脉号称四大无敌血脉之一，金色血液沸腾时，可开天辟地。如今看来，荒可以算得上是普通血脉中最厉害的。

吴泰竭尽所能与石昊抗衡，如以三道仙气防护，使用湛蓝甲胄抵御，召唤各种神秘的符文等。

石昊背后的翅膀带着雷电，如两把快刀般向前斩去，直接落在了吴泰身上。

湛蓝甲胄发出愈加耀眼的光，抵挡这种可怕的力量，可最终吴泰还是不敌，身体横飞了出去。

如果没有甲胄，吴泰肯定早就败了！

“怎么可能，难道你也修出了三道仙气？”吴泰十分不解，问道。

“三道仙气很了不起吗？”石昊反问道。此刻，三道粗大的仙气正环绕在他的身体周围，让他看起来威风凛凛。

“轰隆！”

石昊双手结拳印，雷霆迸发，响声震天，鲲鹏力弥漫。雷帝宝术和鲲鹏法两种道法相结合，气势惊人。

石昊的拳印直接击在了吴泰身上，这下吴泰哪怕有湛蓝甲胄的防御，也无济于事了。

“啊——”

吴泰痛苦地大叫起来。他知道这回不妙了，对方的力量太古怪了，在他体内胡冲乱撞，符文如潮水般将他淹没。

“砰！”

石昊一脚踢向吴泰，力量像铁鞭一样抽打在吴泰的身上，他再次被踹到了一座火山上。

吴泰面孔扭曲，浑身剧痛，这一次对决让他几乎失去了战斗力，元神大受损伤。

石昊快速来到吴泰所在的火山，准备脱去吴泰身上的湛蓝甲胄。

“不，这是小天王的甲胄，你不能动！”吴泰大叫道。他心中十分惶恐，若是没了甲胄，他便无法向小天王交代了。

“哧！”

伴着一声轻响，蓝色的光芒闪耀，湛蓝甲胄被石昊从吴泰身上强行脱了下来，吴泰的脸色霎时间变得无比苍白。

这个时候，石昊惊奇地发现吴泰身上的仙气竟少了一道，只剩下两道了！

“这副甲胄居然这般神奇！”石昊有点不敢相信自己的眼睛，惊叹道。

石昊面露古怪之色，心想：吴泰原本只有两道仙气，有了甲胄之后，便凑齐了三道仙气吗？

吴泰面如土灰，心中很是沮丧，本以为借助甲胄有了三道仙气便可以所向无敌，没想到对手原本就拥有三道仙气！

这时，石昊抬起脚，准备向吴泰身上踩去。

第946章 挑衅

WANMEI SHIJIE

仙院战船上有不少人惊呼起来，与吴泰一伙的那几个年轻人更是齐声喊道：“住手！”

若石昊的脚落了下去，就是一座太古魔山都要被踏平，更别说是一副血肉之躯了，吴泰怎么可能抵挡得住？

“噗！”

就在这时，吴泰吐了一口血，剧烈地咳嗽起来。

由于忌惮天神书院和仙院的长老，石昊并没有下狠手。

“大胆！”一个严厉的声音传来。

“你竟敢做出这种事，当着长老的面伤我仙院弟子，是不将我仙院放在眼里吗？”古船上，有人大声斥责道。

“哪来的野小子？竟敢挑战仙院的威严，做出此等残暴之事，容你不得！”一个与吴泰一伙的年轻人这样说道。

“怎么？不服吗？不服的尽管放马过来！”石昊不耐烦地说道。

天神书院弟子们的神色都有些复杂，他们知道石昊道法高深，难寻对手，可没有想到他竟如此有魄力，面对仙院的人都毫无惧色。

“你好大的胆子，是在向我们仙院发起挑战吗？”古船上的那几个年轻人都变了脸色，其中一个人更是大声呵斥起来。

而此时，两院的长老依旧没有说话，也没有要插手的意思。

“还废话什么，说了那么多，你们不就是心虚吗？要是真有胆量，就下来对决，不然就别在那里乱嚷嚷！”石昊朗声道。

“你这不知天高地厚的野小子，竟敢侮辱我仙院的人，真以为没人能治得了你吗？”古船上的一个年轻人喝道。

“如果你们实在害怕，不敢单挑，那就一起上吧，我给你们围攻我的机会！”石昊冷冷地说道。

古船上的那几个年轻人听到这番话，二话不说，纷纷祭出宝具，欲一起压制石昊。

石昊一挥手，取来一张坠落在远处的铜胎大弓，迅速地弯弓搭箭。

空中传来剧烈的轰鸣声，有些法器被掀飞，有些宝具被击碎，一时间场面很是混乱。

“你们几个都不敢下来吗？只敢躲在船上祭出兵器，实在是有辱仙院的威名啊！”石昊的话里满是嘲讽。

这时，无论是天神书院的人还是仙院的人，都齐刷刷地看向那几个年轻人。

“嚣张什么，看招！”一个年轻人喝道。

两个年轻人当即跃出，对石昊展开攻击。他们被挤对到了这一步，如果还继续畏缩不前，实在有些说不过去，只好硬着头皮上。

“嗖”的一声，一道剑光飞出，一个年轻人当即被击中了。

另一个年轻人大惊失色，踉跄倒退，而此时的石昊如猛虎下山，气势如虹，一剑就把这个年轻人击倒了。

“平乱诀？！”一个中年人惊呼出声。他有些难以置信，心想：这不是长生世家王家的镇教绝学吗？这个人是怎么学会的？

“你是王家的人？”这个中年人喝问道。

“不是！”石昊简洁而有力地答道。随后，他再次挥剑，向前刺去。

远处，王曦很是疑惑，荒施展的不是平乱诀，可是看起来又很像平乱诀，显然是在模仿她的剑诀。

这剑诀之所以能发挥出此等威力，不是因为剑诀超凡，而是因为施展者的实力强大，其剑气驾驭的不是平乱诀的真义，而是其他道法。

“看招！”那两个年轻人尽管身受重伤，但是仍坚持继续与石昊对决。

石昊神情冷漠，当那两个年轻人手中拿着超越天神境的秘宝都无法击倒他时，就意味着这一战已经分出胜负了。

“哧！”一道剑气腾空而起，“噗”的一声，半空中的一个人当即被击中。

“啊——”

那个人惨叫一声，躯体像断了线的风筝向下坠落。

“噗！”

几乎是同一时间，不远处的另一个人下场更惨，剑气穿透了他的躯体。

众人哗然，这家伙太可怕了，连续打败两大高手，连眉头都没有皱一下。

“你们几个要不要也下来比试一番？”石昊看向古船，问道。

那艘古船上还剩下三个人，刚才他们没有参与对决，不肯冒险。

此时，那艘古船上的三个人一言不发，脸色一阵青一阵红。

石昊冷笑一声，不再理会他们，而这种气氛更让他们觉得难堪。

同为仙院的弟子，也有不少人对吴泰等人表示鄙夷，吴泰等人主动挑衅也就罢了，最后还反被压制，实在是太窝囊了！

“自取其辱！”有人悄声道。

“这是我仙院的弟子吗？连一个少年都打不赢！”还有人忍不住斥责道。

仙院的人不仅感到羞愧，还有一些不忿，觉得那几个年轻人丢了仙院的颜面。

天神书院的众人则面露异色，惊叹不已，荒实在是胆大包天，竟然做出这样令人震惊的事！

“我们败了，无话可说，道友可否归还湛蓝甲胄？”古船上，一个人向石昊索要那副湛蓝甲胄。

“这是我的战利品，凭什么给你们？”石昊冷冷地说道。他已经看出这副湛蓝甲胄价值极高，值得研究。

“你……这是小天王的甲胄，你难道想据为己有吗？我劝你就此收手吧！”索要甲胄的那个人顿时变了脸色，厉声道。

“什么小天王，我和他见过面吗？我只知道这是我从吴泰手中拿到的战利品，其他都与我无关！”石昊面不改色，朗声道。

仙院的一群弟子皆诧异不已，心想：这家伙到底什么来头，还真想招惹小天王不成?

仙院的长老闻言，神色微微有了变化。

天神书院的长老们心中一惊，显然知道那个小天王是何方人物。

“长老，还请帮我们收回湛蓝甲胄。”古船上的一个年轻人请求仙院长老出面。

“年轻人，甲胄早已认主，你留在手中并无多大用处。”仙院的一位长老开口了。

“多谢前辈指点，可我还是想研究一下。”石昊淡淡地说道。

开口索要甲胄的那位长老不知道说什么好，他这是指点吗?分明是索要好不好!

仙院的一些人不禁生出了几分佩服和惊讶，这家伙是谁?胆量真是不小，居然连长老的劝告都不听，他难道真想与小天王大战一场吗?

就在此时，古船中再次走出了一些人，其中几个年轻男女格外引人注目。他们如同上苍之子一般，男子英伟，女子靓丽。

第947章 反五行

WANMEI SHIJIE

这几个年轻男女的实力深不可测，他们被仙雾笼罩着身体，显得更加神秘非凡。

天神书院的众人目瞪口呆，这是什么情况？这几个年轻男女就像史书中记载的一样，修炼无上玄功已经到了关键处。

“仙院果然了不得，这几个嫡系弟子得了真传，仙气已经融道，都是上苍之子啊！”天神书院的四长老赞叹道。

听到这番话，天神书院的众人无不大吃一惊，因为这种评价太高了，就连绿陀、王曦等人都极少被长老这样赞誉。

“小有成就而已，他们还差得远呢。我看天神书院倒是有几个好苗子，若是细心栽培，将来定能成大器。”仙院的长老谦虚地说道。

四长老心中有几分不甘，微微变了脸色。他明白仙院长老的意思，天神书院的几位翘楚以后多半都会成为仙院弟子。

“荒，还不快将湛蓝甲胄归还仙院。”二长老命令道。

湛蓝甲胄是一件古物，若被神力催动，就会变得绚烂夺目；若没有被神力催动，就是没有什么光泽，好像蒙了尘一样。

石昊托着湛蓝甲胄，心中很是不舍，这副甲胄一看就知道绝不是一般的甲胄，他不想还回去。

“还请归还！”古船上，与吴泰一伙的那几个人再次开口，声音很大。仙院的长老都出面了，他们的底气也更足了。

石昊瞪了那些人一眼，惊得他们身体一颤。

“你们侮辱我在先，被击败后还口出狂言，如今又让我归还甲胄，是觉得我好欺负，还是认为我天生软弱？”石昊责问道。

那几个人脸色一阵发白，被石昊的气势吓到了，心有惧意。

天神书院的众人心想，荒都已经给了对手惨重的教训了，还觉得自己委屈，分明就是不想归还甲胄。

“我提醒你一声，那可是小天王的东西，在我仙院，无人不知小天王的威名。”此时，一个女子开口了。她是后来走出来的那几个年轻男女之一，眼角眉梢带着仙道气韵，如同从画卷中走出来的美人。

“上苍之子？”石昊自言自语道。他仔细打量那个女子，发现她的气质确实很不凡。

“这又不是从小天王手中抢来的，是我从吴泰手里得来的战利品，如何处置，自当由我自己做主。”石昊正色道。

“小天王可不是简单的人物。”那个女子见石昊心意已决，便不再多说。

仙院的其他人则神情各异，有期待，也有幸灾乐祸。

“小天王何许人也，来了吗？”石昊问道。

“他早已寻到一枚神秘古种，两年前就已经是教主级的人物了。”仙院的一个年轻人这样说道。

天神书院的众人惊讶不已，小天王居然早就与古种融合成功，如今除了仙院的长老，应该无人可与之抗衡了。

不过，这次小天王并没有前来，因为他已经不需要来此寻找仙种和道种了。

石昊皱起眉头，如果对方一开口索要，他就答应归还甲胄，那未免显得他太好欺负了。

“呵呵，既然你如此想研究湛蓝甲胄，那就先让它留在你手中吧。这湛蓝甲胄是仙古遗宝，的确很不凡。”仙院的一位长老笑道。

天神书院的二长老也对石昊说道：“既然如此，你就将甲胄留下吧。”

“好！”石昊痛快地答应了。

“既然如此，我们各自去寻仙缘，就此别过。”仙院的一位长老说道。

随后，那艘古船发出一声沉闷的声响，带着仙气腾空，渐渐远去。

这片火山区域依旧不平静，天神书院所有弟子一齐出动，继续在这里搜寻，正中央的那座火山是众人的重点搜寻目标。

“虽有封印之力，但没有看到完美无瑕的五行种子。”四长老很遗憾地说道。其实这是能够料到的，仙院的几位长老肯定已暗中用神识探索过了，正因为没有机缘所以才离开了。

不过，天神书院还是有人在正中央的那座火山内找到了两枚价值惊人的火道种子，也算不虚此行。

时间匆匆，转眼又过去了半个月。这块五行大陆上仍有无数年轻人的身影，他们都在寻找五行种子。

天神书院的银色战舰在这块五行大陆上不断穿行，众人想依照古天碑的记载找到那个神秘的封印地。

只可惜，那几处地方都寻遍了，众人依旧没有发现任何线索。

“记载有误吗？”三长老问道。

“那毕竟只是古人的推测，不是真正的宝藏图，如果他们确认五行种子在哪里，也就不会留下这些线索了。”二长老这般说道。

几位长老一边讨论着现状，一边商议下一步该怎么做。

五行大陆太广袤了，没有边际，如果一处一处地寻找，谁也不知道要花多长时间。

“哗啦啦！”

远方，金色古树在摇动，发出耀眼的光芒，叶片上的星辰也跟着在簌簌抖动。

“金色古树吸收了足够的五行精气，再过几日可能就要离开了。”三长老说道。

“你们说，金色古树扎根的地方会不会就是封印地？”四长老推测道。

几位长老讨论时，提到了这个问题。

银色战舰再次起航，降落在金色古树的不远处，众人在附近寻找了一阵，可还是一无所获。

“五魔封天种！”二长老走来走去，百般思量，而后指着金色古树说道，

“它降落的地方一定很有讲究，不如以它为中心推演。”

“是不是反五行？”一位长老在排列各种阵图时，提出了这样的假设。

“反五行，改变五行根基，颠倒乾坤？”二长老想到了这则传说。

那不是什么好的传说，当年追寻反五行法阵的人都没有落得什么好下场，据说那法阵里封印着十分厉害的东西。

“自古以来法阵众多，故有排名，其中既有杀阵排名，也有凶阵排名，据说反五行法阵就位列凶阵前三甲！”一位长老神情凝重，这般说道。

“以金色古树为中心，先推演一遍！”二长老朗声道。

银色战舰上，弟子们都不敢去打扰几位长老，因为长老们在竭心尽力地进行推演法阵。

几位长老盘坐在高台上，不断推演法阵，额头上满是汗水。

“反五行法阵应该与正五行法阵相呼应，中间有一道分割线。”一位长老推测道。

长老们不断摸索，最后真的推演出了一些有用的线索。二长老快速刻图，一个大致的轮廓逐渐成形。

“这是……”一些弟子围拢上来，心中皆是一惊。

在金色古树的位置，出现了一个符号，符号的不远处有一条分割线，另一侧也出现了一个符号。

很快，阴阳二气流转，逐渐形成一个圆，将两个符号和分割线包含在其中。

“阴阳图！”弟子们惊呼出声。

二长老解释道：“金色古树扎根的地方是其中一个阴阳眼的位置，五魔封天种应该是在与另一个阴阳眼对称的位置。”

反五行法阵的位置竟真的被推演出来了，所有人都大为震惊。

高台上，阴阳二气流转，大道图形神秘而宏大，阴阳眼居然成了正反五行之地！

众人回头看向金色古树，又望向无垠的大陆。

高台上展示的不过是推演出的法阵，而实际的区域更为庞大，那法阵究竟是怎么布置的？

“你确定另一个阴阳眼中封印着一枚天种？”三长老心中满是疑惑和不安，向二长老问道。

传说，反五行法阵有天大的秘密，很是恐怖，进入那里的人没有一个生还的。

“我们去看一看，站在远处，不要轻易入阵！”二长老很想解开这个千古谜题。

第948章 神药

WANMEI SHIJIE

金色古树摇动间，星光闪耀，无数星辰在金色的叶片上颤动着，看起来如同梦境一般美丽。

银色战舰起航，沿着推演出来的路线前进。

“快到了！”有人提醒道。

这片区域很安静，山峦起伏，五行本源精气源源不断地从地表冒出来，如同云雾一般。

“呜呜——”

当众人前行了百余里路后，不远处的山地中传来一阵声音，像是有人在哭泣。

“就是这里！”二长老朗声道。其他人闻言，当即紧张起来。

战舰停止前进，飘浮在半空中。

山谷很大，众人从半空中向下望，只见雾霭弥漫，此处仿佛连通着幽冥，神秘莫测。

这时，大风吹散了雾气，众人看到山谷中满是骸骨，有的雪白如玉，有的金黄透亮……族群不同，骨骼的颜色也不尽相同。

“反五行法阵！”一位长老大喊道。他看到了至尊的骸骨，而且还不止一两具。

“有些人像是坐化于此。”二长老面露惊讶之色，说道。

“咦？还真是如此！你们看，有些骨骼还保持着当初的姿势，像是盘坐在谷中参悟着什么。”三长老仔细观察了一番，表示认同。

“和我们想象的有些不一样。”另一位长老低语道。

风还在吹，呜呜声再次响起，加上谷地中的各种骸骨，让这片古代遗迹显得愈加神秘。

“退后！”

二长老下了命令，银色战舰起航，与山谷保持着安全距离。

随后，五长老取出一个由雷击木雕刻的战偶，战偶不过三寸高，通体漆黑，不时发出雷光。

五长老抖手将战偶抛了出去，战偶迎风变大，仿佛一个穿戴乌金甲胄的强大武士。

在五长老的催动下，战偶灵活得像一只猫，快速向山谷中跑去。

“你真舍得？这战偶你祭炼了多年，要毁在这里吗？”四长老问道。

“总要付出一些代价才能弄清楚谷中到底是怎么回事。”五长老神情凝重，这般说道。

战偶进入山谷后，浑身雷光闪耀，形成一片光幕，护住了全身。

所有人都很紧张，一部分人睁开了天眼，密切关注着战偶的一举一动。

“咦？战偶进入山谷深处了，没有什么反应，也没有遭遇意外。”五长老惊诧地说道。这与他预想的情况完全不同。

“反五行法阵不是极度危险吗？破坏五行根基，万物皆在五行中，只要进入反五行法阵，就会发生意外，怎么会是这种情况？”四长老也感到很不解。

五长老闭上了眼睛，他的一缕元神印记与战偶融合在了一起，因此他可以感知到山谷中的一切。

半个时辰后，众人都等得有些不耐烦了，五长老这才缓缓睁开眼睛。

“很奇怪，山谷深处非常宁静，没有任何异常现象。”五长老说道。

听到这话，二长老不禁大吃了一惊。

“我在那里看到了不少石刻，上面提到了一些事，我觉得值得研究。”五长老补充道。

“什么事？”二长老问道。

“莫名其妙的话语。”五长老神色古怪，接着说道，“以乾坤为炉，以岁月为火……石刻上提到了炼丹，按照上面的记载，这里是炼丹之地。”

“只不过，有些地方破损了，碑文不完整。”五长老停顿了一下，继续说道。

“走，我与你去看一看。”二长老说完，便分出一道灵身，迅速离去，到山谷深处与战偶会合。

也不知道过了多久，二长老的灵身和战偶一起回来了。

“怎么样？”其他长老问道。

“山谷中是安全的，可以进去。”二长老应道。

其他人大喜，都想去山谷中一探究竟，石昊等人也坐不住了。

银色战舰腾空，来到山谷近前，这一次众人径直闯了进去，降落在谷地深处。

山谷深处空旷、开阔，弥漫着远古的沧桑气息。

地上很多骨头都风化了，巨石在岁月的打磨下变得残破不堪，众人陆续从银色战舰中走了出来。

“这里有不少石刻都记载了关于反五行法阵的事情。我们刚才认真研究后认为，如今这里不再危险了。”二长老对众人说道。

“为什么？”其他人都很不解，问道。

“反五行法阵停止运转了，只要不触动它，就不会有任何意外发生。”二长老解释道。

“究竟是什么原因，你们都发现了什么？”一位长老迫不及待地想知道更多的情况，问道。

“这片山谷就是阴阳眼的所在地。若是昔日，我等根本不可能这样轻易地进来，不仅需要以大法力抵抗，还有可能随时会殒命。”二长老进一步解释道，“石刻上有一条写得很明白，如果有一天可以轻易进入山谷，那就说明此地没有危险了。这里是封印地，原本封印着绝世凶物，一旦凶物被放出来，后果不堪设想。很多记载表明这里还是一处炼丹之地，古人特意引来凶物，以五行大陆为炉，以岁月为火，进行修炼，使之成丹。”

二长老一口气说了一长串，众人都聚精会神地听着。

“究竟是什么丹药，居然需要耗费这么大的力气，还要以无穷岁月为火进行修炼？”一个弟子问道。

“按照记载，丹药如今该出炉了。”二长老说道。

提到丹药的价值，二长老心潮澎湃，激动不已，丹药是仙家之物，可以使仙王复活！

“什么？这是为仙王炼制的丹药，要等一个纪元才能出炉？”听了二长老的解释，有人忍不住问道。

众人皆震惊不已，怪不得有人为它布下了反五行法阵作为守护。

“五魔封天种，封的是无上神药？”一个弟子问道。

“所谓的五魔，就是反五行法阵，天种就是可以复活仙王的药。”五长老答道。

“不太对，我总觉得有古怪。”三长老不太相信这种说法。

“这里的石刻上说的确有一枚完美无瑕的种子是为了封印凶物留下的，如今应该还在。”二长老说道。

二长老与五长老虽然已经探索过这里了，但是也不能确定这里真的有一枚完美的种子。

这时，一艘古船从远处驶来，破开雾霭，缓缓降落。

“他们怎么也来了？”三长老发现了仙院的古船。

“诸位，我们又见面了，不过这一次我们不会礼让了。这个地方有仙缘，我等要留下来。”仙院的一位长老出面说道。

天神书院的众人有几分无奈，这个地方肯定是不能平静了，对决与抢夺的发生不可避免。

“你们知道这是什么地方吗？”天神书院的二长老问道。

“自然知道，而且比你们还清楚一些，当年仙院可是有人从这里活着回去过。”仙院的一位长老自信满满地说道。

只不过这位仙院长老没有透露的是，那个人活着回去之后，没有交代几句就殒命了，因此仙院的人也不确定封印地的具体位置。

“虽然此地看起来没有危险，但是谁也说不好一旦开启丹炉这里会发生什么，我们联手开启丹炉如何？”仙院的一位长老提议道。

“好！”二长老痛快地答应了。

第949章 隐藏的古地

WANMEI SHIJIE

山谷广阔，众人站在底部向四周望去，一片昏暗，雾气迷漫，仿佛来到了一个巨大深渊的底部。

仙院的几位长老和天神书院的二长老等人正在商议如何开启丹炉，取出稀世神药。

“如果不是金色古树扎根在一个阴阳眼上，为我等提供了参考坐标，我等恐怕一辈子也难以寻到这里来。”二长老感叹道。

这块大陆如同浩瀚宇宙一般，无边无际，如果没有线索，盲目地在这里寻找，可能几生几世也找不到封印地。

两院长老仔细研究，经过一番讨论推演之后，终于弄清了此地的情况，确定这里不是那么危险了。

“有一层神秘的面纱等着我们去揭开！”二长老朗声道。

在两院长老看来，众人见到的山谷是最表象的东西，而所谓的封印地根本没有被涉足。

“真实的古地被掩盖了，我们需要闯进去！”长老们对众人说道。他们虽然解开了部分谜题，但是依旧很小心，唯恐引起惊天的变故。

走到山谷的最深处，一面石壁挡在了众人面前，似乎是无路可走了，可几位长老并不止步，依旧大步向前。

“穿过石壁，才能知道真相。”五长老提醒道。

随后，五长老向前一个迈步，猛地撞在了石壁上。“咚”的一声，地动山摇，无数雷霆符文在他身上闪耀起来。

五长老被石壁反弹了回来，胸膛起伏，面色苍白，嘴角溢出鲜血。

“呵呵……”仙院的一位长老忍不住笑了，“年轻人就是毛躁，这只是一道关卡而已，办法也不想，非要硬闯。”

天神书院的五长老顿时脸色一阵青一阵白，他都多大年岁了？居然被人称呼为年轻人，这简直就是一种莫大的讽刺！

说话间，仙院的那位长老已经来到了石壁前，他用心推演，随后径直朝着石壁走去。

“咚！”

伴着一声巨响，整个山谷剧烈地晃动起来，仙院的那位长老口吐鲜血，直接被弹飞了。

众人愕然，而后心中生出了一股深深的寒意，连仙院的长老都负伤了，可想而知这关卡的力量有多么强大！

“前辈，你怎么比我更毛躁？伤势严重吗？”天神书院的五长老面露诧异之色，问道。

仙院的那位长老气得说不出话来，一甩袍袖，“噗”的一声又吐了一口血。

之后，又有两位长老上前尝试，结果都被弹飞了。

长老们发现越是实力强大的人，受到的伤害越严重。

“你来试一试！”仙院的长老指向一个弟子，说道。

“我……长老，连你们都失败了，我能行吗？”那个被选中的弟子的声音都变颤抖了。

“少废话，速速上前，这对你来说可是一桩大机缘！”仙院的长老严肃地说道。

那个被选中的弟子虽忐忑不安，但又无法拒绝，只得硬着头皮来到石壁前，一咬牙向前走去。

奇怪的是，这个弟子并没有被石壁反弹回来，而是直接进去了，瞬间消失得无影无踪。

“成功了，他进入了有大机缘的古地！”仙院的长老兴奋地说道。

“你也过来！”仙院的长老又选了一个弟子，想进行多次尝试。这个弟子也成功穿过了石壁，并未受到任何阻拦。

“怎么会这样？小辈能进去，我们却会被石壁弹开！”仙院的长老愤愤地说道。

“道理很简单，比如撒在湖中的一张大网，大鱼无法穿过网，会被网网住，而小鱼则能通过网上的窟窿，迅速冲过去。”天神书院的二长老分析道。

很快，两院长老经过一番推演后，明白了石壁的作用。这不是真正的石壁，而是一种法阵，与反五行法阵有关。

两院长老了解到这一点后，心中充满了不甘和失望，这个法阵居然阻挡了他们的步伐。

“唰！”

两道身影闪过，之前穿过石壁的两个弟子回来了，他们面露激动之色，说道：“长老，里面有很多稀世宝药！”

两个弟子成功返回了，这证明长老们之前的猜测和推演是对的。

众人哗然，穿过石壁的两人带回来的消息太令人震惊了！

与此同时，众人注意到穿过石壁的两人身上都有伤痕和血迹，模样有几分狼狈，像是遇到了危险。

“你们怎么了，里面是怎样的？”仙院的一位长老问道。

“里面虽有很多机缘，但也有危险，我们想去采摘神药，结果被符文所伤。”一个弟子答道。

“还有谁愿意去里面一探究竟？”仙院的一位长老问道。

另一边，天神书院的二长老等人经过一番商讨后，也询问书院的弟子是否愿意进入古地争取机缘。

石昊、邀月公主以及绿陀等人都主动申请去探险，想第一时间过去看一看。

仙院那边派出的一批人也都是年轻一辈中的风云人物。

两院弟子从不同的方位来到石壁前，彼此隔着一段距离。

“你们要小心！”

长老们在后方叮嘱道，结果话还没有说完，弟子们就迅速从石壁那里消失了。

石昊没有觉得撞上了坚硬的石壁，只觉得像是穿过了一层迷雾，揭开了一层神秘的面纱。

一片古地映入石昊的眼帘，四周有些昏暗，光线不是很充足。此地像是经历过无数次大战，漫长岁月过去之后，泥土的颜色依旧呈暗红色。

很快，石昊闻到了香味，他顺着香味向前望去，只见前方灵光闪烁，瑞气滚滚。

昏暗的古地中，果然有不少药草。

不远处，一个池子中的一株莲花特别显眼，莲花如少女般亭亭玉立，散发着清香，香气飘出数里远，让人心旷神怡。

不光是石昊，其他人也看到了这一株莲花，眼睛立马就直了，第一时间冲了过去。

“砰！”

数人同时出手，相互碰撞，仙气弥散开来。

“引魂莲！”有人惊呼出声。

众人各自占据有利地势，随时准备抢夺，因为引魂莲太珍稀了。

引魂莲是稀世神药，生长在神液之中，一个人如果元神破碎了，只要服食引魂莲，就可以重获新生。

对于修士来说，神药有价，引魂莲无价！

众人再次展开争夺战，即使是来自同一个书院的绿陀、王曦、石昊，也毫不谦让，仙院的人也是一样，场面一片混乱。

那些只修出两道仙气的人根本插不上手，只得在一旁观望。

“这里有凤凰草！”

不远处，一声呼喊惊动了正在争抢引魂莲的年轻至尊们。

稀世神药居然接连出现了！

不少人急忙冲向另一个方向，转而争夺凤凰草。

“你就是那个伤我仙院弟子，大言不惭的狂徒？”一个女子对着石昊问道。她眉目如画，身段修长，一袭蓝衣飘飘，似要乘风而去。

石昊确定此前没有见过这个女子，他和仙院的人发生冲突时，这个女子可能在古船里面，没有露面。

“闪开！”石昊举拳怒喝道。无论是谁，都不能阻挡他的脚步，引魂莲他志在必得！

“哼！修炼仙古法，还敢对我仙院不敬，你不想成为仙院的弟子吗？”女子威胁道。

“你休想拿仙院来压我！我已经收了一个修出三道仙气的男仆从，你若执意与我为敌，我不介意再收一个女仆从。”石昊警告道。

在仙院女子看来，石昊的这番话是一种严重的挑衅，更是对她的侮辱！

“轰！”

随着一声巨响，又发生了一次大碰撞。不光是石昊与这个女子在对决，绿陀、王曦以及仙院的其他人也处于混战之中，所有拥有三道仙气的年轻至尊都在为了神药而打斗。

第950章 引魂莲

WANMEI SHIJIE

昏暗的古地植被稀少，却接连出现了像引魂莲和凤凰草这样的神药，这让所有人震惊不已。

为了争夺神药，众人大展身手，激烈对决，一场大混战由此拉开序幕。

“砰！”

随着一声巨响，石昊释放出鲲鹏之力，那股力量与仙气撞在一起，使得天地剧烈地晃动起来。

“冲啊！”另一边，绿陀怒吼道。

绿陀在与一个青年对决，两人脸上、身上都沾染了不少血迹。

这是拥有三道仙气的年轻至尊之间的惊世大战！

“你可要想清楚，为了一株药草与我作对到底值不值！”仙院女子朗声道。她也很想得到引魂莲。

“少废话，各自凭本事来取！”石昊喝道。他直接挥出一拳，数千道雷电的光芒迸发出来，璀璨而刺目。

若是一般人，早就被雷电击伤了，这种雷电能够轻而易举地打败天神，堪比天劫。可是仙院女子实力强大，三道仙气包裹着她曲线完美的身体，并未受到多大影响。

就在这时，石昊体内冲出了数百根金色枝条，仙院女子顿时脸色大变，不由自主地倒退了数步。

石昊一个箭步向前扑去，欲靠近那株引魂莲。

莲花圣洁无瑕，芬芳扑鼻，通体银白，扎根在池中，池子内满是神液，晶莹透亮。

池子不大，蕴含着惊人的先天精气，伴有清新的花香。

"哧！"关键时刻，一道紫色的光射来。

是王曦！她施展出数种道法，企图阻挡石昊的脚步。随后，她施展了平乱诀，劈碎虚空，截断前路，阻止石昊进一步靠近引魂莲。

这时，绿陀也出手了。他先是发出一声惊雷般的大喝，然后以古天功攻击石昊的后心，气势如虹。

仙院的人也纷纷出手，阻挡石昊夺得引魂莲。

先前与石昊对决的那个仙院女子也回过神来，接连发出攻击，直指石昊。

石昊迅速躲避，身体如闪电般移动，与仙院女子对了一掌。

"砰！"

那个仙院女子身体一抖，鲜血渗出，疼痛难忍。

论肉身之力，有几人可与石昊相比？他如今与最强大的炼体士相差无几！

石昊再次往前冲，留下无数道残影，让人分不清虚幻与真实。

引魂莲，他一定要得到！

然而，无论是天神书院的弟子还是仙院的弟子，都不想让石昊得到引魂莲。谁敢接近神池，谁就是众矢之的！

石昊虽然强大无比，但是仅凭一己之力也很难对付这么多人，毕竟对手是九天十地之中最有潜力的一群人，个个都修出了三道仙气。

那些人根本不管看到的是残影还是真身，直接攻击！

引魂莲就在池中，那些人直接祭出道法，将它护住，谁若是前去采摘，就等于自取灭亡！

"铮！"

就在这时，兵器出鞘的声音响起。王曦拔出一柄由仙金铸成的神剑，此剑削铁无声，金光闪闪。

同一时间，和石昊对决的仙院女子手中也发出清脆的声音，她手中拿的是一杆凤翅仙金镋，璀璨夺目。

凤翅仙金镋十分惊人，其中含有光明仙金，雪白透亮，如同一轮太阳般耀眼。

“看招！”那个仙院女子断喝一声，径直向石昊冲去。

这种重型兵器一般都是男子使用的，舞动起来非常吃力，仙院女子居然舞得动这样一件兵器，着实令人惊讶。

石昊避过锋刃，用手劈向凤翅仙金镋。

“呼！”

狂风大作，凤翅仙金镋发出雪亮的光，灼烧了石昊的手。

“哗啦”一声，黑色的大水滔滔，石昊用鲲鹏法将手化成了大鱼，借助太阴之力防御攻击。

“当！”

石昊的手劈中了仙院女子的凤翅仙金镋，凤翅仙金镋剧烈地震动起来，嗡嗡作响，如同蜂鸣一般。

“哧！”

就在这时，王曦手持绝世神剑，猛地刺向石昊。

又是平乱诀！

石昊对平乱诀十分忌惮，毕竟它是世上最强的三大剑诀之一，曾经逼退了异域的恐怖生灵，平定了一个纪元的动乱。

石昊撑开唯一洞天，浑身发光，将柳神法与雷帝宝术结合，让数百根金色枝条带着雷光攻向王曦。

“啊！”

绿陀大吼一声，满头长发飘散，头顶出现了一株由仙气所化的参天大树，径直向石昊冲去。

石昊腹背受敌，处境危险。仙院的人和天神书院的年轻至尊都联合起来对付他，阻止他得到引魂莲。

“哧！”

在众多高手的围攻下，石昊只好化成一只鹏，飞向天际，躲开众人。

石昊化为人形，立于虚空中，神色淡漠，冷哼一声，道：“我看你们谁能拿走这株引魂莲！”

石昊心想，既然谁去采摘引魂莲都会遭受攻击，那他就等在这里，看看下一个被围攻的人会是谁。

众人面面相觑，没有人敢迈出那一步。

“我可没空在这儿浪费时间，我还要赶着去争夺其他神药呢！”石昊再次向引魂莲的方向俯冲过去。

“轰！”

巨大的声音响起，凤翅仙金镋猛然劈向石昊，发出惊人的光芒，阻挡了他的前路。

与此同时，绿陀双手结印，向石昊冲去。

王曦也催动神剑，刺向石昊。

……

所有人一起出击，欲将石昊击败。

石昊通体发光，像是燃烧了一样，唯一洞天化成一轮巨大的太阳，浮现出各种符文。

石昊大喝一声，硬闯年轻至尊们的包围圈。

“轰！”

一轮又一轮的猛烈攻击几乎把石昊所在的那片区域都毁灭了。

很快，石昊所在的那片区域变得清晰起来，成片的光芒逐渐变得暗淡。

“法力免疫！”王曦惊呼出声。

最近王家一直在暗中调查石昊，王曦本以为已经摸清了石昊的底细，没想到他还有这种本领！

众人脸色大变，眼睁睁地看着石昊突破道法的封锁，伸手就要摘取那株引魂莲。

“失效了！”仙院女子大喊一声，挥动凤翅仙金镋向石昊击去。

石昊一跃而起，“当”的一声，脚踩在仙金镋上，引起一阵剧烈的震动，转眼间便化解了这一击。

当王曦的神剑刺来时，石昊一弹指，敲在那柄神剑上，引得神剑嗡嗡作响。

绿陀和仙院的其他人见状，立即上前围攻。石昊的唯一洞天喷出各种符文，数种道法一齐发力，奋力反击。

与此同时，石昊一把抓住了引魂莲。

第951章 横扫群雄

WANMEI SHIJIE

引魂莲在石昊手中剧烈地挣扎着，发出璀璨的光芒。

“哧！”

成片的光芒飞来，众人再次出手，结果都被石昊一一化解了。

这时，先是引魂莲银色的莲叶化成了液体，而后花瓣凋零，也化成了液体。

半晌，银色的液体从石昊的手指间腾起，冲到半空中，形成了一团浆液，银光灿灿。

这株神药竟然在关键时刻发生了突变！

那团浆液浮在空中，芬芳扑鼻，比刚才更为浓烈。所有人目光炽热，纷纷向前冲去。

“神药成熟，自行脱落，化作宝液，其根须逃走了！”有人朗声道。

石昊身在最前方，自然不会错过，他大手一挥，欲把引魂莲浆液据为己有。

众多年轻至尊不甘示弱，皆向前猛攻。

石昊不得不谨慎防守，他的身体在不停地晃动，唯一洞天变得扭曲，似乎马上要裂开了。

“轰！”

伴着惊天动地的一声巨响，绿陀一掌拍向石昊，力量足以击破苍穹。

石昊一只手抓住引魂莲浆液，另一只手则与绿陀的掌相碰撞，响声隆隆。

“哧！”

剑光一闪，王曦的神剑刺向石昊。

“咔嚓！”

一阵响声传来，虚空被斩开，那个仙院女子手持凤翅仙金镋，猛地向石昊冲了过去。

仙院的另外两个人也发起了攻击，长矛和战戟一同落下，锋利无比，穿破长空，直指石昊。

石昊的唯一洞天内，金色枝条化成秩序神链，冲向四面八方。他的体内开始发光，轮回奥义浮现出来。

石昊的法力免疫即将失效，他在利用最后的优势与众多对手对抗。

“嗡！”

虚空一颤，而后传来剧烈的轰鸣声，光芒四射。一些人大喜，他们的符文又生效了。

刚才不少人还无比沮丧，因为他们的道法对石昊不起作用，现在形势逆转，他们的道法有用了，最佳的攻击时机来了！

石昊面不改色，虽然受到了不小的干扰和冲击，但是并未收回握住引魂莲浆液的手。

这时，石昊迅速取出一口鼎，收走了所有的引魂莲浆液。

众人的道法纷纷落下，石昊虽然实力超凡，但是也不可能以一己之力对付这么多人，唯一洞天变得越发模糊、暗淡、扭曲，近乎碎裂。

“哧！”

平乱诀突破唯一洞天的防御，一剑刺了进去，石昊虽避过了要害，但还是被剑气伤到了手臂。

“破！”

石昊大喝一声，背后出现了鹏的翅膀，试图逼出剑气。

“轰隆！”

绿陀结拳印，与石昊展开正面对决。天空隆隆作响，近乎崩塌。

“当！”

那个仙院女子的凤翅仙金镋攻向石昊，石昊一掌击在它的边缘，响声震耳欲聋，火星四溅。

战戟和长矛相继刺向石昊的眉心。

一时间，仙气弥漫，符文漫天。

石昊自知陷入了险境，与众多年轻至尊激战，情况实在不妙！

石昊收好引魂莲浆液，双手结法印，弹开战戟和长矛。他想一举冲出重围，可年轻至尊们显然不会给他这个机会。

引魂莲太宝贵了！有了它就可以涅槃重生，谁不想得到？

石昊再次徒手对抗凤翅仙金镋，不料凤翅仙金镋突然发光，温度高得吓人，仿佛可以焚毁世界，烧穿九天。

石昊感到掌心一阵剧痛，低头一看，掌中已是一片焦黑，还好他肉身强大，不然整条手臂都可能会被烧伤。

“看招！”仙院女子喝道。她带着耀眼的火光扑向石昊，以神焰封锁了此地。

“焚天焰！”有人惊呼出声。

石昊深感意外，这种火焰太强大了，一股炽热的气息似乎要将他吞噬了。

“可以焚天的道火，无上神焰。”石昊自言自语道。他见识过这种古天功，名为大焚天功，其火焰可以烧毁天宇。

焚天焰向着石昊席卷而来，火光连天，炽热无比，他掌心传来一阵剧烈的疼痛感。

“轰！”

响声震耳欲聋，石昊双手结法印，施展出六道轮回天功，将几种道法结合起来。

刹那间，道法交织，化为光幕，像是真的开启了六道之门和轮回时光。

“锵！”

石昊抽出一柄剑，此剑一经催动，便发出了耀眼的光芒。

“咔嚓！”

凤翅仙金镋被斩断的声音传来，其中的仙金向着石昊手中的剑飞去，一件珍宝就这样被毁掉了。

石昊抽出的剑名为大罗剑胎，他一般不拿出来用，一旦取出，就意味着要决一死战了。

“哧！”剑光一闪，大罗剑胎与六道轮回天功相配合，刺中了仙院女子的手臂。

仙院女子很是心疼，不仅凤翅仙金镗被毁了，而且仙金也被夺走了。

“铮！”

随着一声轻响，石昊施展出六道轮回天功，大罗剑胎如同巨鹰般在虚空中盘旋。

大罗剑胎像是复活了一样，一个模糊的人形生灵浮现出来，随即仙雾弥漫。

“哧！”

王曦的神剑刚接近石昊，大罗剑胎就将它劈成了两截，紧接着吸走了其中的仙金。

石昊不由得大吃了一惊，许久未用大罗剑胎，这柄剑竟越发厉害了。随着他实力的提升，这柄剑似乎也受到了影响，比以前不知道强了多少倍。

王曦脸色一阵发白，震惊不已，她的剑可是一柄绝世宝剑，居然就这样被斩断了！

“轰！”

惊天动地的声音响起，石昊疯狂地催动六道轮回天功，想要逃出包围圈。

“砰！”

王曦首当其冲，被震得嘴角溢出了鲜血。

“哧！”

剑光一闪，石昊终于从被围攻的状态中逃了出来。

“谁还想要引魂莲？”石昊问道。

绿陀冷哼一声，气冲冲地离开了。

王曦转身，一语不发，也走了。

“竟让我负伤，早晚要你好看！”仙院女子怒斥道。

“不服，现在就来一战！”石昊喝道。

“改日与你再战，我现在要去收缴战利品！”仙院女子咬牙道。

没人再敢挑战石昊了，每个人都琢磨着怎么才能找到上好的神药。

顷刻之间，此地安静了，众人都离开了。

石昊冷然一笑，心想，现在该轮到他主动出击了。他打算盯准这些人，谁得到神药，便从谁手中将神药夺过来。

第952章 神药园

WANMEI SHIJIE

昏暗的古地中虽光线不佳，但长满了稀世宝药，这些稀世宝药引起了激烈的争斗。

引魂莲到手了！

石昊心中大喜，跟着众人向前，准备寻找下一个目标。

另一边，凤凰草也引起了一场激战。天神书院的玄昆被打伤，凤凰草最后为仙院的一个清秀少年所得。

突然，一阵龙吟传来。

远处，一株形似龙的植物腾起，带着浓浓的雾霭，景象壮观。

“孽龙药！”有人大叫道，声音中充满了惊喜。

石昊惊讶不已，那株药非常不凡，引起了激烈的争斗。

王曦、绿陀以及那个仙院女子向传出龙吟的方向赶了过去，看样子都对那株药志在必得。

孽龙药扎根在地上，浑身散发着紫色的光芒，很是显眼。它本想遁走，结果又被人逼了回来。

神药皆有灵性，可以遁入地下，这传说中的孽龙药更是神性惊人。

这里的战斗场面异常壮观，无数人影掠过，一片混乱。

孽龙药的形状与龙十分相似，叶片像龙爪一样，整株药紫气氤氲，神光闪烁。

“这简直就是一条被禁锢的龙啊！”有人觉得孽龙药在神药中当属顶级，惊叹道。

众多强者各显神通，仙气弥漫，好不激烈！

其中，最引人注目的是一个使用龙拳的人，他像一条真龙在空中盘旋，气势惊人。

很快，这个使用龙拳的人也尝到了石昊刚才尝过的苦头——被众人围攻。

此人正是十冠王！

十冠王大吼一声，右手握着一株小树，小树不断向外喷吐混沌之气，震惊了众人。

天神书院和仙院的人没有一个不眼红的，这株小树是史上最强的仙种之一，即世界树幼苗。

当即就有人连孽龙药都不夺了，直接围攻十冠王，想夺走他手中的世界树幼苗。

“有了世界树幼苗，还争什么其他的种子？直接闭关，融合世界树幼苗，胜过一切机缘！”一个人大喊道。

那几个人近乎疯狂，对十冠王展开了猛烈的攻击。他们都太低估世界树幼苗的威力了，世界树幼苗的叶片沙沙摇动，发出的光芒异常耀眼。

有人不幸被世界树幼苗发出的光芒扫中，身上的三道仙气差点被打散。众人看到这番景象，皆不由自主出了一身冷汗。

最后，十冠王得到了孽龙药。

孽龙药是十冠王势在必得的东西，他修炼了真龙道法，掌握了龙拳，若是以孽龙药熬炼双拳，便可以达到所向无敌的境界。

“轰！”

随着一声巨响，石昊一拳挥向那个仙院女子。

仙院女子反应迅速，避开了石昊拳头主要的力道。虽然如此，但是她也一个踉跄，差点跌倒在地，嘴角溢出了鲜血。

“谁？！”仙院的一个年轻人大喝一声。他回过身来看到是石昊，顿时脸色大变，不再多言。

“唰！”

石昊身体一晃，来到众人面前，无人敢上前与他对决，几乎所有人都见识了他的实力。

“这家伙是个麻烦，得找个人狠狠地压制他。”

“可惜小天王等最厉害的人物都不在！”

仙院的人议论纷纷，对石昊怀有很大的敌意。

一些人虽然不忿，但是不敢轻易动手，最后干脆直接走了。那个仙院女子也没有贸然行事，只是瞪了石昊几眼。

这片古地有很多机缘，谁都不想浪费时间。

此时，远处又有光芒腾起，那是神药出土的征兆！

阵阵药香扑鼻，这里已经出现六种以上的神药了，足以震惊世间。

到现在为止，共有三株神药被人夺得。

三株神药都落在了拥有三道仙气的年轻至尊手中，其他拥有一两道仙气的人只能暗自叹气，老老实实地采摘灵草。

“咦？人变多了，第二批人进来了吗？”有人问道。

显然是有人出去送信说里面没有险恶，而是有大机缘，因此两院长老派出了第二批弟子。

仙院的人眼尖，一眼就认出了清漪。

“是她，和荒走在一起的那个女子。”仙院的人低语道。

当初，石昊与仙院的昊泰等人起冲突时，清漪就在旁边，因此，她一出现，就被不少人认了出来。

“哼，原来是她！胆子真大，居然敢进来，无论如何也要给她一些苦头吃！”仙院的一个弟子恶狠狠地说道。

这时，修出三道仙气的年轻至尊孟都正好路过此地，听到这话，心中生出了一个想法。

不久前孟都围攻石昊吃了不小的亏，引魂莲也被夺走了，一直心有不甘，眼下是个大好的机会。

“你，过来！”孟都朝清漪喝道。他想将清漪作为人质，这既是对石昊的报复，又可以要挟石昊。

“八珍麒！”

远方，有人大喊了一声。

石昊听到有人在说八珍麒的名字，大吃了一惊，居然还有这种东西？他快速冲去，想要争夺八珍麒。

一株麒麟状的植物没入土层之中，但很快又被人逼了出来。

八珍麒平日藏于土层中和矿洞深处，汲取大地精华。它是太古八珍之首，为天下第一佳肴，味道极其鲜美。

据说，若是将八珍麒与其他药草一起熬炼，可以增强药效。如果一株神药配上八珍麒，那会有怎样不可思议的效果？

石昊曾经在三千道州的仙古遗地中得到过一株八珍麒，不过已经配合神药服食了，只留下根茎等待八珍麒再生。

石昊记得骨书上说，若是两株八珍麒相遇，可能会发生某种惊人的变化，现在又发现了一株八珍麒，他怎能不惊喜？

石昊径直奔向八珍麒。

“轰！”

在奔向八珍麒的过程中，石昊遇到了绿陀，两人对了一拳，响声震天。在此地，人与人并无同门的交情可言，只有竞争。

“八珍麒又逃了！禁锢大地，不能让它利用土遁逃脱！”一个年轻人大声提醒道。

众人联手施展秘法，封锁大地。

这时，石昊看到了远方的青月光辉，熟悉的气息扩散而来，仙道气韵非常明显，是清漪！

石昊确定清漪是跟着第二批人进来了，而且她还在与人交手，迫不得已使用了那轮神秘的青月。

另一边，孟都非常震惊，他怎么也没有想到这个看似普通的女子竟召唤出了一轮青月！

孟都原本以为能迅速擒住这个国色天香的女子，结果却被女子召唤出来的青月所阻，伴随青月一同出现的神焰逼得他连连倒退。

“你们看，这个女子施展出来的神焰是否和古籍中记载的青月焰很相似？为何会长伴她的身边？”

“没错，那就是青月焰！”

“你们有没有听过那个传说，仙古纪元的青月仙子早晚有一天还会出现在世上，莫非与这个女子有关？”

仙院的众人议论纷纷，一轮青月让他们想起了太多传闻。

孟都闻言，心中暗喜，这个女子真与青月仙子有关？若是真的，提前将她拿下，让她伴在身边，说不定会有惊世的造化。

想到这里，孟都赶紧以三道仙气压制清漪，想迅速擒住她，可清漪的那轮青月似乎又要开始反击了。

“你这是在逼我！”孟都大吼道。

“嗷——”

突然，一声长啸传来，石昊来了。

“砰！”

石昊一来就挥出了一记鲲鹏拳，震动天地，孟都瞬间被击退了好远。

“噗！”

孟都的实力本就不如石昊，经过一番战斗，他更是精疲力竭，被一拳震得口吐鲜血。

“轰！”

巨大的碰撞声响起，石昊又挥出了一拳，气势有如猛虎下山。

“啊——”

孟都惨叫起来，觉得肉身快撑不住了，元神也不稳定，很可能会殒命于此，转身就逃。

石昊和孟都的对战惊动了这片区域的所有人，众人议论纷纷，难道仙院的年轻至尊就这样被打败了吗？

最终，孟都好不容易逃出了这片古地，从石壁中冲出，这一次交手使得他险些丧命。

孟都狼狈逃出古地的事引起了不小的轰动。

仙院的长老们了解到发生了什么之后，脸色都不是很好看，心想：照这样下去，荒若是发起狂来，岂不是要将所有人都赶出来？

第953章 真金

WANMEI SHIJIE

孟都败北，险些殒命，这引起了所有人的关注。

众人对石昊的实力评估再次提升，认为他是一个极度危险的人物，连同样修出三道仙气的人都不能战胜他，可见他有多么厉害。

“你没事吧？”石昊看向清漪，问道。

清漪摇摇头，只觉得有些奇怪。一轮青月悬在头顶上方，很多模糊的景象出现，一个仙子正向她的内心世界走来，身影逐渐变得清晰。

“青月……”清漪自语道。

附近的人看到这番景象都惊诧不已，难道传说要成真了？昔年的一代真仙将再次降临世间？

石昊冷哼一声，声音不大不小，刚好惊动了众人。

众人对石昊感到有些害怕，特别是仙院的人，心里不由得生出了一股寒意。

拥有三道仙气的年轻强者都是绝代人物，未来会统御九天十地，成为无上强者。可是，连那样的人物都被荒打败了，足以看出这个来自下界的荒有多么可怕。

“唰！”

青月一闪，重新没入清漪体内，柔和的月光消失，她从那种迷茫的状态中恢复了过来。

“你该不会是一个轮回身吧？”石昊问道。

“至尊不是证实了吗？世间根本就不存在真正的轮回。”清漪摇头道。她也弄不清这轮青月到底是怎么回事。

“走吧，去采摘神药。我感觉这里是一个被遗弃的药园，到处都是神药。”石昊说完，便带着清漪向八珍麒的方向奔去。

石昊和清漪离开后，仙院的人忍不住讨论起来。

“荒拥有的三道仙气应该……是自己修出来的，并不是取巧得来的。”

“我想……应该是如此，他可能和仙古纪元的年轻强者一样，是靠自己修出三道仙气来的。”

看着石昊远去的背影，仙院众人的心情很是复杂。

仙院的人早已听闻今世虽有众多年轻至尊拥有三道仙气，但不少人的三道仙气都是生生“堆砌”出来的。比如，有些人汲取了仙尸中的气息，有些人换了一具肉身……

当然，这一世同样不乏靠自己修出三道仙气的英杰，只是众人难以确定哪些人是“真金”，哪些人稍逊一等。而现在他们可以确定，荒就是“真金”！

“拦住它！”

另一个方向，不少人都在捕捉那株八珍麒。

这片区域都被法阵围住了，可是八珍麒太灵活了，在土层中穿行，让人难以捕获。

而且，混乱的打斗场面给八珍麒的逃窜带来了极大的方便。

当石昊重新回到这片区域时，一些人焦躁不安，竟撕开法阵的一角，准备以乾坤袋等空间宝具冒险争夺八珍麒。

“蠢货，你在干什么？！”绿陀怒了，对一个仙院的年轻男子破口大骂道。

“哧！”

邀月公主祭出一道月光，月光扫向地层深处，可惜还是晚了一步，八珍麒沿着缺口直接就冲出去了。

“收！”仙院的年轻男子大喝一声。他催动乾坤袋，堵在缺口的位置，准备将八珍麒收走。

“哧！”

王曦眉心发光，分出一半元神，将其化成一柄剑，径直刺向仙院的年轻男子。

仙院的年轻男子顿时大吃了一惊，仓促应战，双手一抖，乾坤袋与八珍麒擦身而过。

“不！”许多人大叫道。

石昊伸出一只土黄色的大手，拍向地面，震开土层，一把抓了下去。

一时间，土石飞溅，五行之气翻涌，烟尘冲天。

“铮！”

神剑鸣响，刺穿苍穹。

“当！”

钟声悠悠，声传数千里。

当土层裂开时，众人一齐上前。石昊的攻势最强，众人担心他得手，祭出的兵器都是冲着他去的。

事实上，不管是谁想得到八珍麒，其他人都会在关键时刻对其展开攻击。

石昊身体一晃，无声无息地避开了各种兵器的攻击。可惜的是，他也没能捉住八珍麒。

众人停止了攻击，脸色都很难看，一株珍稀的八珍麒居然就这么没了！

“你这自私的小人！”绿陀怒斥道，给了仙院的那个年轻男子一掌。

一些人忿忿不已，连仙院的人都有几分恼火，不愿为那个年轻男子出头。

场面一片混乱，嘈杂不已。

石昊觉得很可惜，错失了这个绝佳的机会，就很难再抓到那株八珍麒了。

“咚！”

突然，一阵沉闷的声音传来，大地都在抖动。接着，又是一声巨响，虚空颤动起来，如同天塌地陷一般。

众人几乎是同一时间回头，看向同一个方向。只见一片原始的符文腾起，不一会儿便布满了整个天空。

“是祭灵文！”一个中年人失声惊呼。

今世与上一纪元最为相近的一点就是祭灵，可惜的是，祭灵文早已失传了。

无论是仙古纪元还是今世，都有祭灵存在，实力弱小的祭灵守护一个村落，实力强大的祭灵守护一个国家，甚至守护一片大天地。

只是，今世的祭灵与仙古纪元有些不同，没有用来秘密交流的祭灵文。

“走！”

一行人立马出发，向着原始符文腾起的方向快速飞去。

石昊和清漪也一同上路了。

转眼间，一座小破庙和低矮的小山出现在众人面前。小庙年久失修，摇摇欲坠，独自坐落在小山前，小山光秃秃的，没有植被，以山石为主，高不过百余米。

惊人的祭灵文就是从这座低矮的山中发出的，将虚空映照得格外灿烂。

小山前的一些身影让石昊的神色瞬间严肃起来，那其中有与十冠王齐名的谪仙，还有守护者的后裔独孤云，此外，仙院最厉害的两位人物也都站在小山前。

小山的石壁上有一些模糊的刻痕，符文正是从石壁中迸发出来的。石壁上有一扇门，谪仙等人刚才在攻击它，似乎是想通过那扇门到石壁里去。

石昊很是不解，那分明是刻在石壁上的一扇门，怎么被当成了道路？

“咚！”

一声巨响传来，谪仙在攻击石壁上的一些图案，可以看得出来他非常用力，耀眼的符文不断从小山中发出，冲向天际。

“咦？石壁上的门好像清晰了一些。”

“你们看到了吗？石壁上的宝瓶刚才也在发光，像是要变成真的一样。”

众人一边凝神关注，一边议论。

“你认识那些祭灵文吗？”石昊看向清漪，问道。

“并不全部认识。”清漪虽这般说道，但还是认出了一些文字。

“五魔封天种就在此地，要走这条石山路。”清漪肯定地说道。

就在这时，独孤云咬破中指，将几滴金色的血液洒向了石壁。

顷刻之间，变化发生！

“嗷——”

石壁中发出惊天动地的一声嘶吼，像是从远古时代传来的，给人一种原始与狂野之感。

众人震惊不已，石壁上的门中竟出现了一道模糊的身影，那道身影仿佛从天地的尽头走来，慢慢在接近！

“天啊，这不是刻在石壁上的一扇门吗？怎么会有生灵在里面行走？它这是要过来了吗？”一个年轻人惊讶地说道。

那道身影很模糊，带着一股霸气，转而快速奔跑，声音震动天地。

“嗷——”

随着一声大吼，小山开始剧烈地晃动，那扇被刻在石壁上的门中突然伸出了一只毛茸茸的手。

那道身影要过来了！

第954章 石壁中的生灵

WANMEI SHIJIE

那只手毛茸茸的，长满了红色的长毛，虽是人手的形状，但总让人觉得是兽爪。

那个生灵居然从石壁中伸出了手，要从那扇刻画的门中出来了！

“嗷——”

吼声震得不少人耳膜都要破裂了，大地也在剧烈地晃动。那个生灵挣扎着，像是要从石壁中走出来。

这是怎么回事？众人一头雾水。

一股蛮荒的气息扑面而来，那个生灵仿佛从远古奔跑而至，想要摆脱桎梏，重获新生。

然而，那个生灵伸出长满红毛的手后，躯体却动弹不得，根本无法从门里挣脱出来。

仙院的两个高手冷哼一声，一同上前，就要出手。

“闪开！”守护者的后裔独孤云喝道。

刹那间，独孤云乌黑的长发变成了金黄色，整个人的气势达到了巅峰状态。他面露严肃之色，眼底藏有一丝激动，横身挡在石壁前。

石壁中的身影像是有些顾忌，退了回去，毛茸茸的手也重新回到了刻画的门内。

独孤云展开双臂，结成法印，不断拍击石壁，形成奇异的纹路。他既像是在施展强大的攻击道法，又像是在举行某种仪式。

在此过程中，独孤云的一根手指始终在滴血，金色的血液落在石壁上，尽数被吸收了。

“你在做什么？”仙院的一个高手问道。

谪仙神色微变，目不转睛地盯着独孤云，背后浮现出一道真凰虚影，随时准备攻击。

就在此刻，石壁中传来低沉的声音，那只毛茸茸的手又出现了。那个生灵感应到金色血液的气息，像是在问话。

可是几乎所有人都听不懂石壁中的生灵在说什么，那种语言很古老，晦涩难懂。

独孤云口中呢喃两句，金色血液不断从手指流下，向石壁上刻画的门汇聚而去。

“你必须给我们一个解释，你到底在做什么？”这个时候，十冠王也急了，手持世界树幼苗，大声质问道。

石昊一直在旁边注视着这一切，神情严肃，浑身散发出可怕的气息。众人看到这番景象，觉得此地异常危险，都开始不由自主地后退。

石昊觉得独孤云做的事太反常了，似乎是在破解封印，想要释放石壁中的那个生灵。尤其是想到独孤云的来历，石昊就更不放心了，毕竟独孤云曾在异域生活过，异域强者现在又把他送回来，这一切本来就疑点重重。

“你听得懂吗？”石昊暗中询问清漪。

清漪皱着眉头，努力思索，想要弄清楚独孤云和石壁中的那个生灵究竟在说什么。

“莫道，你过来！”石昊喊道。他想知道莫道是否听懂了石壁中的那个生灵与独孤云的对话。

莫道虽有些抵触，但还是开了口：“这是异域的语言，我听不懂，不过应该是最古老的皇族语言。”

听到这个消息，众人神色大变，“呼啦”一声，绿陀、谪仙以及仙院的人瞬间围了过去，准备联手对付独孤云。

独孤云的行为太可疑了，他居然用异域最古老的皇族语言和石壁中的那个生灵交谈！

这是不朽之语，是大道真言，这种语言可以化成最强大的咒语！

“轰！”巨大的响声传来，谪仙十分果断地出手了。他身后浮现出一道真凰虚影，璀璨的光芒照耀天宇。

谪仙身体一晃，直接向独孤云冲去。

独孤云血气沸腾，幻化出一股风暴，风暴中浮现出他模糊的身影，让他看起来如同一位勇猛的战神。

“咚”的一声，虚空爆碎，谪仙和独孤云一交手就发生了剧烈的撞击。

连修出三道仙气的年轻至尊都倒退了好几步，其他人看到这番场景，不禁感叹这两人实在是太强大了。

这时，十冠王也出手了。他径直向那面石壁冲去，一时间天崩地裂，鬼哭狼嚎，混沌之气四溢。

十冠王的目标是那扇门和那只伸出来的手。

“嗷——”

一声嘶吼传来，像是在众人的耳畔炸开的一样。

那面石壁先是发光，随后浮现出无数符文，石刻的刻痕中填满了金色的血液，那扇门逐渐变得晶莹，近乎透明。

一股非常可怕的气息散发了出来！

“封印解开了！”一个年轻人惊呼出声。

那扇门发出的光芒居然挡住了世界树幼苗的攻击，各种符文交织，神秘莫测。

那只手伸出来了，接着是半截身子，最后是整个躯体，石壁中的那个生灵过来了！

“轰！”

伴着惊天动地的一声巨响，一股蛮荒的气息和狂野的力量，在这个生灵踏出石门的那一刻，铺天盖地而来。

这是一个人形生灵，他浑身都是赤红色的毛发，比常人高出一个头，眼睛是鲜见的银色。

在场的年轻至尊难得如此齐心合力，互相配合，围住了这个生灵，随时准备发起进攻。

独孤云上前，与那个生灵相隔不到一米。谪仙和十冠王退后了几步，没有立刻出击，在一旁静观其变。

这个地方突然变得安静起来，所有人都想看看独孤云到底要干什么。

不过，一些人也感到很紧张，毕竟从石壁中跑出来了一个来历不明的生灵，谁能安心？

此时，独孤云开始说话了，语气认真且严肃，甚至大吼了起来。

那个生灵银色的瞳孔射出耀眼的光束，语气非常强硬。

众人更加疑惑了，独孤云和那个神秘的生灵到底在谈些什么？独孤云有什么不为人知的目的？

不少人试图捕捉独孤云和那个生灵的神识，遗憾的是全都失败了，有些人还因此遭到了攻击。

“你一句都听不懂吗？”石昊再次问莫道。

“这种不朽者的语言，连异域的许多强大族群都没有资格学习，只被极少数的皇族掌握。”莫道无奈地回答道。

就在这时，清漪缓缓睁开了眼睛，说：“我听懂了一些！”

附近的人皆大吃了一惊，谪仙、王曦、十冠王以及仙院的高手们都朝清漪望去。

“独孤云在询问如何前往守护者一脉的族群栖居地，他在寻一条古路。”清漪简单的几句话让众人大为震惊。

而清漪接下来的解释，更是让人目瞪口呆。

独孤云在追问那个满身都是红毛的生灵应该如何找到那条路，前往一处神秘之地。

众人愣住了，守护者一脉不是近乎灭绝了吗？他们本来就人数不多，后来几乎全部战死了。

所谓的族群栖居地，是他们的祖居地吗？

“天啊，守护者一脉的发源地！原来还有守护者存活于世，好像还不属于九天十地，这个族群该有多么强大啊！”有人感叹道。

众人不禁汗毛竖立，当年从这个族群走出来一部分人守护九天十地，那一部分人便被称为守护者，若是发源地剩下的人全都出世，力量会有多么强大？

此时，一些人联想到了最近听到的传闻。

守护者一脉是拥有金色血液的生灵，号称无敌的族群，在仙古纪元属于四大超强血脉之一。

“四大超强血脉之一？独孤云所属的族群就是其中格外强大的一个，难道并未灭绝？”一个年轻人猜测道。

“可怕！也许‘四大超强血脉之一’的称号就是该族群发源地的一部分人赢来的赞誉。”另一个年轻人补充道。

所有人都觉得思绪很混乱，心情波澜起伏，久久难以平复。

独孤云回到这一界究竟有什么使命？是帮助异域的人，还是追寻他的族群所在地？

众人疑惑不已，心神不宁，只希望此地不要发生什么惊天的变故。

“有古怪！”

“这个浑身都是红色毛发的生灵究竟有多强？我们不会都要殒命于此吧？”

“无妨，可以与之对决！”

众人七嘴八舌，议论纷纷，心情复杂，有紧张，也有兴奋，还有一种求知的欲望。

第955章 皇族

WANMEI SHIJIE

这个红毛生灵全身长着红色的长毛，连面部都被红色的毛发覆盖着，只留一双眼睛露在外面。

红毛生灵在与独孤云交谈，语气有些恶劣，显得格外霸道。

有人通过红毛生灵散发的气息感受到了一股蓬勃的生机，推测出他是一个年轻的强者。

知道了红毛生灵的年纪不是特别大之后，不少人心中稍微多了一些底气。

独孤云似乎在与红毛生灵争辩，胸膛剧烈地起伏着。

“他们究竟在争论什么问题？”石昊问道。

莫道摇了摇头，他一句也听不懂，这是异域最古老的皇族语言，连如今的一些皇族都不见得能全部掌握。

清漪被圣洁的月光笼罩着，显得无比圣洁。她缓缓开了口：“他们在谈论一个地方，即体内有金色血液的神圣族群的故乡。独孤云想知道前往那里的路线，那个红毛生灵告诉他，从那里出去的生灵若是沾染了外界的气息，便再也回不去了！”

清漪的话让众人震惊不已，那是怎样的一个地方？一旦从里面出来，就不能回去了？

“红毛生灵不愿告诉独孤云路线，怕独孤云贸然寻路引起不必要的麻烦。”清漪补充道。

众人大惊失色，那里有异域都忌惮的势力！

独孤云不认同红毛生灵的观点，想寻到那条古路，回到先祖生活的净土。更重要的是，在那里，独孤云的金色血液会发挥更大的作用！

红毛生灵口中呢喃几句，银色的眸子发出耀眼的光芒，似乎是在警告独孤云什么。

独孤云却向前迈出了半步，和红毛生灵挨得更近了。

“轰！”

突然，独孤云和红毛生灵之间爆发出熊熊神焰，半边天空渐渐变得扭曲，近乎崩塌。

这神焰并非真正的火焰，是由修炼到极致的大道纹路形成的。

“红毛生灵说如果沿着那条古路走到尽头，开启界门，就会召唤出不少强者。”清漪向众人解释道。

众人闻言，心中更加震惊了。

那个地方不仅有拥有金色血液的生灵，还有其他的可怕族群，一般说来，他们不会踏足外界，可一旦被召唤出来，后果将会不堪设想！

红毛生灵不想节外生枝，因此不愿告诉独孤云路线。

“异域的皇族告诉我，寻到你们便能得到路径，为何不告诉我？”独孤云怒吼道。

这一次，独孤云是用九天十地的语言喊出的。随后，他一把揪住了红毛生灵胸前的毛发。

“你敢对我动手！”红毛生灵怒斥道。此时他也不说古语了，而是以神识传音。

红毛生灵大吼一声，大地开始崩裂，虚空逐渐变得模糊不清，最后甚至近乎扭曲了。

“轰！”

一声巨响过后，密密麻麻的符文浮现出来，一场大战即将来临。

红毛生灵一下就抓住了独孤云的手腕，反向扭动，神力如同波涛般汹涌，恐怖至极。

“咚！”

巨大的响声传来，虚空碎裂，仙气弥漫，成片的大道纹路浮现出来。

红毛生灵手中眨眼间就出现了一杆神槊，锋利无比，使用这种兵器的生灵个个都力量惊人。

独孤云手中也握了一杆战矛。神槊和战矛同样是重型兵器，只有神勇惊世之辈才有能力使用。

兵器对战，锋刃撞在一起，火星四溅。

此外，大道神音形成了可怕的波纹，震碎了虚空，许多观战者都受到了一定程度的影响。

谪仙、王曦、绿陀等人有三道仙气护体，没有受到什么影响。其他人就没那么幸运了，一些仅修出一道仙气的人受到重创，口吐鲜血，踉跄着倒退了好几步。

独孤云手持战矛落地，俊美的容貌让人移不开眼，一头长发披散到腰际，通体闪烁着金光，如同一位威风凛凛的战神。

独孤云以战矛指向前方，神色肃穆，目光冷峻。

对面，红毛生灵在落地的刹那掳走了三个人，两人属于天神书院，一人来自仙院。

“噗！”

红毛生灵右手持神槊，左手直接除掉了一个人，那个人旺盛的生命精气被他尽数吸收。

这一切发生得太快了，那三个人还没反应过来就被红毛生灵掳走了，其他人根本来不及阻止。

“啊——”

那个人发出一声惨叫，几乎只是一瞬间就殒命了。

众人无不心惊肉跳，顷刻之间，红毛生灵就把一个人的生命精气吸干了。

这时，红毛生灵脚下踩着的两人也已经没了生命气息。

红毛生灵的双腿在发光，两股旺盛的生命精气涌入了他的体内，清晰可见。

众人看到这番场景，先是愕然，而后大喊着要除掉红毛生灵。

“时代真是变了，当年供奉我等为神祇的渺小族群，如今竟敢对我挥动屠刀了！”红毛生灵冷冷地说道。

红毛生灵伸了伸懒腰，无比放松，精气神更充沛了。

“咔嚓！”

就在红毛生灵伸展躯体时，清脆的声响传来。随着他向前迈步，一块块灿烂的物体从他的毛发中掉了出来。

“那是什么？”许多人惊呼出声。那些灿烂的物体是由某种浆液凝固而成的，似乎是封印生灵之物。

“那是红毛生灵能活到这一世的根本原因。”王曦淡淡地说道。

“那种浆液只有不朽者才能祭炼出来，可以封印万物，使万物不腐，存活亿万年之久。”莫道补充道。

石昊回头看向莫道，有几分疑惑，似乎想知道更多。

“我想这个红毛生灵应该是异域某一古老皇族的后裔，他们一族被封印于此。”莫道解释道。

“你还知道什么？”石昊继续问道。

“这里应该有一枚古种，它号称天种，一位大人物曾与之错过，遗憾不已。”莫道继续说道。

“大人物错过了天种？”石昊惊讶地重复着莫道的话。

“是，某一位大人物成就了不朽之位后，想到年轻时错过了一枚天种，心中很是后悔。他如果借助天种的力量成道，那么将得到无法想象的力量。”莫道解释道。

听完这一席话，石昊心想：原来传说并非空穴来风，这里真的有一枚奇异的天种，连异域的大人物都惦记着。

“那位大人物很强大，没有人知道他诞生于何年代，也没有人听闻过他有败绩。在异域的神庙中供奉的神像内，必然有一尊神像是属于他的。”莫道神情凝重，这般说道。

这个消息太惊人了，一位无敌的大人物都因为没得到那枚天种而感到遗憾，它究竟有多么不凡？

“这个地方危机重重，所谓的在丹炉中炼药，恐怕丹炉中封印的是异域某一皇族。”清漪这样说道。

众人闻言，心想，眼前这个红毛生灵肯定有长辈，想必那是更加强大的存在。

第956章 凶焰滔天

WANMEI SHIJIE

这时，红毛生灵挥动手中的神槊，锋利的槊刃闪烁着刺眼的光芒，径直向独孤云刺去。

“当！”

一声巨响传来，独孤云手持战矛迎了上去。两大重型兵器相对，如同两座金属小山相互撞击，火星四溅，光芒迸发。

这是一场大规模的对决，独孤云和红毛生灵的实力不相上下，一时间难以分出胜负。

众人脸色大变，震惊不已，就连绿陀、邀月公主等人都感受到了威胁，神情凝重。

“你真的想跨过那扇门吗？”红毛生灵问道。

“想！我要回归祖居地，接受金色圣河的洗礼，让金色的血液沸腾！”独孤云朗声道。那是一种仪式，也是他们族群的涅槃之旅。

如果接受了金色圣河的洗礼，独孤云就会变得更强，走向巅峰！

“那里不止你们一个族群，还有其他族群，他们是不会让你通过界门的！”红毛生灵说道。

“这是我的事，不用你管，你告诉我去往界门的路线就好了。”独孤云执意要前往祖居地。

“既然你如此执拗，那我就给你一个机会。”红毛生灵银色的瞳孔变得深邃起来，这般说道。

随后，红毛生灵收起神槊，退到石壁旁，道：“你将我的族人放出来，我便告诉你。”

听到此话，众人心中一惊，纷纷议论起来。

“太嚣张了！竟敢当着我等的面说这种话！”一个中年人怒斥道。他虽然知道红毛生灵实力强大，但还是忍不住反驳。

红毛生灵瞥了中年人一眼，厉声道：“不知天高地厚的东西，我说话你也敢插嘴？！”

紧接着，红毛生灵抬起右手，化成一只龙爪，猛地向那个中年人抓去。

“嗷——”

伴着一声惊天动地的咆哮，巨大的龙爪撕裂长空，一下子就到了那个中年人的跟前。

那个中年人脸色骤变，发现自己被禁锢在了原地，动弹不得。

众人自然不会坐视不理，石昊正要动手，离得较近的玄昆已经一拳挥向了红毛生灵的龙爪。

“当！”

虚空中，一声巨响传来。拳头与龙爪相撞，竟发出了如同金属互相撞击般的声音，众人的耳膜险些被震破。

“两道仙气，还有一道仙气并未完全成形，就凭你也敢与我对战，不嫌丢人现眼吗？”红毛生灵以神识传音，所有人都能听懂。

“口出狂言！”玄昆呵斥道。他是天神境的绝顶高手，还从未有人敢这样侮辱他。

“如果单打独斗，我一个人就可以把你们全部拿下！”红毛生灵手持神槊，自信地说道。

“轰！”

玄昆五指并拢，一同射出五色光芒，带着五行神力，一掌拍向那个红毛生灵。

其他人也很愤愤不平，红毛生灵被封印了这么多年，还如此桀骜不驯。他们都希望玄昆大胜，给红毛生灵一个教训。

“哧！”

炽热的光芒从神槊身上迸发出来，红毛生灵手持神槊，神勇无比。神槊的锋刃雪亮，不断地释放出混沌之气，异常可怕。

密集的神纹交织，瞬间笼罩了这一方天地。玄昆快速结印，施展了一种古天功，欲一举击败红毛生灵。

两道身影缠绕在一起，战况无比激烈。

突然，红毛生灵周围出现了无数朵金莲，巨大的花瓣将他包裹住，可以抵挡任何攻击。

这让玄昆陷入了困境，尽管他使出全力，但还是处在了下风。

“哧！”

神槊释放出巨大的威力，猛地向玄昆劈去，气势凌厉。

“噗”的一声，玄昆吐出一口鲜血。

随后，伴着一声闷哼，玄昆的手臂受伤了。他本想反击，却被红毛生灵体外的金色莲瓣挡住了。

红毛生灵脸上露出一丝冷酷的笑意，目光犀利，猛力挥动神槊，直接向玄昆劈去。

“啊！”

玄昆大叫一声，整个人像断了线的风筝一样坠落在地上。他被红毛生灵的神槊的锋刃击中，奄奄一息。

“就凭你也敢与我对决，我乃皇族的年轻至尊！”红毛生灵怒喝道。他再次挥动神槊，向玄昆劈去。

“哧！”

剑气冲霄，此时拥有三道仙气的两院英杰自然不会袖手旁观，先后都出手了。

“当！”

离红毛生灵最近的独孤云弹指，一道刺目的光芒飞出，迅速挡住了神槊，响声震天。

“你想做什么，难道不想知道通往你故乡的路线了吗？！”红毛生灵勃然大怒，厉声道。

这个时候，其他人也赶来支援，攻击如狂风暴雨般涌向红毛生灵。

红毛生灵知道自己处于劣势，若是正面对战，肯定会吃大亏，他快速向后撤退，离石壁更近些，以便随时退回到石壁中。

天神书院的人上前抬走了玄昆，红毛生灵的神桀上有可怕的神纹，此时神纹还在攻击玄昆的元神。

玄昆元神大伤，肉身受损，不能再出手了。

“一群不知天高地厚的毛小子，居然敢与皇族争锋！”红毛生灵冷冷地说道。

众人脸色大变，愤怒不已，这个狂妄的生灵居然这样轻视在场的人！

“呼啦”一声，一群人将红毛生灵围了起来，准备群起而攻之。

红毛生灵转身就要走，道：“要么单人对决，要么你们两人或三人一同与我对决，如何？”

这是赤裸裸的挑衅，红毛生灵根本不把其他人放在眼里。

众人都有些憋不住了，仙院的高手最先出头，表示要与红毛生灵对决。

“那就满足你想大败的愿望。”红毛生灵冷笑道。

“少张狂，过来一战！”仙院的那个高手喝道。

红毛生灵没有理会仙院的那个高手，而是看向独孤云，道：“你想好了吗？是否要答应我的条件？”

“可以。”独孤云点了点头。

众人又惊又怒，独孤云难道要和红毛生灵站在同一战线吗？

“很好，你看到石壁上的图案了吧。宝瓶里有一枚天种，只要移走它，就可以救出我的族人。”红毛生灵指着石壁上的图案说道。

石壁上除了那扇门，还有不少其他的图案，其中最吸引人的就是一个似乎要破壁而出的宝瓶。

宝瓶晶莹细腻，虽是图案，但很生动。

众人听到红毛神灵的话，都很激动，天种真的存在，而且就在那个宝瓶之中！

“看着是石壁上的图案，其实图案中也是一个世界，只要进去，便有机会获得那枚天种。”红毛生灵解释道。

“我要怎么做？”独孤云问道。

“需要你的金色血液，最好还有其他独特的血液。”说到这里，红毛生灵一眼锁定了王曦，“你刚才以剑气攻击我，感觉像是平乱诀，难道你是当年那个挡住了我界大军的强者的后裔？你过来！”

红毛生灵所说的那个强者生于仙古纪元中期，曾以平乱诀抵挡了异域大军的入侵，成功平乱。

“少废话，先与我对决！”之前仙院的那个高手在一旁等得有些不耐烦了，厉声道。

“满足你！”红毛生灵应道。不过几个来回，仙院的那个高手就被打倒了。

“你敢过来与我对决吗？他的生死取决于你。”红毛生灵指着被击倒的仙院高手对王曦说道。

众人心里一阵发毛，这个红毛生灵太厉害了，竟连续打败了两位年轻至尊！

王曦的心情顿时变得复杂起来，她若是不出手，仙院到时候肯定会怪罪于她。迫于无奈，她只好迎战。

“看招！”红毛生灵大喝一声。

观战的众人不由得屏住了呼吸，无不希望王曦获胜，这个红毛生灵实在太嚣张了！

然而，最终王曦还是不敌红毛生灵，她的剑气完全被对方的金色莲花瓣挡住了，神染径直向她击来。

“噗！”

王曦吐出一口鲜血，踉跄着后退了几步。

红毛生灵收回神染，闻了闻王曦洒落的鲜血，道：“是这个味道，也许可以用来解除封印。”

接着，红毛生灵开始寻找下一个目标，很快，他看中了清漪：“能听懂我说的古语，体内还有仙道气息，就是你了！过来，我需要你的血！”

听到这番话，众人不约而同地望向清漪。

不少人知道，除了清漪之外，那里还有一个不同寻常的人，想必他现在要出手了！

果然，石昊迈开了脚步，边向前走去，边道：“等这个机会很久了，我早就想和异域的皇族成员比试了！”

“你是什么人？我要的是那个女子，不是你，滚开！”红毛生灵喝道。

“打败你的人！”石昊盯着红毛生灵，冷冷地说道。

第957章 狂野

WANMEI SHIJIE

众人觉得这绝对算是针尖对麦芒，一个是九天十地的英杰，一个是异域皇族的翘楚。这两人对战，不打个天昏地暗不可能罢手。

红毛生灵相当自信，用手挖了挖耳朵，道："什么？我没听清，再说一遍！"

红毛生灵全然没把石昊放在眼里，这对石昊来说，是极大的侮辱。

"打败你！"石昊这次更简洁，只说了三个字。随后，他迈开脚步，快速接近红毛生灵。

"给你机会不懂珍惜，还真敢再说一遍，那就开战吧！"红毛生灵恶狠狠地说道。

只见红毛生灵挥动右臂，红色的毛发随之飘动，手巨大而有力，猛地向石昊拍了过去。

连胜三大高手后，红毛生灵越发自信，直接就要给石昊一记耳光，这绝对是一种侮辱。

哪有第一招就这般跋扈的？红毛生灵完全是一副唯我独尊的架势。

石昊的身体如柳条般摆动，巧妙地避过了红毛生灵那一掌。

"哧！"

红毛生灵的手迅速回转，摆出一道弧线，发出一声轻响，再次向石昊拍了过去。

这类似掌中世界，是一种大神通！

"还要我亲自动手吗？识相的话就自己做个了断吧，我不想再浪费时间了！"红毛生灵不耐烦地说道。

"轰！"

一声巨响传来，石昊开启了身体宝藏，释放出巨大而惊人的力量。

石昊全身笼罩在一团光芒之中，撑开了唯一洞天，如同被一轮金色的烈日照耀着，璀璨夺目。

这一刻，连独孤云都差点以为看到了守护者一脉的人。

石昊从头到脚都是绚烂的，像是由仙金铸成的一样。唯一洞天出现后，迅速扩张，都快把红毛生灵吸进去了。

“你……”红毛生灵察觉到自己陷入了危险之中，心中生出了惧意，浑身的毛发根根竖立。

红毛生灵赶紧施展各种神通，大道纹路密密麻麻地出现，想借此压制石昊。可让红毛生灵感到吃惊的是，他的法力和神通居然被尽数瓦解，全都失效了。

法力免疫!

这次，石昊是真的动怒了，一上来就用了绝招。红毛生灵的言行实在太过分了，泥人还有土性子呢。

石昊打了红毛生灵个措手不及，让对方一时间愣住了。

“你居然掌握了我界皇族的天赋本领！”红毛生灵一边全力对抗，一边惊讶地说道。

在异域，有一个皇族便是以法力免疫这一神通称霸世间的，无人可与之匹敌。

不少人早已知晓了这件事，莫道被石昊制服之时，当着天神书院众人的面讲过。

红毛生灵不知有石昊这号人，自然震惊不已。

“嗡！”

一记鲲鹏拳打出，瞬间地动山摇，金色的羽毛漫天飞舞，石昊一拳挥向红毛生灵。

红毛生灵不敢再轻敌，集中全身的力量，奋力与石昊对抗。

石昊的唯一洞天发出耀眼的光芒，无数符文浮现出来，红毛生灵被禁锢了。

红毛生灵怒吼一声，这种感觉太难受了，才开始交手法力就被抵消了，连反抗的机会都没有。

“咚！”

石昊一拳硬生生地砸在了红毛生灵脸上，铿锵有力。

观战的众人看得心惊肉跳，暗自感叹这招简直又狠又准。

“噗！”

红毛生灵吐出一口血，半张脸钻心般地疼，他从未有过令他这般狼狈的遭遇。

“啊——”

红色生灵大叫着，声音中充满了愤怒。

红毛生灵满头长发竖立起来，双目射出银色的光芒。他堂堂一个皇族翘楚，居然被人一拳揍在了脸上！

不远处，观战的众人终于出了一口气，心情无比舒畅。

“你鬼叫什么？”石昊怒斥道，又是一拳砸来。这一拳带着雷电，耀眼的电光从他的拳头中迸发出来。

“砰！”

石昊这一拳直接击在了红毛生灵的面门上，沉重的一击让红毛生灵头晕眼花。

红毛生灵气得险些昏厥过去，众目睽睽之下，他居然败成这样！

众人无不目瞪口呆，虽然知道石昊很强，但是现在这个结果还是很出乎他们的意料，这也太厉害了吧？

这简直颠覆了众人的认知，才一开始，石昊就给了众人一个惊喜，或者说是惊吓！

“砰！”

伴着一声巨响，石昊第三拳砸了下去，打得红毛生灵不断哀号。

其实石昊有几分惊讶，因为一般人根本承受不了他一拳的力量，而眼前的红毛生灵居然还有力气叫。

“咚！”巨大的响声传来。

这一次，石昊拳头的力量格外强大，还带着神通符文，猛地击在了红毛生灵的鼻梁骨上。

“嗷——”

红毛生灵哀号起来，鼻子先是一阵剧痛，而后发酸。

“我饶不了你！”红毛生灵浑身精血不断翻涌，元神发光，开始诵起一种古经来。

这时，石昊感觉到法力免疫快要失效了，而红毛生灵很快就会摆脱他的禁锢，于是他准备攻击红毛生灵的元神。

这个红毛生灵比石昊想象中的更强大！

“哧！”

随着一声轻响，石昊抽出大罗剑胎，毫不犹豫地刺向红毛生灵的眉心。

剑光四射，气势如同汹涌的海浪般惊人，一瞬间，大罗剑胎发出的光芒照亮了天地，日月星河都因此黯然失色。

红毛生灵的眉心被切开，而剑尖受阻，一块五色盾牌从其眉心迅速飞了出来。

火星四溅，五色盾牌逐渐暗淡，最后被切开了。

大罗剑胎颤动着，汲取五色盾牌的精华，将之融入剑体内。

红毛生灵奋力挣扎，终于摆脱了禁锢，恢复了自由。

“哧！”

石昊继续挥动大罗剑胎，刺向红毛生灵。

红毛生灵元气大伤，一身本领难以施展，处在了被动状态，一时间竟不知如何防守。

石昊向前猛攻，一剑向红毛生灵刺去。

红毛生灵向后一跃，“砰”的一声撞进石壁，逃了进去。

众人看到眼前这一幕，都惊呆了，那可是连胜几人的异域皇族高手啊，眼下却被荒打得如此狼狈。

金色的光芒扩散开来，独孤云跟着没入石壁中。石昊挥动大罗剑胎，欲继续追击，也冲进了石壁中。

十冠王、谪仙等人见状，虽有几分犹豫，但还是跟着闯了进去。

“走，我们也进去！”有人说道。

越来越多的人进入了石壁之中。

第958章 大道宝瓶

WANMEI SHIJIE

石壁上有一扇门，那并非真正的门，不过人们都能走进去。

金色的血液流淌在石壁上，发出金色的光，那是独孤云的血，以它为引子才开启了这扇封印之门。

看到一群人冲了进去，剩下的人有些彷徨，要不要跟着进去呢？

“派人去禀报长老，我等先行一步。”有人建议道。

“也许里面很危险，那是封印异域皇族的古地，要是跟着进去，多半永远都出不来了。”也有人有所担忧，这般说道。

经过一番讨论后，有人离开了此地，前去禀告两院的长老，希望由长老们来做决定，也有人径直闯入了石壁中。

石壁里是一片荒凉的大地，一眼望不到边，乌云像是要从天上坠落一样。

“哪里走！”石昊仍在追击那个红毛生灵。

“等我恢复了，一定要让你付出惨痛的代价！”红毛生灵说完，便化成一阵红色旋风遁走了。

石昊穷追不舍，并不想就此放过红毛生灵。

大地一片空旷，昏暗阴沉，黑雾缭绕。

红毛生灵边逃边想，要不是自己失了手，怎会如此狼狈？竟被这样一个毛头小子追击！

石昊知道红毛生灵实力强大，若是下次再遇到，必是一个劲敌，如果现在能够乘胜追击，最好不过。

后方跟过来的人看到这一幕，都一阵感叹，虽同为天神书院的弟子，但彼此间的差距也太大了。

一般人若是与红毛生灵对决，估计早就殒命了，而荒此时居然在追击那个红毛生灵！

“荒果然了不得！”天神书院的人惊叹道。

“嗷——”

红毛生灵大吼一声，径直逃到地平线的尽头，闯入了一片迷雾区。

“唰！”

石昊及时止步，不敢再前进一步。

不久后，其他人也赶到了，看到了眼前这番景象。

地平线的尽头，浓浓的雾气笼罩着前方，像是披着一层薄纱，给人一种神秘感。

那里有数不清的山，都被迷雾笼罩着，很是朦胧。

刚才众人所在的地方非常空旷，是荒凉的大平原，突然来到这样一片山区，众人很不适应，仿佛这些山都是凭空出现的。

石昊睁开天眼，仔细眺望，发现了异常。在山地深处，不时有符文腾起，流光溢彩。

独孤云的神情有几分复杂，他似是要进去，但是又有点犹豫。

与此同时，十冠王、谪仙、王曦、绿陀等人也在密切注视着眼前的情景。

“那是……”

拥有天眼的人看到山地深处耸立着许多大山，其中有一片区域的大山非常密集，很多大山包围着一处古地。

古地里有一个大道宝瓶，那个大道宝瓶是以山体凿刻出来的，坐落在群山的中心。

所有符文和光芒都是那个大道宝瓶发出来的，恐怖气息也是从那里传来的，不用怀疑，那就是封印异域皇族的地方！

“我们乘坐战舰进入界坟时，遇到过一个无上强者，那应该就是异域皇族高手的投影，难道他在这里？”一个人猜测道。

“应该不是，实力过于强大的人是无法出入这片区域的，就像捕鱼的网只捕大鱼，小鱼可以自由穿行。”另一个人反驳道。

这时，红毛生灵已经跑到了大道宝瓶近前，他盘坐在地上，开始疗伤，试图驱除体内充满破坏力的符文。

“独孤云消失了！”忽然，一个惊讶的声音传来。

“怎么没拦住他，不是让人一直盯着他吗？”仙院的一个年轻至尊责问道。

许多人脸色大变，生出了不好的预感。

“独孤云以秘法穿透空间，是突然离开的，无法锁定！”另一个年轻至尊答道。

随后，众人看到独孤云已经在红毛生灵近前了。

“独孤云要解开封印！”天神书院的一个弟子惊呼出声。

“独孤云你要想好了，一旦解开封印，放出什么怪物，你自己也逃不掉！”石昊大喊道。眼下情况危急，万一封印真的被解开，那么九天十地必将迎来一场大灾难。

“我不会放他们出来，我只是想得到一个答案。”独孤云暗中对石昊传音。

石昊眉头紧皱，忧心忡忡。虽然得到了这样一个回应，但他还是不放心，如果大道宝瓶中的生灵被全部放了出来，后果简直不堪设想！

“哧！”

独孤云咬破手指，金色的血液顿时流出了几滴，洒落在那个大道宝瓶上。大道宝瓶发出刺目的光，刹那间照亮了乾坤。

大道宝瓶与山岳齐高，很是壮观。

其实，大道宝瓶也是洪炉，封印着一些异域的可怕生灵。有人想将异域生灵炼成神药，漫长岁月过去，也不知道结果如何。

“那么大一个大道宝瓶，独孤云就是血液流尽也难以洗涤瓶体。”有人乐观地说道。

“瓶中是否还有人活着？我来解除封印，需要你们告知我一些事。”独孤云对大道宝瓶内的生灵说道。

“天种也在大道宝瓶中吗？”仙院的一个年轻至尊有些疑惑，问道。

“想必在里面。”一个中年人面露希冀之色，应道。

可是，瓶中的异域生灵如果已经被炼成丹药也就罢了，如果没有，一旦出来，真不知道要掀起一场什么样的风波。

也许，根本不需要异域的大军打过来，光是封印在此的异域皇族就足以毁灭九天十地了。

独孤云的血液虽然很神奇，但是还不足以解开封印。

“你确定你的族人都还活着？为什么没有任何回应？”独孤云问道。

“有人活着。”红毛生灵应道。

“你是怎么出来的？”独孤云继续问道。

“自然是族人用大法力把我送出来的。这里遵循的规则也是一样的，捕大鱼，放小鱼，我境界最低，实力最弱，所以才逃了出来。”红毛生灵说出了因由。

“你为何没有动那枚天种？”独孤云追问道。

“你自己看，洒一些金色血液到瓶口。”红毛生灵似乎有些埋怨的意思，这样说道。

当金色血液落在瓶口时，顿时仙气冲天，还伴着雷鸣。

瓶口的塞子是一个小瓶，堵住了大道宝瓶的瓶口。

“天种在那个小瓶里！”红毛生灵刻意大声传音。他让更多人都听到，好借人之手将天种移走。

众人听到这番话后，不禁倒吸了一口凉气，天种居然是封印此地的关键！

“这点血不够，不仅需要你的金色血液，还需要他们的血。”红毛生灵对独孤云说道。

“要怎么做？”独孤云问道。

“先以你的金色血液为引子，激活群山。”红毛生灵说道。

独孤云又放出一些血液，将之均匀地洒在周围的山上。

“嗷——”

一刹那而已，天地间像是有成千上万的鬼怪在哭嚎，惊天动地。

所有的大山都在摇动，山上快速长出一种植物。

那些植物疯长，先是结出花蕾，然后绽放。每一朵花中都孕育着一个生灵，这些生灵嘶吼着，咆哮着，想要从花中挣脱出来。

这是怎么回事，发生了什么？

群山外，众人大吃一惊，感觉头皮一阵发麻，浑身凉飕飕的。此地的气氛实在太诡异了，凄厉的叫声更是让人汗毛直竖。

天地间的灵气向着那些大山涌去，最后没入植物之中。

这时，花朵中的生灵皆露出真身，睁开眼睛，仰天嘶吼。

“这是被封印的异域皇族统率的那支大军吗？糟糕！”有人猜测道。

众人闻言，皆惴惴不安，预感不妙。

成千上万的生灵跃出了花朵，有的提着长矛，有的持着大戟……一时间吼叫声震耳欲聋，响彻天地。

第959章 历史再现

WANMEI SHIJIE

这些生灵有着惊人的煞气，形态各不相同，有千足神虫、百翅猛禽、无鳞鬼龙等等，每一个都狰狞而凶猛。

其中有半数化为了人形，提着神兵利器，劈开了天穹，像是彗星划过夜空，照亮了这片天地。

此地瞬间沸腾了！

光是看气势，众人就被震慑住了，双方实力悬殊。

“冲啊！”有人大喊道。

即使没有多大胜算，也不能坐以待毙，所有人都准备大战一场。

“轰隆！”

惊天动地的一声巨响传来，就在众人以为走投无路的时候，虚空中发出刺目的神光，横扫天地。

那是一件仙家兵器，像是大戟，又像是长矛，瞬间就击败了成千上万的异域生灵。

这让人难以置信，一件兵器怎么可能一招就打败这么多凶猛的生灵！

“是大道宝瓶！”邀月公主惊呼道。

这一击使得群山摇动，一朵朵孕育出可怕生灵的花几乎都被斩碎，众多生灵遭受了致命的一击。

“嗷——”很多生灵嚎叫着，跌落到地上后反而更加猖狂。

大道宝瓶再次震动起来，凝聚出一件仙家兵器，是一柄仙剑。那柄仙剑如一道闪电般在虚空中飞射，响声不绝于耳。

“这是真的吗？我怎么觉得像是幻觉？”绿陀自言自语道。不光他有这种感觉，石昊等人也心生疑虑，觉得这些景象很不真实。

“冲啊……”

不远处传来打斗的声音，地面上，成千上万的生灵前仆后继。

生灵遍地，密密麻麻，怎么越来越多？

众人注意到了异常，连天象都变了——乌云密布，狂风大作，大雨倾盆，雷声隆隆，像是世界末日来临了一样。

而这一切转变都发生在一瞬间！

时空像是出现了断层，突然进入另一界，因此才呈现出这样的景象。

“这多半是仙古纪元的旧事再现，我们此时看到的不一定是正在发生的事，连天眼都被蒙蔽了。”谪仙推测道。

“也不算是虚幻，是真实情景的再现，这些事都被记载在了这片古地上！”仙院的一位强者提出了不同的观点。

“岁月的力量！”就在此时，十冠王大喊一声，猛力挥动手中的世界树幼苗。

其他人也有所感应，刹那间时光碎片飞舞，时间轮回即将在这里全面开启。

“这……太可怕了，是要将我们带入历史的天地之中吗？”

“原来如此！”

众人议论纷纷，大惊失色。

原来刚才看到的景象是历史的重现，此地开启了一段时间轮回，要把众人强行拉进去。

一旦进入时间轮回，众人肯定难逃一劫。

“这是多么可怕的力量，竟制造了一个时间轮回的陷阱，我等一旦坠入陷阱，如何抗争？”有人惊叹道。

那些生灵和植物都是古代的烙印，现在浮现出来，若是笼罩众人，便真的相当于昔日大战的再现。

以众人目前的修为来说，可能几分钟都抵挡不了。

“以昔日的烙印对付敌手，这种手段，真是想象不到！”有人叹道。

不一会儿，此地恢复了平静。每座大山都冒着黑烟，残破不堪，露出了本来的面目。

“退后！”一位长老预感到大事不妙，大喊道。

无数大山在倾塌，一株植物从地底钻了出来，它连接着群山，大到让人瞠目结舌。

山上的所有植物都源自这一株母体，它曾孕育出无数生灵，如今却只剩下了根茎。

这就是异域生灵的奇特之处！

“唰！”

这株植物从地下挣脱而出，瞬间包裹了整个大道宝瓶。

“哧！”

大道宝瓶发出刺眼的光芒，灼烧巨大的根茎，成片的根须变得焦黑，脱落下来。

与此同时，大道宝瓶晃动个不停，里面的生灵向众人传音，带着一种让人无法抗拒的诱惑：“我需要奇异的血液浸染根茎，献出宝血，日后必将赐予你们永生！”

听到这些话，一些人的面目开始变得扭曲，仿佛难以抗拒那种魔音。他们咬破了手指，准备献上血液。

这太可怕了，场面根本不受控制！

根茎缓慢地挪动着，被烧坏的部分开始疯狂生长，向着众人扑来。不过这株植物的活动范围有限，它的根须一旦越过边界，就会“砰”的一声炸开，化为灰烬。

“给我各族的最强宝血！”那声音继续呼唤道。

此时，很多人都坚持不住了，不由自主地向着山地中走去。

“何必呢。”在这危急的时刻，一个苍老的声音响起，众人纷纷停下了脚步。

大道宝瓶上的纹路变得清晰起来，形成了一个人形图案，纹路不断凝聚、交织，最后一个人形生灵从瓶体上走了出来！

那个人形生灵手持一柄剑，二话不说就朝根茎刺去，霎时间火光冲天，许多根须瞬间化成了灰烬。

“你不是殒命了吗？怎么还……留下了一道分身？”大道宝瓶中被封印的生灵充满了疑惑和惊讶，问道。

人形生灵异常虚弱，如风中残烛，灵魂之火似乎随时都会熄灭。

“当年灭你大军无数，没想到还有一株根茎残留。如果不是我留下了残念，还没人治得了你了！”人形生灵这般说道。

“轰！”

人形生灵猛力挥动手中的剑，无尽火光迸发出来，将根茎包裹起来。

“不！”

大道宝瓶剧烈地摇动起来，里面的生灵在拼命挣扎，根茎是它脱困的唯一希望。

现在希望破灭了！

“你也该殒身了，你只能成为天种的养料，让它成熟，成就大圆满。”人形生灵无情地说道。

听到这里，众人震惊不已，异域的皇族实力何其强大，居然被当成了一枚种子的养料？

那枚天种到底是什么东西，需要这样滋养和栽培，这是人为控制的吗？如此费心费力地培育它，究竟是为了成全谁？

众人疑惑不已，这和他们之前猜想的完全不一样！

“老祖！”红毛生灵呼喊了一声。

此时的独孤云表情复杂，像是在思索着什么。

那个人形生灵逐渐模糊，身影变淡。

“你……在成全谁？你不是九天十地的生灵，你是谁？”大道宝瓶中的生灵喝问道。

当年，人形生灵封印了他，结果自身也殒命了，付出这么大的代价只为了培育天种，到底是为了谁？

“会有人来收割天种的，不用你操心。”人形生灵淡淡地说道。

“你……你是沿着那条古路走出来的生灵？”独孤云问道。

“这些与你们无关，这一纪元已到了末期，即将覆灭。你们还是去战斗吧，这里的机缘不是你们能夺得的。”人形生灵冷冷地说道。

远处，石昊、王曦以及谪仙等人听到人形生灵的话，皆瞪大了眼睛，震惊不已。

“我的先祖究竟扮演了一种怎样的角色？”独孤云自言自语道。此时，他的内心充满了焦虑和疑惑。

在上一纪元，拥有金色血液的生灵是九天十地的守护者，他们顽强抵抗异域的进攻，甚至付出了生命的代价。

如今，独孤云了解到他金色的血液会变成黑色，在太初古矿，他还看到了一些颠覆他认知的东西。

独孤云有一种直觉，这个人形生灵很有可能与他的先祖有十分密切的关系，因此他想通过这个人形生灵弄清楚这一系列的事情。

“你的先祖已经归于尘土，和我一样。你就不要多想了，等着应对劫难吧。”人形生灵这般说道。

第960章 万道树

WANMEI SHIJIE

“还请明示！”独孤云想了解详情，可那个人形生灵并不理会他。

每一个人都无比渴望得到天种，今日出现的各种意外，让众人的心绪起伏不已。

“我们为何就不能得到天种？”绿陀问道。

不少人和绿陀有同样的念头，邀月公主、王曦以及仙院的高手们也想得到天种，就连已经拥有世界树幼苗的十冠王心中也难以平静。

此时，石昊正紧紧盯着大道宝瓶。

一声冷哼传来，那个人形生灵转过身来，淡淡地看了众人一眼，道：“莫要痴心妄想，这不是你们该争夺的种子，我劝你们本分一点为好。”

两院奇才哪一个不是人中龙凤？这个人形生灵却说他们不配拥有天种，众人心中很不是滋味，想知道到底怎样优秀的人才配拥有天种。

“你等退下吧！”那个人形生灵明显想让众人死心，说完便化成了大道宝瓶上一道模糊的痕迹。

大道宝瓶上，那株根茎已经全部化成飞灰，没有留下一点根须。

“凭什么我们不能争夺天种？我们都找到了这里，天种就在眼前，结果却告诉我们这是为他人准备的！”仙院的一个高手愤愤地说道。

“你有办法拿到天种吗？”另一个人叹道。

众人默然，大道宝瓶内封印着异域皇族，他们若是直接抢夺天种，只会惹来麻烦。

“算了吧，天种是为他人准备的。能配得上如此绝世的种子，那个人肯定实力超凡，我们怕是惹不起。”有人这样说道。

“不知道是哪家的少爷，该不会是温室里的豆芽菜吧？我真希望有对决的那一天！”有人冷笑道。

许多人摇头，觉得那种势力不好招惹。

而此刻的独孤云盯着大道宝瓶，一句话也不说。

“红毛，你过来！”石昊喝道。见夺取天种无望，他转而盯上了那个红毛生灵。

红毛生灵怒火中烧，如果不是之前受了重创，他早就冲过去了。

“我要吞你魂魄！”红毛生灵咬牙道。

石昊闻言，断喝一声，施展雷帝宝术，带着闪电向红毛生灵冲去。

“咔嚓！”

闪电交织，虚空裂开，茫茫一片。

“我早晚会去寻你，等着瞧！”红毛生灵怒吼道。他已无路可走，只得逃回瓶内。

“哧！”

大道宝瓶发出一道光芒，将红毛生灵收了进去。

山体裂开，灰烬飘散，大道宝瓶化为石山。

终于，此地恢复了平静。

独孤云还是一言不发，站在那里一动不动。

其他人也沉默不语，脸上尽是失落之色。好不容易来到这里却一无所获，天种近在咫尺却无法夺取，众人心中有太多的不甘。

“独孤云像是在与异域的生灵勾结！”突然有人大喊了一声。

一位年轻至尊说道：“算了吧，独孤云是守护者的后裔，我们现在对付他说不定会惹上大麻烦，不如直接将此事禀告长老，听候他们发落。”

不久后，一群年轻人沿着原路返回。

这些年轻人与两院长老会合后，讲述了此行的经历，长老们听罢，心情无比复杂。

“此地如此古怪，居然是为了培育一枚天种。”天神书院的五长老皱着眉说道。

其他的长老也被吓到了，经过如此漫长岁月的滋养，那枚天种该有多么强大？这究竟是何人所为，竟有如此大手笔？

“无妨，最强天种也不一定能造就无敌的人，我相信你们当中有人可以靠自己达到无敌的境界。若是有朝一日你们与那个拥有天种的人对决，以不完美的种子击败他，那才算是至尊！”天神书院的二长老朗声道。

显然，二长老这是在安慰众人，为他们打气。不少人受到鼓舞后，顿时充满了自信。

“当然，你们也不见得寻不到无瑕的种子。如今已经有人得到了世界树幼苗，接下来的旅程中，说不定其他人还会有更大的收获！”天神书院的二长老继续说道。

“走！”

长老们一声令下，众人离开了反五行法阵的守护范围。

仙院与天神书院的人分开行动，继续在这块五行大陆上采集种子。

石昊与清漪一起探险，深入了一个又一个奇异之地，最后将金、木、水、火、土五枚道种都集齐了。

其他人不仅得到了稀世古种，还获得了五行材料。

对于绿陀、谪仙等人来说，还是有几分遗憾，他们最渴望得到的是一枚完美的种子。

“轰！”

这一日，金光迸射，大地摇动，好像发生了大地震一样。

“金色古树要离开了！”天神书院的三长老大声地通知所有人。

金色古树剧烈地晃动着，每一片叶子上都托着日月星辰，释放出惊人的力量。

金色古树像是在开天辟地，要再造一个宇宙！

“走，我们还是跟在金色古树的后面，它要去的地方都是神秘的圣土！”天神书院的二长老说道。

仙院的古船也来了，显然仙院的人也打算尾随金色古树。

金色古树拔地而起，带着旺盛的生命气息，冲向远方。

一时间，地动山摇，星辰簌簌坠落。

果然，金色古树所到之处皆是宝地，这里一片神圣祥和，云彩由大道符文所化。

当众人到达此地时，皆惊诧万分。原来这里是由世界法则构建出来的，是一片法则之地！

“道则种子！”有人难掩激动之情，惊呼出声。他看到了一株树，树上的果实都是由道则所化。

“可惜不是万道树，如果是的话，它的种子就等于宇宙雏形种子，不亚于世界树幼苗。”有人叹道。

相传，有一株树名为万道树，万道树结满果实时，足有上万枚，容纳了各种大道，简直就是天地间所有法则的母体化身！

可惜，万道树一直都是传说中的东西，没有人见到过。

眼下，众人看到的这株树有数十枚果实。不少人一见到它，就迅速冲了过去，果实瞬间被采摘一空。

在这片法则之地停留了二十几日，众人都感受到了大道的气息，有长老推测这里可能真的有一株万道树！

“找到了！在西极之地有一座悬空岛，岛上有一株树，那株树不时从虚空大裂缝中出现，树上结了很多果实！”这一日，有人大喊道。

这一消息引起了不小的轰动，众人纷纷向西极之地奔去。

一座岛屿，雷霆交织，雾气弥漫，天地异象纷呈。

众人看到这番景象，无不想登上岛一探究竟，可只要稍微一靠近岛，就会被各种天地法则排斥。

有人隐约看到，岛中心有一片区域好像有一株树，那株树隐藏在虚空大裂缝中，不被天地法则所容，树上结满了形状不一的果实。

“像是一株茶树，上面长满了大道果实，难道这就是万道树？”有人提出了疑问。

“嗯？”

二长老一愣，似乎看到了更让人震惊的东西。

“那里有一个人！”二长老指向一个方向，朗声道。

众人顺着二长老指的方向望去，在那株树的不远处盘坐着一个人，那个人身上缠满了锈迹斑斑的铁链，似是被囚禁在那里的！

第961章 旅程结束

WANMEI SHIJIE

悬空岛有雷池守护，太阴之气与太阳之气并存。

一株树扎根在岛中心的虚空裂缝间，若隐若现，树上挂着密密麻麻的果实。阵阵仙音从虚空裂缝中传出，仿佛先民在祷告。

这番景象非常奇特，深深吸引着众人的目光。

“一枚、两枚……”

有人在细数树上的果子，想看看是否真的有上万枚。

这株树的树干蜿蜒曲折，树皮开裂，如同鳞片一般，枝叶是由法则所化，果实颜色各不相同，整株树都被秩序神链环绕着。

“真的有……上万枚果实！”数果实的那个人说话都结巴了。

毫无疑问，这就是万道树！树上的果实是无瑕的古种，可与修士融为一体，助修士实现最完美的进化。

可惜，众人尝试了多次，就是无法登岛。

“法则好说，就是怕那个人复苏。”天神书院的四长老盯着那个被铁链捆绑的人，警惕地说道。

他究竟是何人？为什么会被绑在万道树附近？身体都被长满铁锈的链子缠住了，他到底犯下了什么滔天大罪？为何总觉得他会复苏？

乌黑的铁链似乎是由黑暗仙金铸成的，仙金生锈，说明他可能是仙古纪元的人！

一位长老祭出宝具，尝试接近那个被铁链困住的人，结果宝具瞬间就化成了液体。

仙院的两位长老准备联手横渡雷池，穿越法则之地，去采集万道树的果实。

“哗啦！”

就在此时，那个身体干枯、披头散发的人突然抬起头，睁开眼睛，冷冷地扫视众人，缓缓地开了口："万道树不是你们所能拥有的，退下吧！"

"他……还活着！"有人惊呼出声。

众人惊讶不已，虽然猜到那个被铁链困住的人可能还有一丝生机，但是亲眼见到这一幕，还是难以置信。

漫长岁月被囚禁于此，却依旧活着，他到底有什么来头？

"我等能寻到这个地方，就说明与万道树有缘分，如今你却说我等不能拥有它，那究竟谁人可得？"一个年轻人冲那个被铁链困住的人喊道。

"等到古种成熟时，自然会有人来取，你们就不要多想了。"那个被铁链困住的人淡淡地说道。

众人不禁有些疑惑，那是一位负责守护万道树的绝世高手吗？他为什么会被铁链锁住？难道是被迫看护此地？

"前辈，万道树扎根于此，并未见人采撷果实，可否让我等靠近看看？"一个年轻人试探着问道。

"你们没有这种资格！"那个人冷冷地说道。他身上锈迹斑斑的铁链随着他说话不停抖动，发出巨大的响声。

"还未请教前辈大名。"又有人开口了。

"快快退走，否则休怪我不客气！"那个被铁链困住的人边说边挣扎。

众人看到这一幕，觉得可能会有机会打败那个被铁链困住的人，可是马上又打消了这个念头。

只见那个被铁链困住的人张口吐出一道剑光，剑光没入青冥，随后一颗星星从苍穹上掉了下来。

不动双手就可以斩落星辰，这样的功力让众人震惊不已，谁都不敢轻举妄动了。

可是，仙院的长老没有退走，天神书院的二长老也不想放弃，毕竟那个人是被铁链困住的。

随着一声冷哼，那个被铁链困住的人释放出一股无形的力量，震裂了悬空岛，万道树扎根处的土层与虚空一同裂开，无数尸体暴露在众人面前。

“天啊，诞生在混沌中的先天神魔成了尸体！”

“那只神禽的躯体在散发仙气！”

众人看到了土层中的尸体，无不惊叹。

“这些生灵都是因万道树丢掉了性命。”那个被铁链困住的人说道。

“走！”两院的长老大喊一声，迅速离开。他们知道那些化为尸体的生灵生前的力量有多么可怕。

所有人都察觉到了事态的严重性，为何在界坟中先后出现了两枚惊天的种子？

无论是神秘的天种还是这株万道树，都是无价之宝，而且都有人守护，这太奇怪了！

离开悬空岛后，有人忍不住说道：“那可是传说中的万道树啊，我们有幸见到，却不能将它带走。”

“界坟到底是怎样的地方，为什么会有这种东西？”另一个人感叹道。

弟子们都在议论，长老们则脸色阴沉，心中一时难以平静。神秘的天种和万道树同时出现，这其中绝对有大问题。

“守护万道树的那个人只剩下一口气了，一直以秘法沉睡，关键时刻才会苏醒。”仙院的一位长老解释道。

可即便这样，若是双方对战，长老们也没有百分之百的胜算。

石昊叹了一口气，心中满是遗憾，这是第二枚让他心动的种子，可惜又错过了。

“我觉得那株万道树有些熟悉，可是想不起来在哪里见过。”清漪对石昊说道。

石昊心想，清漪肯定是因为青月焰才知晓这么多秘密。

众人在西极之地的其他地方停留了一段时间，每天都在寻觅由法则化成的树体与果实，部分人有了不小的收获。

直到金色古树再次拔地而起，从西极之地离开，众人才动身，准备继续跟随金色古树。

可是，这一次，金色古树竟然瞬间就消失了。

“这株树越来越成熟了，已经有了自己的意志，不允许我等跟随了。”天神书院的二长老叹道。

这时，一些人在猜想，下一个地方会不会再次出现一枚无瑕的种子呢?

金色古树停留的地方很特殊，前两处都出现了古种，说不定下一处还会出现无瑕的古种。

金色古树其实一直沿着一条古路在前进!

“真正的危险来临了，现在只能靠我们自己走了！”天神书院的几位长老郑重地对众人说道。

果然，不久后，银色战舰搭载着众人来到了一片残破之地。这里到处都是破碎的星辰，虚空中还有不同颜色的血液。

这时，一个年轻人尝试收集一种银色的血液，结果他一碰到银色的血液，就被空间法器吞噬了。

“不要乱动，这些东西早已失去灵性，没有价值了！”二长老大喊道。

这片区域无比广阔，众人看到了无数残缺的尸体，这些尸体都很庞大，有的甚至比星星还要大。

众人很难想象当年这里经历了怎样一番激战!

“血种！”一个人惊呼道。

此地居然有血种!

昔日无上的先天神魔战死后，体内的精血不灭，蒸腾而出，便化为了血种。

采集血种的过程极其危险，三个人为了采集血种，不幸被一股尸气吞没，即刻就无影无踪了。

不久后，众人离开这片残破之地，进入飘浮在界坟中的古建筑群内，发现了很多影子。

“这里有英灵种子，是由古代强者的残魂化成的！”四长老大喊道。

英灵种子与灵魂有关，都是灵魂道种。

在寻觅种子的过程中，又有不少人殒命。

数日后，众人离开古建筑群，来到一条发光的河流前，在这里感受到了强大的时间力量。

“这里有时间种子，异常珍贵，就看谁运气好能找到了。”二长老指点道。

“扑通！”

水花声响起，天神书院的一个弟子不幸被河水卷走，转眼被时光淹没。

天神书院的长老们带着弟子们去了一处又一处古地后，不敢再前进了，因为途中遇到了太多危险。

如果再深入，长老们可能都性命难保。

“呜呜——”号角声响起，召集所有人踏上归程。

第962章 路在何方

WANMEI SHIJIE

界坟，残破苍凉。

星辰大多都是碎裂的，陆地像是受到了无比剧烈的冲击，千疮百孔，疮痍满目。

银色战舰的速度极快，它带着众人穿过残破的古地，越过昏暗的迷雾区域，踏上了归程。

“轰！”

巨大的响声传来，一只大手带着大片的阴影突然拍向银色战舰，星辰簌簌颤抖。

“不好，有人攻击战舰！”五长老大声提醒道。

众人在这只大手面前显得十分渺小，大手周围的虚空不断崩裂，形成了一个又一个恐怖的大裂缝。

银色战舰剧烈地摇晃着，似乎马上就要裂开了，要不是有各种符文和强大的守护法阵保护，它早就化为灰烬了。

这力量大大超出了众人的想象！

“起！”二长老大喝一声。他取出十界图，使其发出冲霄的光芒，企图阻挡大手的攻击。

“砰！”

大手被十界图挡住了，残破的星辰和飘浮着的古大陆迅速碎裂。随着一声巨响，这里瞬间被神光淹没了。

这是毁灭性的力量！

看到这番景象，众人无不心惊肉跳。战舰发出“咯吱咯吱”的响声，像是随时都会支离破碎。

“可惜了！”一个苍老的声音响起。

那是一个古老的存在，大手是他的投影。他第一击没能毁掉银色战舰，很难再发出第二击了。

十界图乃仙道的奇珍异宝，可以与乾坤袋抗衡，二长老这次用十界图守护了众多弟子，令它发挥了不小的作用。

战舰如同离弦的箭，迅速远去，二长老收起十界图，神情凝重，看着无垠的天地废墟。

“是那个人！”一个年轻人惊呼道。

之前众人进入界坟时，就见到了一道可怕的模糊身影，如今又遭到了他的袭击。

“他被封印了，那只是投影！”一位长老解释道。

一道投影而已，居然有如此可怕的威力，简直令人难以置信！

“这个人难道也是异域皇族的吗？是被封印在此的？”一个年轻人问道。

众人带着种种疑惑离开了界坟，银色战舰撕开了虚空，速度越来越快。

天神书院中心地，银色的光辉闪耀，历经一番艰险后，众人终于回到了安全的地方。

这一次，虽然大部分人都得到了仙种和道种，但是也有不少损失，一些实力强大的人不幸丢掉了性命，没能活着回来。

“余明殒命，霍蒙失踪……”随着一个个名字被念出，众人惊觉能活着回来实属不易。

特别是当脚重新踏在天神书院的土地上时，众人顿时觉得活着比什么都好。

天神书院内，神山耸立，瀑布垂落，紫气腾腾，气氛宁静而祥和，让人的身体与灵魂都放松了。

“想守护这片净土，就要学会如何战斗。想让你们的子孙后代享有平静幸福的生活，就要在这一纪元战胜恶敌！”三长老对众多弟子说道。

“未来牺牲的人会更多，为了守护净土，你们要奋起，掌握自己的命运。”二长老神情凝重，补充道。

众多弟子认真聆听长老们的教诲，铭记在心。

“既然得到了种子，我们现在就去闭关！”

“种子已经到手，可以修炼仙道古经了！”

所有人振奋不已，纷纷讨论，迫切地想提升修为。时间紧迫，留给他们的机会不多了。

“可惜啊，没有寻到完美的种子！”一些人的言语中尽是失落与不甘。

石昊沉默不语，这次远行他没有得到一枚理想中的种子，不得不说有些遗憾。

谁都知道古种是可遇不可求的，得到一枚完美无瑕的种子比修出三道仙气还要难!

“你们当中有人持有世界树幼苗，有人得到了阴阳种，已经很了不得了。”二长老说道。

这样的话一出，众人当即大吃了一惊，居然还有人得到了阴阳种?

阴阳变化，穷极天地奥秘，任何事物都可用阴阳来阐释，阴和阳是道的两面，是对立与统一的体现。

阴阳种是天地孕育的种子，是道的体现，几乎无人见过，现在却被人得到了。

众人小声讨论着，都在猜测那个得到阴阳种的人究竟是谁。

石昊叹了一口气，心中略为失落，他很需要一枚完美的种子。

待人群散去，石昊上前，向二长老请教：“没有一枚完美的种子，可以修仙古法吗?”

“修仙古法必须要有一枚完美的种子，别的路行不通，前人已经走过。”二长老自然知道眼前这个少年的心思，摇头道。

“真的没有别的机会了吗？”石昊有些怅然地问道。如果因为缺少一枚种子而不能进入无上武道，那就真的太遗憾了。

石昊深知未来的大战是残酷的，流血漂橹，四处征伐，可是，难道他只能眼睁睁地看着别人征战吗?

不能成为最强者，只能做一个旁观者，他不甘心！命运要掌握在自己的手中！

“路是前人走出来的，道法是古人开创的，谁说那就是终点？没有最强种子未必不能成为最强者。”二长老安慰石昊。

“比如今世法，当所有人都以为今世法到了尽头时，不是出现了圣院吗？”二长老补充道。

当然，这些只是安慰之词，二长老觉得仅凭一己之力是很难再造巅峰的，那需要很多代人的共同努力。

石昊沉默着离开了，清漪追上他，柔声安慰道：“未必没有办法。”

此时，二长老像是想起了什么，对石昊大声道：“也许还有一些办法，仙院中可能有无上古种！”

“嗯？”石昊转身，疑惑地看向二长老。

“最强种子哪怕曾经与人融合，当那个人殒命后，它也可能会再次出现。”二长老解释道。

据二长老推测，仙院可能保留了无上古种，仙院之前发掘出了许多仙迹，都是仙古大战后留下的洞府。

“也许有办法弥补了。”清漪笑道。

“毕竟是人家的种子，怎么会平白无故送我呢？”石昊摇了摇头，道，“仙院弟子是仙院长老亲自教导的门徒，如果有无上古种留下，多半会赐予他们。”

“未必，如果你足够优秀，说不定那些仙院长老会赐予你无上古种。”二长老这般说道。

随后，二长老让书院中几位拥有三道仙气的年轻至尊暂且不要闭关融合古种，等待机缘。

要是仙院真的有古种的话，肯定会引起激烈的竞争。为了让每一个人都有机会得到古种，二长老将仙院有无上古种的事告知了天神书院中几位最有潜力的年轻至尊。

王曦、绿陀以及邀月公主等人原本很不甘心，听到这个消息后都激动不已。

事实上，仙院的人来得比想象中还快，仅两日后就到了。

“融合种子的人都停下！”天空中传来一个威严的声音，惊动了整个天神书院。

那是一个庞然大物，遮蔽了天日，震散了附近的云朵。

那不是战船，也不是一般的飞行法器，而是一颗星球。那颗星球看起来是石质的，巨大无比，从天而降。

天神书院的众人都愣住了，以一颗星球横渡虚空，还真是新奇。石质星球如同一艘战船，拥有强大的攻击力。

仙院的长老来了，还带着一群杰出的弟子。同一日，圣院的人也到了，同样也带着一批出色的弟子。

之前就有传闻仙圣两院的人杰会来天神书院交流，没想到居然在同一日抵达了。

“仙院的小天王来了！”

“圣院的小圣人也到了！”

仙圣两院的奇才刚到，天神书院内就传出了这样的消息，可见此次交流会的规模不小。

第963章 来势汹汹

WANMEI SHIJIE

仙圣两院的精英都到了，他们名义上是来天神书院交流，其实是来比试。

这是仙圣两院为了选拔天神书院中的翘楚想出来的手段，如此才能挑出实力最强的弟子。

“仙圣两院的人这么快就来了，真紧张啊！他们应该是为了挑选门徒而来的，我得好好表现。”

“希望我能顺利过关，入选仙院！”

天神书院内一片哗然，弟子们无比激动，都在讨论此事。

长老们早已明示，他们当中的佼佼者能去仙圣两院进一步深造，成为仙圣两院长老的关门弟子。

天神书院虽好，但和仙圣两院比起来还是差了一些。

仙院精修仙古法，收有绝世典籍，藏有无上古种，还拥有像仙古纪元一样的环境，最适合修炼仙古法。

圣院会聚了各个年龄段的天骄，他们在今世法这条路上走到了极致，自创了无上法。

“我们总算没有来晚，那些弟子还未融合种子吧？”一位面色和善的长老问道。

仙院比天神书院稍晚离开界坟，他们返回后，得知天神书院的人已经先一步返回，便立刻派人来访。

“不晚，最强的一批人都没有融合种子，在等待最后的机缘呢。”二长老笑道。

二长老心想，仙院多半保留有无上古种，那对于荒、绿陀等人来说是一个绝好的机会。

“那就好，不然错过了古种，那就真的太遗憾了。”仙院的一位长老说道。

“有几枚最强的种子？”天神书院的一位长老问道。这是他们最关心的问题，同时他们也可以借此进一步了解仙院的实力。

“不会让你们失望的，我们在上一纪元的仙家洞府中挖出了几枚古种，只是需要修复。”仙院的那位长老回答道。他满头白发闪烁着淡淡的金光，虽已年迈，但气血旺盛，双目有神。

“嗯？”

二长老有些意外，放下了手中的茶杯，觉得事情没有那么简单。

“古种需要怎样修复？”天神书院的五长老问道。

“古种需要以宝血浇灌、滋养才能重新焕发昔日的光彩，成为这世间最完美的种子。”仙院的长老答道。

天神书院的几位长老先是一愣，而后恍然大悟，原来仙院打的是宝血的主意！

众所周知，宝血指的是各族最强奇才的血脉，也就是那些修出三道仙气之人的血液。

一时间，大殿中的气氛有些沉闷。天神书院的几位长老收起脸上的笑意，变得严肃起来，这究竟是成全天神书院的弟子，还是利用他们？

“仙院人才济济，都有人号称‘小天王’了，怎么可能会轻易送出院中收藏的无上古种？理应留给仙院的翘楚才对。”天神书院的五长老冷笑道。

仙院的真正目的是绝世宝血，古种指不定会送给谁。

“你多虑了，我可以保证至少有一枚古种会落在天神书院的奇才身上。”另仙院的一位长老信誓旦旦地说道。他有一头稀疏的紫发，闪烁着灿灿光芒，整个人显得精神矍铄。

“既然紫英前辈都这样说了，那肯定没有问题。”天神书院的四长老这样说道。

“最强古种还要修复吗？它不是与天地共存的吗？”二长老皱着眉头问道。

最强种子完美无瑕，如阴阳种、宇宙雏形种子，哪一个到了最后不是穷极天地奥秘？种子与天地共存，可以进化，不然怎么会有“最强”一说？

“只怪仙古大战太过惨烈，最强古种的上一任主人战死时，古种也遭到了不可想象的重创。漫长岁月过去，能将它们挖出来已经很难得了！”白发中带着金光的那位仙院长老说道。他的本体是一只白金猿，力大无穷，以气血见长，如今虽然年迈，但是依旧气血旺盛。

仙院的长老们查阅了多种古籍，收集了无数天地灵粹，只为滋养无上古种，如今只差一些宝血了。

“若有真龙血和凤凰血最好，没有的话，修出三道仙气的年轻至尊的血液也行，所以我们来天神书院求援。”紫英长老解释道。

“仙院究竟有几枚古种？”二长老问道。

“放心，不止一枚，也不会少了天神书院的那一枚。”白发金光的仙院长老答道。

“如果有数枚，只给我院一枚是不是太过吝啬了？我院可是有好几个仙道的好苗子啊！”二长老进一步说道。

“不少了，我仙院的绝世奇才更多！”紫英长老毫不客气地回应道。

天神书院的几位长老看了彼此一眼，叹了口气，果然是仙院自己手把手教出来的弟子，偏心得如此明显。

“如今天地大变在即，还请几位前辈以大局为重，将古种送给潜力最大的弟子，将来才能发挥其应有的作用。”天神书院的五长老很耿直，这般说道。

“还请放心，我等绝不会偏袒，定以实力强弱和潜能大小来取舍。”白发金光的仙院长老郑重地说道。

天神书院的几位长老皆有些怀疑，不知道仙院长老说的是不是真心话。

两院长老交谈了片刻后，天神书院的几位长老这才先后起身离去，他们还要和圣院的长老商讨选拔弟子的事宜。

此时，天神书院越发热闹了，所有的弟子都出关了，他们不约而同地仰望着天空中的那颗星球。

“仙院的人真是了不起，居然以一颗星球为法器，太惊人了！”不少人在惊叹。那颗星球飘浮在天神书院上方，弥散着混沌之气。

另一个方向有一件巨大的白骨法器，其形如葫芦，四周缭绕着白雾。那是圣院的法器，不知是由何种生灵的骨头炼制而成的。

天神书院内，众多弟子抬头看着这两件法器，不禁思绪万千。他们知道，决定他们命运的时刻就要到了。

几乎没有一个人不想成为仙圣两院的弟子，进一步提升自身的修为，获得仙圣两院强大的实力支援。

“仙圣两院的精英好像来了不少，怎么还没有出来？”一个弟子问道。

“把握机会，不要错过，能否鱼跃龙门就看今日了。”另一个弟子小声道。

此时，绿陀、王曦等人也出关了，邀月公主和王曦更是飞上了天宇，准备拜访仙圣两院的强者。

邀月公主和王曦能进出两大法器并不出人意料，她们来自长生世家，族中曾有人进过仙圣两院。

仙乐阵阵，霞光四射，天空中的那颗星球开始发光，裂开一道口子，口子化成一扇门，向外铺展出一条道路，迎接来访者。

邀月公主被允许入内！

而另一边，那件骨质法器发出仙光，从葫芦嘴打开一条通道，王曦也被邀请入内。很多人都知道，王家将与某一长生世家联姻，而那个长生世家出了一位绝代天骄，那位天骄就在圣院之中。

“诸位道兄既然来了，还请现身，让我等好好招待，略尽地主之谊。”下方，一个中年人说道。不少人都跟着附和，想与仙圣两院的精英搞好关系。

石昊也来了，他一言不发，站在一旁。天神书院的一些弟子见石昊来了，皆面露诧异之色，谁都知道石昊曾在界坟内打败仙院高手，惹了不小的麻烦。

此外，石昊与王曦也有恩怨，如今王曦的未婚夫可能也来了，他可是被各方长老誉为绝代天骄的人物！

“荒有难了，元青多半会拦阻他进仙圣两院。”天神书院的弟子嘀咕道。

元青与石昊之间的恩怨是众所周知的，元青原本想镇压石昊十年，把他送进太初古矿，结果石昊反过来除掉了元青的幼孙，赶走了元青的儿子，因此这两人之间矛盾重重。

元青出自仙圣两院，认识不少大人物，他若是向仙圣两院的长老进谗言，执意阻挡石昊的修炼之路，那石昊想进仙圣两院就没那么容易了。

“轰隆！”就在这时，一阵巨大的响声传来。石质星球开启了，一条金光大道铺展出来，十几人缓缓走了出来。

“天神书院是否有一个叫‘荒’的人？”金光大道上的一个人问道。

天神书院的众多弟子心中一惊，没有想到仙院的人如此直接，荒这次有难了！

石昊没有理会那个金光大道上的人，像是没有听见一样。

“真是不知天高地厚！在界坟中，有一个名为‘荒’的人对我仙院的吴泰大打出手，还夺取了吴泰从小天王那里借走的湛蓝甲胄，这个人是否在此？”金光大道上再次传来呵斥声。

“湛蓝甲胄是小天王的东西，凭你也敢夺走？荒可在下方，还不速速呈献甲胄，过来领罪！”金光大道上的声音很是严厉。

“速速来领罪！”其他人也跟着吼道。天空中的声音如同雷鸣般，隆隆作响。

一时间，很多人都将目光投向了石昊。

第964章 伏魔

WANMEI SHIJIE

针对石昊！

这是显而易见的事情！

在从石质星球中铺展开的金光大道上，十几人并肩而立，一直在呵斥石昊。

小天王等人没有出现，依旧在石质星球之中，可能是碍于身份，也可能是并不在意。

现场的气氛有些压抑，如今的石昊可不是一般人，众人早已见识过他的实力，现在他却被仙院的人这般呼喝。

“荒，你听到了吗？还不来领罪，难道真等着我们将你揪出来吗？速速呈献湛蓝甲胄！”金光大道上的一个人厉声道。

那一行人气宇不凡，皆有仙气缭绕在体表。

石昊脸色阴沉，依旧站在那里，没有发出任何声音。

清漪走到石昊身边，很是担心。仙院高手气势汹汹而来，这里肯定会有一场龙争虎斗，而现在的石昊显得人单势孤。

曹雨生、独孤云以及魔女等人因为选择修今世法，都在外寻找机缘，至今未归。

这时，莫道无声无息地走来，也站在了石昊身边。

天神书院的众人惊诧不已，如今荒麻烦缠身，居然还有人敢和他站在一起。现在和荒站在一起，必定会得罪仙院的那些弟子，若是想进仙院，就会受到影响。

高空中，仙院的几人认出了石昊。

“有些人还真是不知深浅和利害啊，你们和荒站在一起，难道是不想加入仙院了吗？”半空中传来一个女子的声音。她有一头银色的长发，模样精致。

“你们两人和他站在一起，还妄想进入仙院深造？趁早死心吧，剥夺你们的一切资格！”一个紫发披肩的男子朗声道。

这些人太张狂了，以为自己是仙院长老吗？一句话就可以决定别人的前途？石昊有些看不过去了。

“你们太拿自己当回事儿了。”石昊终于开口了。他的声音虽然不大，但是饱含威严。

“你是在挑衅我等吗？不上前领罪就罢了，还想反抗不成？”银发女子问道。

“你有什么资格？凭什么让我认错领罪？”石昊目光冷峻，盯着那个银发女子说道。

被人这样驳斥，银发女子心中顿时生出了一股怒意，呵斥道：“不知好歹！”

“人需要有一颗敬畏之心！”那个紫发男子也开口了。

“你们进不了仙院！”银发女子补充道。

“可笑，你们是仙院的掌控者吗？认为自己可以决定一切，掌控所有入门弟子的前途吗？自以为是！”石昊喝道。

其他人一阵沉默，不想招惹仙院的重要弟子，免得节外生枝。

“我等要进去，你阻挡不了。”清漪认真地说道。

这时，天空中传来一阵大笑声。不光是那一男一女，其他人也笑了，他们根本没有把清漪的话放在心上。

大神书院的弟子们明白，这些人肯定身份不一般，多半是仙院长老的关门弟子，也许真的能影响选拔的结果。

石昊以沉默应对，不想再多说什么。

“怎么，不服吗？”半空中，那个女子轻笑一声，拢了拢银色的秀发，道，“你不服也不行，羞辱我仙院弟子，抢夺小天王的甲胄，仙院的大门是不会对你开放的！”

那个女子有一双迷人的丹凤眼，可惜很难让人对她生出好感。

“你现在沉默算什么，听到我等的话了吗？还不过来赔罪！”那个紫发男子喝道。

天神书院刹那间变得无比寂静，很多弟子都在关注事态的发展，他们觉得石昊多半要吃大亏。

在这种情况下，石昊无论做出什么反应，都对他和天神书院非常不利。他如果此时服软的话，今后颜面何存？可他要是继续与对方针锋相对，将来怎么进仙院？

“怎么，无话可说了吗？”那个银发女子笑道。她原本恼怒的脸上露出得意之色，见石昊沉默，以为石昊怕了。

“懒得理你们！”石昊转身就走。

“你……”银发女子大怒。石昊的这种姿态让她忍无可忍，虽然石昊没有大声呵斥，但是这样更显得轻狂，似乎并不把他们放在眼里。

石昊的确不想和他们多说什么，如果这些人想动手，他接招便是！

“荒，你给我滚上来！”紫发男子也觉得受到了羞辱，怒吼道。

下方，没有一个人出声。他们知道战斗无法避免，以荒的脾性，他绝不会忍受现状，更不可能受辱。

“你们难道只会叫嚷吗？尽管放马过来！”石昊不再回避，这般说道。

“拿下他！”紫发男子喝道。金光大道向下延展而来，他准备出手了。

原本，金光大道璀璨得如同从仙界铺展而来，接引下方的成道者。眼下它却充满了戾气，站在金光大道上的十几人或手握宝瓶，或手持降魔杵，或挥动弑神伞，欲一起压制石昊。

天神书院的众多弟子无不吃惊，这些人仿佛九天神佛降世，有着一种不可侵犯的气势。

站在最前方的是那对男女，紫发男子手持降魔杵，挥动间降魔杵发出耀眼的紫光，猛地砸了下来。一时间，虚空裂开，响声震耳欲聋。

银发女子手握宝瓶，瓶嘴喷出成片的银色光芒，向石昊攻去。

“金刚伏魔阵！”天神书院的一个弟子一眼认出了法阵，惊呼出声。

一群人不由得赞叹仙院果然了不得，一出手就是仙古纪元的法阵。

“难怪敢这么嚣张。”石昊自言自语道。这些人确实有本事，可以压制年轻一代中的精英。

不过石昊并不在意，他对这些法阵多少有些了解，再加上他拥有强大的实力，自然无惧对手。但是，破开法阵还是要费不少力气，毕竟仙院这些人的修为都不容小觑。

“轰！”

惊天动地的一声巨响过后，石昊体内的力量剧增，他如同一条真龙，苏醒后出世！

气息滚滚，石昊将上苍、轮回以及尚未成熟的第三种至尊术结合在一起，三力合一。

石昊很少使用这三种至尊神通，如今却一起施展了出来。

一个人有三种至尊神通，如同一生二，二生三，三生万物，三力合一，绝世威力爆发。

“轰隆隆！”

巨大的声音响起，天地开合，乾坤被这一股力量冲击得近乎溃灭。

这是要一招分出胜负的架势！

三种至尊神通联合起来击破了金刚伏魔阵，仙院的十几人全都负了伤，口吐鲜血。

“啊——”

先是惨叫声传来，接着几道人影飞了出去。与此同时，金光大道也在摇晃，似乎要崩裂了。

石昊冲上天际，将那对男女抓在手中，而后迅速回到了原地。

“这就是你们说的威严吗？”石昊厉声道。“砰”的一声，他将紫发男子丢在了地上，抬脚就向紫发男子脸上踩去。

“你！不！”紫发男子挣扎个不停，大叫道。

“嚷什么？！”石昊呵斥道。

“你！你不能这样对我们！”银发女子大喊道。

“不能这样吗？”石昊反问了一句。他冷冷地扫了银发女子一眼，一巴掌扇了过去。

“啪！”

一个非常清脆的声音响起，银发女子的半张脸迅速肿胀起来，接着整个人横飞了出去。

第965章 小天王

WANMEI SHIJIE

天神书院的众人看到这一幕，不禁感叹不愧是荒，即便是在攸关前途的关键时刻，依旧这么霸道。纵然对方是仙院的弟子，他也说打就打，毫不含糊。

现场许多人张了张嘴，却说不出话来，那对男女也愣住了，居然有人这样羞辱他们！

“你打我？！”银发女子尖叫道。

石昊走到银发女子跟前，“砰”的一声把她踢向更远处。

“啊……谁替我把他解决了？”银发女子大叫道。身为仙院大人物的后裔，她哪里遭过这样的罪？

“咚！”

虚空如同一面大鼓被人砸中，剧烈地震动起来，发出沉闷的响声。附近的人被震得气血翻腾，差点儿昏过去。

原来是那个紫发男子，他听到银发女子尖叫，于是暗中出手。

紫发男子手中的紫金降魔杵流光溢彩，释放出的威势无与伦比，径直击向石昊。

以紫金降魔杵为中心，惊人的涟漪向四周扩散开来，威力十足。

不远处，有几人被降魔杵发出的紫色涟漪击中，直接倒飞了出去，险些丧命。

然而，战场中心的石昊却安然无恙，他被一片瑞霞笼罩着，如同真仙般强大。

此时，石昊双目深邃，注视着那个男子，喝道：“不长记性！”

众人震惊不已，荒在这沉重的一击下居然毫发无损！

“是唯一洞天吗？”有人失声惊呼。

天神书院的人都听闻过石昊的本领，知道他能开辟出举世无双的唯一洞天。

唯一洞天如同烈日般绚烂无比，将石昊守护了起来，紫发男子的降魔杵根本没有伤到石昊。

“砰！”

石昊一脚踏下，紫发男子当即发出一声惨叫，刚才他不过是半撑起身体来挥动降魔杵，现在又被一脚踩在了地上。

石昊的脚如同一座大山般压着紫发男子，让他近乎窒息。

“咔嚓！”

清脆的声音响起，紫发男子感觉胸部的骨头似乎快要断裂了，剧痛让他面孔扭曲。他大吼道：“你还想进仙院吗？”

紫发男子想以此威胁石昊收脚，不然他就要殒命于此了。

“当！”

这时，一阵响声传来，紫发男子发现降魔杵被石昊踩得变了形，符文消散了不少，光芒也暗淡了。

紫发男子大吃了一惊，眼前这个少年究竟有多么强大的肉身和法力？单单一只脚就毁掉了一件兵器！

“砰”的一声，紫发男子被一脚踢飞，消失得无影无踪。

这一切发生在一刹那，快到让人反应不过来。

“啊——”

银发女子凄惨地叫喊起来。

片刻后，银发女子意识到这不是仙院，自己无法得到周全的庇护，于是催动宝瓶，大喊道：“师兄快救我！”

石昊继续发动功力，此时的他如同神佛降世，神采飘逸。

“咔嚓！”

清脆的声音响起，宝瓶瞬间炸裂，碎片飞向四方。

众人骇然，那可是刻有大道纹路的宝瓶，竟然就这样被荒一指击碎了，实在太不可思议了！

银发女子被宝瓶碎片击中后，动都不能动了，只是闷声哼着。

“住手！”

那些刚才被击飞的人大声呵斥，皆手持法器，想要阻挡石昊的攻击。

石昊转过身，停止了攻击，事情至此，他已经给了两人足够的教训。

“仙院的人也不过如此啊。”这时，一个声音传到众人耳中。

这种话无异于火上浇油，仙院的人想找出说话者，结果一无所获，他们望向空中的白骨葫芦，那是圣院的飞行法器，他们怀疑是圣院的人有意奚落他们。

此时此刻，仙院的人脸色铁青，心情低落。

石质星球晃动起来，形成可怕的场域，长空被禁锢，远处路过的飞鸟瞬间静止了。

众人皆变了脸色，这场域未免也太强了！

石质星球延伸出一座流光溢彩的拱桥，一些人沿着拱桥走了出来。

“你真是不知天高地厚，屡次冒犯小天王的威严，如今小天王来了，看你还如何兴风作浪！”仙院的一个年轻人冷冷地说道。

沿着拱桥走出来的都是仙院的年轻奇才，可见这次交流会仙院费了一些心思，带来了不少高手。

“小天王出现了！”一个惊讶的声音响起。

众人闻言，无不震惊，传说中的小天王终于现身了，他会和荒对决吗?

相传，那可是一位绝代英杰，号称天王，因年龄不大，故在前加了一个“小”字。配得上这种称呼，足以说明他为什么可以傲视九天十地的同辈！

天神书院的所有弟子都盯着那座拱桥，想一睹小天王的真容，看看他到底有多么不凡。

拱桥上站着男男女女多达四十几人，他们修为之高深，在同龄人中实属罕见。

拱桥上的一行人中拥有三道仙气的不单单一两人，有些人头上的大道之花开满了三朵，景象骇人。

其中有一个男子格外出众，身体四周缭绕着仙雾，肤色如同羊脂玉石般，整个人显得超凡脱俗。

那个男子一头水蓝色的头发如绸缎般光滑柔顺，面孔虽谈不上特别英俊，但始终带着微笑，一双眸子清澈而不掺杂质，发出湛蓝的光芒，如同无瑕的蓝宝石一般。

那个男子与道相近，远离红尘俗气，简直就像是一位真仙，根本不像是人世间的修士。

“超凡入圣，气质脱俗，这样的人自古以来人间罕有！”天神书院的一个弟子叹道。

“很像真仙的后裔。”另一个弟子这样说道。

那个男子的气度与风骨和史书上记载的真仙后裔一样，十分不凡，众人觉得若无意外，他必会成仙，踏足长生后，实力一定会更加强大。

“我不是他的对手。”莫道轻声叹道。

那个男子自然释放的气息让莫道感受到了威胁，他认为自己无法与那个男子匹敌。

“你太缺少自信了。”石昊看了莫道一眼，这般说道。

莫道摇头，心情有些复杂，他见过这样的人。

“分明离成仙还远，却有真仙的气息，和我认识的那个人一样，所以我自知远非其对手。”莫道低语道。

石昊回头看向莫道，很快猜到“那个人”是谁，便道：“你姐姐也有这种仙道风采？”

“是！”莫道答道。一门双至尊是惊动异域的大事，可他一直被姐姐的光环遮盖，不为人知。

“拿着我的湛蓝甲胄，你有什么收获吗？”半空中，小天王开口了。他的声音很有磁性，让人听着很舒服。

“不愧是小天王，居然有这种绝世风采，一举一动都暗合仙道。”天神书院的女弟子眼中闪烁着光芒，对小天王的仰慕之情溢于言表。

“真的与骨书中记载的真仙后裔一样，这种人注定要长生，不会在人间久留。”一个中年人说道。

小天王一出现，就引起了众人的高度重视。

“略有所获。”石昊与小天王对视一眼，毫无惧色，应道。

第966章 咄咄逼人

WANMEI SHIJIE

天空中，一群人站在由光芒凝聚而成的拱桥上，衣袂飘舞，如同神仙出世一般。

小天王站在拱桥上，如同真仙转世，他的到来让此地充满了仙界气息。

这种风骨与气质古来罕有！

其他的人，男子飘逸，女子灵秀，皆超然自得。邀月公主站在其中，毫不逊色于那些人，如同从画卷中走出的仙子。

“荒，你还要逞强吗？如今小天王已经亲临此地，你此时不上交湛蓝甲胄更待何时？”拱桥上有人喝道。

那些人不开口时遗世独立，一开口便面露威严之色，俯视着下方，要石昊归还湛蓝甲胄。

此刻，天神书院受到了各方瞩目，压抑的气氛笼罩着这一片土地。

石昊瞬间成了焦点，不少人有些幸灾乐祸，想看到他被压制的那一幕。

“终于碰到对手了，小天王的东西岂是那么好拿的？我不信荒还敢硬碰硬，这次他肯定要服软了。”天神书院中有人低语道。

“甲胄是从吴泰身上得来的，你这样威胁我，命我上缴，算什么？”石昊朗声道。

“大胆！那是小天王的甲胄，当日只是借给了吴泰，你还想强行留下不成？那本就不属于你！”拱桥上传来一个呵斥的声音。

“这是我光明正大得来的战利品，如果被你恫吓一下，我便交出去，那我的尊严何在？”石昊反驳道。

“放肆！还想抵赖，这分明就是小天王的甲胄，你敢不交？”拱桥上，一个人喝道。

石昊眉头紧皱，怒斥道："你一口一个'大胆'，一口一个'放肆'，也不掂量掂量自己有几斤几两，敢这样对我说话！"

石昊略微一顿，道："吴泰战败，甲胄被我所得，如今你们却要我将这副甲胄还给你们？凭什么？！"

众人愕然，没想到石昊刚才语气还很和善，现在却突然转变了态度。

天神书院的人惊叹不已，荒难道要在这里挑战小天王不成？可小天王早已融合古种，强大无比，谁敢与之作对？

"你还敢对抗我等？"拱桥上，有人大喝道。

"你们算什么，自以为是！敢对我无礼，那就开战吧！"石昊很果断地说道。

石昊不是一个以尊严换取性命的软弱之人，他原则性很强，不会为自己套上委曲求全的枷锁。

"轰！"

巨大的响声传来，一瞬间，十几道光芒齐刷刷地朝下方的桀骜少年——石昊射去。

石昊展开双臂，如凤凰展翅般将光芒全部弹走了，随后他动用《原始真解》中的骨文，化解各种攻击。

"是《原始真解》，有些门道！"上方，有人惊叹道。

《原始真解》第一部不是什么秘密，一些大教中都有收藏，仙院也有这种残缺的秘典。不过，能在石昊这个年纪将《原始真解》的骨文悟透，并运用于实践之中的人没有多少。

小天王面露惊讶之色，意味深长地看了石昊一眼。

"哼！一种古天功而已，没什么大不了，又不是只有他一个人学过！"有人不以为意，这样说道。

"再给你最后一次机会，过来负荆请罪，我等便宽恕你！"有人仍自视甚高，大声呵斥石昊。

"真是可笑！你们当自己是什么人，凭什么随意掌控别人的性命？我与你仙院之人不过是有些冲突，你们便对我进行如同审判般的责难，懒得与你们争论！”石昊恼了，厉声道。

“执迷不悟，今日出手，压制你足够了！”上方，有人应道。

“正主都没说什么，你们就这么急着表忠心，不怕别人耻笑你们太过心急吗？”石昊冷笑道。

“大胆！”上方的人怒斥道。

就在这时，拱桥上的小天王摆了摆手，不让旁边的人再开口。他看向石昊，目光平和，似乎并不恼怒。

“湛蓝甲胄是我的随身之物，是为征战异域准备的，不能遗失。”小天王表明了自己的态度。

石昊回应道：“那就对决吧，让我交出甲胄，不可能！”

石昊心想，他若是服软，必然会被人轻视，哪怕对手是小天王，想拿回甲胄也免不了对决一场。

“哈哈……我没听错吧，他还真要与小天王对战，把自己当成什么人了，四大无敌血脉中的第一血脉吗？真是可笑！”有人笑道。

“自找苦吃，竟敢与小天王作对，真是不自量力，妄想借此在九天十地成名吗？”有人这样嘲讽道。

仙院的一群人都觉得石昊是以卵击石，与小天王争斗，多半会输得很惨。

“莫要多语。”小天王对身边的人说道。

可以看出，小天王的威望很高，他虽然声音不大，但是一开口，其他人便都不说话了。

“我知道你是从吴泰手中得到甲胄的，贸然让你归还的话，你心中肯定不服。可是我不得不收回甲胄，还请见谅。”小天王的语气很平和，同时也带着一种霸气。

此时的小天王风姿超凡，身体四周白雾缭绕，仿佛真仙再现于世间。虽然他看起来很温柔，但还是让人不由得对他生出发自内心的敬畏。

“多说无用，你想怎样，对决吗？”石昊直截了当地说道。

“我不想以势压人，如今我古种融合有成，若是真的压制你，你肯定不服。这样吧，不如文斗一场，给你一个机会。”小天王笑道。

众人大吃了一惊，怪不得小天王那么自信，他果然已经彻底融合了古种，达到了一个巅峰。

所有人都盯着高空，屏住了呼吸，想知道小天王要怎样文斗。

“我们可以探讨古人留下的仙道谜题，若能推想出答案，也算是造福各位同道。”小天王建议道。

众人皆深吸了一口气，古人留下的不少谜题千百年来都无人能解出谜底，小天王竟要比试这些！

从小天王这一提议就可以看出，他肯定是一个悟性极高的人物，不然绝不会涉足这一领域。

这使得众人对小天王愈发敬畏了。

“当然，如果你不喜欢推想仙道谜题，还有一种比试方法。我站在这里，以仙光护体，任你攻击，若你能伤到我，便算我输了。”小天王补充道。

众人哗然，小天王居然敢如此比试，这是多大的气魄？

石昊听到这番话，心想，这个小天王如此自负，当真是睥睨一切，傲视群雄。石昊知道小天王肯定有手段立于不败之地，那所谓的护体仙光肯定有万法不侵的力量。

“想对决就痛快地答应，何必回避，遮遮掩掩。”石昊说道。他不想成为绿叶衬托别人，哪怕这个人融合了古种，如今已经强到不可思议，他也不愿意低头。

“你有一颗骄傲的心，可这样与我对决恐怕有些不妥，你的修行年月还太短。”小天王淡淡地说道。

众人闻言，无不感叹，小天王虽是一个年轻人，但如今已经站在武道高山上，可以俯视同辈了。

“荒，还是算了，有什么事情大家可以坐下来谈一谈，没有必要动手。”就在这时，邀月公主开口了。她一袭白衣，明媚动人。

邀月公主劝阻石昊后，又回头看向小天王，道："还请小天王留情，不过是一场误会而已。"

"恐怕晚了！"仙院的人对石昊敌意不小，不想放过他。

"到了这一步，哪还容得他退缩？还是过来领罪吧！"另有人冷笑道。

"你们想多了。"石昊目光冷峻，看向小天王，道，"既然你觉得不妥，想公平对决，那就神级擂台上见！"

神级擂台？

天神书院的众人又是一惊，荒果然禀性不改，还是如此霸道！

第967章 天神境第一人

WANMEI SHIJIE

神级擂台是高手大战的地方，位于空中，可供四方豪雄前来观战。

根据对战双方实力和情况的不同，神级擂台提供的规则也不同，其中最著名的一条规则就是可以保证同境界对战。这样的话，便可以让一些追求极境，渴望在同一境界对抗的人进行较为公平的对决。

很明显，石昊建议在神级擂台对战，就是想与小天王在同境界进行一场对决。

小天王融合了一枚无上古种，如今修为深不可测，他站在武道高山上，颇有一副难寻对手的姿态。

小天王建议不进行真正的对决，而是进行文斗，言下之意是要“照顾”石昊，没想到石昊竟以这种方式回应他的“照顾”。

在石昊看来，他并不需要所谓的“照顾”，既然小天王觉得他此前的想法不妥，那就在神级擂台上进行一场同境界的对决好了。

“小天王是何等身份，岂会陪你进行神级擂台战？未免太过儿戏了。”一个来自仙院的人说道。

“就是啊，你见过书院中的长老与后辈这样过招吗？”还有人拿长老打比方，反驳石昊。

很多人认为这很荒谬，小天王高高在上，为何要降低身份与境界低的人对决？

石昊没有说话，反正他已经提出了对决方式，对方是否应战就与他无关了。

天神书院的众人惊叹不已，没想到石昊如此大胆，居然要挑战小天王，不过倒也有些期待。

众人都听过小天王的大名，他号称同境界无对手，是九天十地最杰出的青年人物之一，现在众人自然想看看他是否可以在同境界打败石昊。

“荒可不是一个简单的人物，从他出世到现在的一系列表现来看，他也颇有同境界难寻对手的威势啊。”

“不错，仔细想来，荒还从未败过，在同龄人中也没有碰到过对手。”

天神书院的众人七嘴八舌地议论起来，有些是发自真心的，有些是故意惊叹，想刺激小天王登上神级擂台。

“我真的很想和你对决，可惜今天我无法满足你的愿望。”小天王婉拒了石昊的提议。

难道小天王怕了？这不可能！

仙院的人不相信小天王会畏惧对决，他完全可以从容面对九天十地所有的同境界挑战者。

“我刚融合古种，虽然成功了，但是还不太稳定，需要时间巩固。”小天王解释道，“很幸运，我得到了一枚无上古种，可是这样完美的种子还不稳定，这既是机缘，也可能是灾难。”

这是何意？众人闻言，越发不解。

“由于是完美的种子，因此在它彻底稳定之前，任何压制都是无效的。这神级擂台无法压制我，所以我很难与你进行同境界对决。”小天王这般说道。

众人先是震惊，而后哗然，小天王究竟强大到了何等地步，连神级擂台都无法限制他？

“真是霸气无双！”

“这才是无敌高手啊，规则都不奏效了，太厉害了！”

天神书院不少人惊讶得睁大了眼睛，纷纷表示赞叹。仙院的人也是第一次知道此事，小天王的追随者们更是忍不住叫了出来，惊叹于小天王的力量。

站在拱桥上的邀月公主也回过头，看向这位富有传奇色彩的绝世英杰，眼中流露出仰慕之情。

“小天王果然超凡脱俗，古往今来都没有几人可以与之相比。”邀月公主赞叹道。

“这便是真正的实力，连神级擂台的规则都不能将其束缚。”拱桥上的其他人朗声道，仿佛故意在炫耀。

“所谓无敌便是如此！”仙院的弟子们对小天王更加崇拜了，大喊道。

石昊闻言，心中一惊，不过他并不惶恐，眼神更加坚定了。

“怎么，你是不是怕了？现在知道你和小天王的差距有多大了吧？”仙院的一个年轻人大声对石昊说道。

“这就是天壤之别，小天王才是真正的强者！”拱桥上的人故意这般说道。

“又不是没感受过。”石昊自言自语道。他在下界与重瞳者的对决便是在虚神界的神级擂台上进行的，当时擂台都被打得裂开了。虽然那种破坏是短暂的，但是当年他的确感受到了！

“荒在说什么？”有人问道。

“他……似乎也有过不受神级擂台规则限制的对决经历。”靠得比较近的人答道。

很多人都表示不相信此事，仙院的人更是撇嘴，认为石昊在撒谎。

此时，邀月公主再次劝阻道：“小天王，既然你不方便出手，还请坐下来相谈。”

“可以，我给他机会。”小天王微笑道。他融合古种后，已经是教主级的人物了。

“请小天王出手，莫要饶恕他！”仙院的人纷纷喊道。

在界坟时，仙院一行人被石昊打败了，很多人因此心里一直很憋闷，希望小天王为他们出一口气。

还有很多人坚决不同意进行神级擂台战，认为小天王当以教主级的实力打败石昊。

“宇无敌来了吗？”小天王突然问道。

仙院的一群人皆是一愣，没有想到小天王会提起这个名字。

天神书院的众人更是疑惑不已，好奇怪的一个名字，居然叫宇无敌，也太张狂了吧。

“他来了，不过没在我们的飞行法器中，而是驾驭飞行宝具而来。”一个人悄声道。

“无敌既然来了，何不现身？他可与石昊一战。”小天王说道。

天神书院的众人很是不解，宇无敌是何人，可以代表小天王出战吗？

“宇无敌是何人？”邀月公主向小天王询问道。

“天神境中的第一人。”小天王给予了宇无敌极高的评价，顿时引起一阵惊呼。

“仙院还有这样的一个人？”邀月公主面露惊讶之色，问道。

“自然有，我仙院人才辈出，不单单有一位小天王，还有其他绝世翘楚。”仙院的一个弟子说道。

“自封的吧？”天神书院的人小声道。

“我可以保证宇无敌很厉害，谁要赢了他，便可以称得上天神境中的第一人了。”小天王肯定地说道。

天神书院的一个弟子不禁倒吸了一口凉气，问道：“宇无敌到底是何许人也？”

“仙院大长老的关门弟子。大长老一生只教了两个徒弟，宇无敌便是其中之一！”仙院的一个弟子应道。

“宇无敌被誉为小天王第二，是仙院弟子中教主级以下的最强者。”仙院的另一个弟子补充道。

这时，一叶扁舟破空而来，扁舟上站着一个灰衣男子，四周被混沌之气环绕着。

扁舟由远及近，虚空裂开，景象惊人。

“无敌你来了。”小天王满面笑容地跟灰衣男子打招呼，而后对众人介绍道，“这便是宇无敌，他不弱于昔日天神境的我。”

“宇无敌为如今天神境第一人！”仙院的众人朗声道。

“如果你能战胜无敌，湛蓝甲胄我就暂时借给你。待你融合古种成功，我便亲自与你对决，胜者得甲胄。”小天王对石昊说道。

宇无敌横空出世，实力不逊色于昔日天神境的小天王，在天神境有第一人之势，这让众人惊讶不已。

“真的是第一人？”石昊脸上浮现出一抹淡淡的笑，问道。

“自然是，无敌在九天十地难寻天神境的对手。”小天王对宇无敌充满了信心，这般说道。

其他人闻言，莫不惊讶，这个宇无敌到底有什么本事，连小天王都如此称赞他？

“那好，我就来会一会所谓的天神境第一人！”石昊冷然一笑，朗声道。

就在这时，高空中那个白闪闪的骨葫芦开始摇动，仙气腾腾。紧接着，从葫芦嘴中走出了一群人。

圣院的人不再沉默，也出来了！

不一会儿就出现了四五十人，如同一群史前真龙、仙凰出世。与仙院的飘逸灵秀有所不同，这些人锋芒毕露，气势惊人。

很快，圣院的这群人收敛气息，恢复了平和，如同开天辟地的先天魔神立在虚空中。

“山中无老虎，猴子称大王！”圣院的人笑道。

“你们什么意思，在讽刺谁？”仙院的人怒目而视，大声问道。

“抛开修炼今世法有成的人大多不愿出世不说，在修炼仙古法的人中，你仙院也无人能拿到‘天神境第一’的称号。”圣院的一个弟子这样说道。

天神书院的众人闻言，顿时目瞪口呆。

“不服就在神级擂台上比试，看一看谁是天神境第一人！”仙院的人冷冷地说道。

仙圣两院一直都在争高下，现场的气氛一下子变得紧张起来。

“如果你们愿意，对决又何妨？我们这次来天神书院本就是为了交流比试的。”圣院有人回应道。

“来来来，在此一战！”仙圣两院的人都生出了对决的念头，大声吵嚷着。

“轰！”伴着一声巨响，一座擂台出现在半空中，四周弥漫着仙雾。

长老们被此事惊动，直接送来一座擂台，让弟子们大战一场。

突然，光芒一闪，擂台上多了一个人，正是石昊。他是被人送上去的，不知不觉就成了擂主。

“‘天神境第一人’称号争夺之战！”

擂台上符文交织，最后形成了这样一行字。

显而易见，长老们确定了这次对决的目的，那就是角逐出天神境第一人！

第968章 无敌

WANMEI SHIJIE

谁都没有想到事情会发展到这一步，连长老们都按捺不住了，撺掇众人比试一番。

角逐出天神境第一人，这种对决在神级擂台上进行是最好的。

众人明白在神级擂台上对决不仅可以角逐出最强者，还能将三院的底蕴展示出来。

作为第一个登场的人，石昊再次成为焦点，无数人的眼睛都盯上了他。

石昊其实很想说他是被人强行送上去的，可既然已经到了擂台上就不可能逃避，大不了就是大战一场嘛。

“真是狂妄，第一个就上去了，看来荒很想争夺‘天神境第一人’的称号啊，我看十有八九瞬间就被打趴下了！”有人大声讥笑道。

“我仙院的人还未上去，他就迫不及待了，怎‘轻狂’二字了得！”仙院弟子的言辞中尽是嘲讽之意。

石昊根本没有把旁人说的话放在心上，擂台上全靠实力说话，言语占上风并没有多大意义。

神级擂台散发着一种苍凉的气息，不知道存于世间已经多少万年了。与其说它是一座擂台，不如说它是一块悬浮的陆地，地面是石质的，并且刻着繁复的纹路。

这些繁复的纹路是大道符文，哪怕是普通的石头被刻上这些纹路，也会变得坚硬，更不用说这种特殊的石头了。

在神级擂台上对决不用担心擂台被击穿，这是古代大拿祭炼出的战场，对战双方可以尽情施展技能。

“小心！”清漪对石昊传音。她知道石昊可能会面对异常可怕的对手，心中异常担忧。

这时，所有人不约而同地看向擂台中心。

“竟走到了这一步，三院派人在此大战。”邀月公主紧盯擂台，自言自语道。

另一边，白闪闪的葫芦上，圣院中最为超凡的几人衣袂飘飘，威风凛凛，气势惊人。

王曦也在那里，成了圣院的贵宾。

“这就是与王家不和的那个少年？”圣院的那个人问道。

王曦点头道：“是。”

“嫂子尽可放心，待我出手，定将他击败！”圣院的那个人说道。

王曦冷哼一声，脸上露出警告之色，她不喜欢这种称呼。

“嫂子与师兄早有婚约，这么称呼没错啊。”圣院的那个人笑道。

“一会儿派人上去将他击败，我圣院走的是极境路，任何实力强大的对手都是我们的磨刀石。”圣院的那个人说道。

王曦虽然不喜欢被人称呼为“嫂子”，但还是提醒道：“此人天资卓越，在同辈中少有对手，任何小觑他的人都要吃大亏。”

这时，一道模糊的身影出现了，他像是从混沌中走出的魔神，沉声道：“嫂子多虑了，我们会让他们看一看谁才是天神境第一人。”

“没错，‘天神境第一人’的称号定不会旁落，非我圣院弟子莫属！”另外一个人信心满满地说道。

擂台上，石昊静静地站立着，一言不发。

“无敌，你愿意出战吗？”远处，小天王看向扁舟上的那个灰衣男子，问道。

“好！”宇无敌点头道。他身体一晃，撕开天穹，转眼出现在神级擂台上，卷起了一阵狂风。

宇无敌身材中等，长相和普通人并无两样，却给人一种不怒自威的感觉。

仙道就是如此，仙气收敛时，身心宁静，如平静的湖。一旦仙气爆发，就如同仙剑斩虚空一般，骇人至极。

在修炼仙气之人中，长相平凡的比较少见，宇无敌肉身敦实，仙气收敛时无异于普通人。

石昊知道宇无敌是一个可怕的人，他的血肉中蕴含着无穷精气，如同一条蛰伏的真龙。

“宇师兄，请展现出你的仙道最高成就，速速将那个小子击败！”

“‘天神境第一人’的称号岂容他人觊觎？”

“宇师兄赶快打败那个小子！”

仙院的人对宇无敌有着强大的信心，纷纷大喊起来。在他们看来，宇无敌打败石昊只是用时长短的问题。

有的人甚至开始打起赌来，赌宇无敌用多少招能打败石昊。

这时，宇无敌的瞳孔射出两道银白的光芒，光芒随即化成两只银凤，带着熊熊燃烧的白色火焰，猛地向石昊扑了过去。

众人当即愣住了，这两人一句话不说就开打了。

宇无敌只是睁开双眼而已，就有如此可怕的威力，着实太恐怖了！

“天凤之力！”有人惊呼出声。

天神书院的人知道这次石昊遇上了极为强大的对手，宇无敌将古天凤的力量修炼到了眼睛里，肉身一定更可怕。

“咚！”

随着一声巨响，虚空中闪过一道惊雷，众人的耳膜险些被震破，身体也剧烈晃动了一阵。

石昊并指，施展出两条金色的秩序神链，秩序神链如同闪电般刺向宇无敌的双眼。成片的金色叶子飞舞，闪烁着闪耀的光芒，将熊熊燃烧的白色火焰扑灭了。

“当！”

巨大的声音响起，宇无敌双目中浮现出密集的纹路，那些纹路瞬间化成了一只雪白的天凤。那只天凤双翅一振，便将金色的秩序神链挡住了。

“宇无敌，加油！”仙院的人大叫着，仿佛他们身处战场中央，在进行紧张的对决。

场外的情绪一下子被带动了起来，许多人大喊起来，气氛无比热烈。

“什么人来我天神书院叫嚣？”一个声音从远处传来。

就在这时，一艘巨大的战舰朝擂台的方向驶来。

原来是天神书院修炼今世法的人回来了，他们去了别的仙土寻找涅槃的机会。

“什么？仙圣两院的人来了，正在挑战石昊？”战舰上的一群人惊讶得瞪大了眼睛。

曹雨生、太阴玉兔、长弓衍、凤舞、龙女、甄古以及藤一等人归来了，其中大多数人都是石昊的故交，来自三千道州。

有些人虽然在三千道州与石昊斗得很凶，但现在也暂时将以往的恩怨放下了。就连与石昊天生对立的重瞳者石毅此时也冷笑起来，对小天王、宇无敌等人不屑一顾。

“石昊，你一定要赢他！”曹雨生大喊道。

曹雨生走的是今世法的路，不会去仙院，因此才敢这样无所顾忌地大吼大叫。

战舰上的这群人丝毫不惧怕仙院的人，他们的目标都是圣院，气得仙院众人直瞪眼。

“轰！”

巨大的响声传来，宇无敌施展天凤大神通，双臂一展，翱翔于天空中。只见他带着熊熊燃烧的白色火焰，猛地俯冲向石昊。

刹那间，时光仿佛静止了，所有人都屏住了呼吸，一切喧嚣都消失了。

每个人都在关注这惊天动地的一击！

仙古纪元赫赫有名的天凤大神通在此时绽放出了最为绚丽的光芒，宇无敌这全力一击，震动了日月河山！

另一边，石昊冲上了云霄。一只鲲鹏突然出世，金色的躯体上布满了黑色的斑纹，阴阳二气弥漫，释放出大道神力。

“轰隆！”

巨大的声音响起，鲲鹏和古天凤撞击在一起，若惊涛拍岸，乱石纷飞，到处都是神力和光芒。

观战众人的双眼被光芒刺痛，几乎都睁不开了。

凤鸣动九霄！

鲲鹏扶摇直上九万里！

鲲鹏和古天凤互相碰撞，形成了一番恐怖的景象。它们撕开宇宙，击碎了一颗又一颗星星，众人仿佛置身于野兽横行、神禽遮天的仙古纪元。

“咚！”

惊天动地的一声巨响过后，古天凤和鲲鹏横飞了出去。宇无敌和石昊暂停了对抗，胸膛剧烈地起伏着，各自立于一方。

“铮！”

这时，宇无敌背后出现了九根神羽，色彩亮丽，闪闪发光。

令人惊奇的是，九根神羽竟由五颜六色变得漆黑如墨，最后变成了九柄气势惊人的黑色神剑。

这是凤凰的涅槃之力！

涅槃之力显露出无敌之威势，九柄黑色神剑迅速向石昊刺去，刹那间洞穿了虚空！

“锵！”

石昊站在由雷霆汇聚而成的海洋中，四周浮现出九大兵器，如金色道钟、青色镇仙塔、紫金葫芦以及赤红八卦炉等，它们有序地排列在一起，迎上了那九柄黑色神剑。

“咚！”

一声巨响过后，众人仿佛看到了天地初开，宇宙刚刚成形之际的情景，隐约间听到了先天神魔的嘶吼与咆哮，还有佛陀诵经的声音，景象奇异又恐怖。在石昊和宇无敌之间，各种神力翻涌，法则如同蛛网般交织。

石昊浑身迸发出雷电，如同雷帝再生，宇无敌施展出天凤大神通，一只古天凤猛地冲向石昊。

进行天神境第一人之争的这两人，实力在这个年龄段都称得上是数一数二的！

第969章 巅峰对决

WANMEI SHIJIE

古天凤带着熊熊燃烧的白色火焰在空中翻腾，不断攻击石昊。

石昊的每一寸肌肤都在喷吐闪电，灿烂耀眼，形成了一片雷霆海，与漫天的白色火焰形成对抗之势。

石昊与古天凤从天上打到地上，一直没有停过。

雷帝宝术对天凤大神通，这是雷与火的对抗，是巅峰神通的对决，石昊与宇无敌的实力一时间难以分出高下。

石昊遇到了一个异常可怕的对手，尽管他全力以赴，还是负伤了，肌肤上裂开了细小的伤口。

要知道，石昊的肉身坚硬如仙金，一般的法器击在上面都会被震碎，今日他的肉身却受了损伤。

石昊的肉身与达到巅峰的炼体士没有什么区别，十分强大，然而在古天凤的利爪的攻击下还是受伤了。

不得不说，古天凤的利爪太可怕了，在古天凤的利爪的攻击下，长空如同豆腐块般不堪一击。

若是一般人，可能直接会被古天凤的利爪重创。

众人目瞪口呆，号称肉身强到极境的荒居然负伤了！

天神书院的人神情凝重，仙院派出来参战的弟子太可怕了。

不过，其实宇无敌也没有好到哪里去，他脸色发白，嘴唇紧闭，点点鲜血从嘴角溢出。

“轰！”

巨大的响声传来，石昊化身为闪电的主宰者，一拳比一拳猛烈，一拳比一拳霸道，顽强地对抗古天凤的利爪。

石昊施展出来的雷霆粗大无比，雷光霍霍，径直击向宇无敌。

“噗！”终于，宇无敌忍不住吐了一口鲜血，身体一阵颤动。

“看拳！”

石昊的声音如同惊雷般震得虚空轰然作响，他的拳头像两把神锤，似乎要砸塌九天十地。

宇无敌当即受创，踉跄着后退了好几米。

与此同时，石昊身上出现了五道爪痕，那是被古天凤的利爪抓的。

转眼间，石昊与宇无敌已经过了三百招，仍不分胜负。

“哧！”

宇无敌身上燃起熊熊的火焰，释放出涅槃之力。他的伤口在快速愈合，精血倒流，渗入肌肤。

众人瞠目结舌，不到几分钟时间，宇无敌就恢复了过来，整个人的状态和战斗开始前相差无几。

这还叫人如何与之进行生死对决?

宇无敌掌握了天凤大神通，即便负伤了，也能在第一时间修复，始终保持在最佳状态。无论谁是他的对手，都会很头疼吧。

“哗啦啦！”

在众人惊诧的目光中，石昊也在发生变化——他头顶出现了一株尺许高的柳树，柳树似是由黄金铸成的，每一根枝条都是金色的，发出耀眼的光芒，每一个饱满的嫩芽也都是如此。

此时，石昊正在通过柳树汲取九天精气。

“嗯？”

观战的人不由自主地睁大了眼睛。

尺许高的小柳树不断收集天地间的精气，其根须落在石昊的身上，让他第一时间复原。

这是柳神法，它不仅可以释放出金色的秩序神链，还可以用来疗伤。

事实上，当年石昊学柳神法时，掌握的第一要义就是生命，借此领悟天地间的长生秘诀。

众人惊愕不已，这两人对决到这一步，原本气血有所亏损，现在居然又恢复到了原来的状态。

“九转天功！”宇无敌大吼一声。

宇无敌施展的这种天功曾经名震仙古纪元，号称最强的几种天功之一。他大吼的是一种咒语，可以增强天功的力量，使之释放出更大的威势。

一瞬间，整片乾坤都颠倒了过来，欲将石昊压碎。

传说中的九转天功不是失传了吗？据说它早已丢失在异域，修炼方法被不可战胜的对手带走了，今日竟然又出现了！

天神书院的众人纷纷感叹仙院果然了不起，连这种失传已久的无上天功都寻了回来。

许多人心潮澎湃，更加坚定了进入仙院学仙古法的信念，他们要去仙院进一步深造。

石昊如同骇浪中的浮萍一般，随时都会被打翻，整个人被困在九转天功之中，危机重重。

许多人大声惊呼，清漪、长弓衍、太阴玉兔、曹雨生以及凤舞等人脸色骤变，形势变化实在太快了！

“六道轮回！”

在乾坤即将颠覆之时，身在闭合空间中的石昊断喝一声，施展出六道轮回天功，六扇神秘的门在虚空中缓缓开启。

“轰隆隆！”

乾坤像是被撕开了几个豁口，宇无敌的那股力量全被引导了进去，没入六扇神秘的门中。

石昊双手结印，招式繁复，不断变化，法印直指宇无敌。

一刹那，被六扇神秘的门吞噬的力量全部倒转，转而向施展九转天功的宇无敌冲去。

一时间，山摇地动，响声不断，震耳欲聋。河海咆哮，席卷高天，几乎淹没了苍穹。

众人感叹不已，九转天功的攻击原来可以这样防御！

“六道轮回！”有人惊呼出声。

就连在暗中观察的长老们都被惊动了，六道轮回天功太出名了，是盖世神通之一。

在仙古纪元，只有无上强者才能掌握六道轮回天功，而一般的异域强者都不是无上强者的对手。

传言，这一界之所以变成九天十地，就是因为六道轮回天功。

在上一纪元末期，有人以六道轮回天功打败无数强大的敌人，取得了辉煌的战果。

果然，那股被六扇神秘的门阻击，而后又掉转方向的力量十分巧妙地攻向了宇无敌。

宇无敌再次施展天功，大喝一声：“断！”

倒转的天地裂开了，倒转的力量一齐冲向苍宇，随后消失不见。

“这才是第一转而已，还有八转。天地每转动一次，力量便加强一重，我看你如何应对？！”宇无敌冷冷地说道。

宇无敌虽相貌普通，并无什么出众之处，但此时如同一个战神，有一种无敌的气概。

九转天功闻名古今，威力惊人，若是换成别的人，早就无力抵抗，败下阵来了。

“第二转吗？六道轮回也有多种阐释。”石昊目光冷厉，盯着宇无敌，淡淡地说道。

石昊双手再次结印，招式不断变化，六道生命轮回缓缓展开，仿佛要将人送入轮回之中。

六扇门合一，形成了一个旋涡，欲将宇无敌吞进去，让他体验一番生死轮回。

“至尊殿堂的宝术都被荒寻到了，是冥冥之中早有注定吗？”来自三千道州的人很是震惊地说道。

在石昊和宇无敌之间，神力翻涌，秩序神链交织，漫天法则形成了无数日月星辰。

两人不断施展古天功，攻击对方，他们化成了叶子、飞禽走兽等，而后又重新演化、再生。

这时，连石昊自己都被六道轮回的法则包围了，而宇无敌也陷入自己施展出来的九转天功的天地内。

躯体受伤后，宇无敌和石昊便借涅槃之力和柳神法来恢复，不然的话两人早就结束对决了。

“这是真的吗？他们在轮回，在往生？”

“这些只是异象，并非真实发生，不过他们的躯体确实在不断地遭受攻击！”

一旁观战的人小声议论着。

“轰！”

伴着惊天动地的一声巨响，石昊和宇无敌各自踉跄着后退了好几步。一番激战过后，两人都已是伤痕累累了。

一时间，全场鸦雀无声，众人屏气凝神地注视着石昊和宇无敌，想看看他们接下来会怎么对决。

“嗷——”

突然，宇无敌对天发出一声嘶吼，头发竖起，身体迅速鼓胀起来，化成了一只凶兽。

凶兽释放出无比恐怖的气息，令人毛骨悚然。

这是一只凶兽，凶到让人胆寒！

这只凶兽的头与狼十分相似，有一对巨大的灰色牛角，且眉心长有一只眼睛。它身上长满了黑色的鳞片，鳞片坚硬而锐利，如同乌金在闪烁，缝隙中还长出了赤红色的毛，长达半尺。

更令人吃惊的是，这只凶兽背后有九条尾巴，每一条尾巴的末端都有一颗不是很大的头，形似真龙的头，恐怖至极。

“九幽獙！传说中的十凶之一！”仙院的一个弟子大叫道。

众人闻言，震惊不已，纷纷睁大了眼睛。

第970章 十凶之一

WANMEI SHIJIE

十凶之一，九幽獙！

“嗷——”

九幽獙嘶吼起来，那种气势令人惊悚，它腾空跃起，径直向石昊扑去。

石昊五指齐张，金、木、水、火、土五行雷霆集中攻向九幽獙。

“砰！”

伴着一声巨响，九幽獙身上的红色毛发根根竖立，居然将所有雷霆都弹开了！

众人不由得大吃了一惊，雷霆是上天降下的神罚，一般人难以抵挡，很多强大的生灵都只能硬扛，而九幽獙却轻易将其化解了！

不愧是九幽獙，当年最著名的十凶之一！

“嗷！”

九幽獙大吼一声，山河震荡，擂台剧烈地摇动起来，似乎要从天空中坠落了。

这只凶兽太勇猛了，仿佛没有什么可以阻挡它。它咧嘴时，雪白的牙齿闪烁着寒光，口中不时发出吼声，那种威力简直可以撕碎空间。

九幽獙的这声嘶吼比狮吼虎啸还要恐怖，不少擂台外的人都忍受不了，险些被震得昏过去。

如果不是擂台上的守护符文削弱了力量，许多人肯定会被这种声音震出重伤。

石昊也发出一声断喝，这是雷帝宝术中的咒语。银色的涟漪扩散开来，与九幽獙的吼声相撞击，瞬间发生了大爆炸。

撞击之声不绝于耳，天地间全是轰隆隆的声音。

这时，石昊腾跃而起，穿过风暴区，结鲲鹏拳印，主动向九幽獓出击。

石昊的一双拳头如同两轮小太阳，发出璀璨的光芒，瞬间撕开了虚空。

“嗷——”

九幽獓长啸一声，满身红色毛发如钢针般竖起，一对巨大的灰色牛角发出耀眼的光芒。它一跃而起，向石昊撞了过去。

“当！”

石昊的拳头和那对牛角撞在一起，声音响彻乾坤，火星四溅，仿佛无数颗流星划过长空。

石昊感到拳头一阵刺痛，牛角太坚硬了，他的拳头渗出了一点血，这是他的拳头第一次在碰撞中受伤。

九幽獓咆哮着，它的牛角无恙，身体却在倒退。

血液倒流，石昊拳头上的伤口迅速愈合，幸好只是皮肉破损，并未伤及骨骼。

九幽獓目露凶光，见石昊的手并无大碍，仰天咆哮了一阵，再次用尖锐的牛角向石昊顶去。

“哧！”

石昊四周飘浮着金色的羽毛，羽毛化成一柄又一柄神剑，猛地向九幽獓刺去。

与此同时，石昊的双拳中间出现了两个金色旋涡，这是鲲鹏法中的金璇波纹功，他要将九幽獓的犄角吞进去。

“锵！”

伴着一声巨响，火星四溅，九幽獓身上的黑色鳞片闪烁着光芒，形成一片黑色的光幕，挡住了那些神剑。

“嗷——”

九幽獓大吼一声，背后的九条尾巴上的真龙全都露出锋利的牙齿，欲攻击石昊的身躯。

太快了，相距这么近，石昊根本无处可躲！

石昊断喝一声，撑开唯一洞天，九幽獭尾巴上的真龙的牙齿全都咬在了唯一洞天的光幕上。

龙吟阵阵，唯一洞天周围的虚空瞬间塌陷！

“真的是九幽獭，天啊，尾巴上的真龙的头可不是摆设，可以打败无上高手！”观战的人之前还有几分怀疑，现在确信了。

传闻，九幽獭的九条尾巴一出，各方高手都要退避。九条尾巴有九龙之力，能吞掉星辰，打败无上高手，对抗不朽者。

石昊受到了不小的惊吓，尾巴上的真龙的头太可怕了，差点就把他的唯一洞天撕开了！

石昊没有想到九幽獭竟然这么强大，不愧为十凶中的绝顶强者！

不过，这只九幽獭显然不是当年的十凶之一，而是其后裔。

不远处，绿陀、邀月公主等人的脸色都变了，他们都感受到了九幽獭的致命威胁，它肯定可以打败修出三道仙气的年轻至尊！

九幽獭太强大了！

“宇无敌的真身竟是九幽獭，真是没有想到！”天神书院的弟子叹道。

“轰！”

石昊猛地发力，响声惊天动地，唯一洞天如同一轮太阳，发出耀眼的光芒。他暂时将九颗真龙的头逼退，重新获得了自由。

“看招！”石昊大喝一声。他施展鲲鹏法，让身体周围环绕着闪电，对九幽獭展开全面的攻击。

九幽獭攻击的速度也不慢，只见它九尾横空，气势霸道。

石昊和九幽獭接连发生大碰撞，不敢有丝毫松懈。随着时间的推移，他们已经大战了一千五百招。

对于石昊来说，这是一场苦战，对方实力太强了，而且生命力惊人，实在是不好对付。

“咚！”

沉闷的声音响起，石昊挨了一记獭爪，同时他的拳头也落在了九幽獭身上，响声震耳欲聋。

这次，猰爪伸进了唯一洞天，在石昊身上留下了一道痕迹。石昊的拳头则打得九幽猰毛发断裂，连黑色鳞片都脱落了几块。

太不可思议了！

石昊惊讶于九幽猰黑色鳞片的强大防御力，黑色鳞片居然挡住了他的拳头，若是换成其他东西，肯定早就被他的拳头击穿了。

九幽猰身上的鳞甲宛若黑暗仙金般，很是坚硬，连石昊的拳头都无法与之抗衡。

“嗷——”

九幽猰被石昊一拳击在头上，剧痛让它嘶吼起来，声音凄厉无比。

在吼声中，不光是九幽猰的头向石昊扑去，九条尾巴上的真龙的头也发起了攻击，石昊的唯一洞天的光幕被咬穿了。

“啊！”

石昊大叫一声，躯体已经被九颗真龙的头牢牢地缠住了。

“天啊！”

众人惊呼，面露惊讶之色。这一切发生得太快了，让人根本来不及反应。

清漪、曹雨生以及长弓衍等人更是脸色骤变，握紧了拳头，几乎要窒息了，石昊很有可能会殒命于此！

众所周知，若是被九幽猰尾巴上的九颗真龙的头缠上，就是死路一条，几乎无人能幸免！

“完了，荒的时代要结束了，他被真龙的头缠住了！”天神书院的人大喊道。

“不愧为十凶，凶猛无敌！”仙院的人对九幽猰赞叹不已。

仙院的人窃喜不已，大战进行到这一步，他们早就等不及看结果了，现在终于看到了满意的结果。

圣院的众人神情凝重，感受到了巨大的威胁，九幽猰实在太可怕了！

“嗯？”

突然，众人感觉到了不对劲，石昊虽然受创，但是又稳住了。

一道光芒渐渐扩散，禁锢了九颗真龙的头，那九颗真龙的头一动不动，像是被制服了。

是唯一洞天！

“不对，石昊诱敌深入，故意撤去唯一洞天，现在又出其不意地禁锢了九幽獓！”曹雨生的言语中是藏不住的激动。

原来是诱敌之术！

“轰隆隆！”

巨大的声音响起，石昊全面爆发，从鲲鹏力到雷电，再到轮回拳等，全部向九幽獓攻去。

“啊——”

九幽獓大叫起来，九条尾巴一下子断了三条，头部也中了一拳。它拼尽全力突围，最后整个身躯横飞了出去。

石昊见状赶紧跟了上去，想要乘胜追击。

九幽獓快速稳住了身体，红色毛发根根竖立，身上的黑色鳞片化成了黑色飞刀，径直刺向石昊。

这是一场惨烈的对决，九幽獓慢慢恢复了元气，尝试令已经断掉的几条尾巴再生。

石昊身体受创，伤势严重，双方此时依旧不分上下。

转眼间，两人已经大战了三千回合。

果然是巅峰对决，这是年轻至尊的大战！

“哗啦啦！”

石昊周围飘浮着金色的枝条，只见枝条瞬间化为成千上万条秩序神链，快速向九幽獓冲去。

对战双方都已经消耗了太多的气力，涅槃之力虽可以复原身体，但也要付出极大的代价，现在石昊和宇无敌都有些精疲力竭了，胜负马上就要揭晓了。

“轰！”

伴着惊天动地的一声巨响，石昊施展出的秩序神链将九幽獙缠住了。

“凤凰涅槃，无尽地狱火！”九幽獙咆哮道。

黑色的火焰释放出来，开始焚烧金色的秩序神链。

“轰！”

撞击声、焚烧声不绝于耳，震惊了众人。

突然，九幽獙眉心的眼睛发出一道刺目的光，那道光径直射向石昊，威力无穷，带着惊人的气势。

“那，那是……死亡之眼！”有人惊呼出声。

九幽獙居然修炼成功了死亡之眼，看一眼就可以让一个人殒命，更不要说像现在这样射出一道光，直接瞄准一个人了！

“荒……要败亡了吗？”

“看来要殒身了！”

观战的众人大声议论着，觉得石昊这次必败无疑了。

“轰！”

巨大的声音响起，一个旋涡从石昊的肉身浮现出来，包裹了那道光。这是他的轮回神通在起作用，时光碎片飞舞，光阴仿佛倒流了。

接着，石昊的体内开始发光，轮回力和柳神法一起将那道光逼了出来。

“轮回！”石昊大喝一声。

轮回法爆发，密集的符文全部冲向了九幽獙。

石昊的轮回神通无比活跃，将轮回之力推向了巅峰，时光之力更是震惊了众人。

“砰！”

九幽獙一下子横飞了出去，不断哀鸣着，它慢慢缩小，最后变得只有一尺来长。

“咚！”

沉闷的声音响起，石昊一脚踩在了九幽獙身上。九幽獙不断挣扎着，看起来很痛苦。

“我们认输，脚下留情！”仙院那边传来很多人的大叫声。

这一战打得无比艰难，石昊和宇无敌化成的九幽獭居然过了三千多招，实在是匪夷所思！

第971章 所向披靡

WANMEI SHIJIE

仙院的一群人大声叫嚷着，担心石昊会踩伤九幽獭。

谁都没有想到这一战会如此落幕，以凶狂闻名于世的九幽獭，现在居然变得如同小狗崽一般了。

九幽獭不断号叫着，想要逃离石昊的束缚，奈何它被石昊一记轮回之力击中，回到了幼年期。

九幽獭空有一身绝代神通无法施展，只能将擂台地面抓出一道道痕迹。

这一番景象吓到了不少人，连幼年期的九幽獭都如此厉害！要知道，擂台可是有密集的符文守护的。

凭九幽獭现在这种状态，它多半能一爪子打败一只凶兽！

九幽獭吼叫着，非常不甘，它在仙院有“天神境第一人”的美誉，结果现在却被人踩在脚下，颜面何存？

石昊低头看着九幽獭，这才稍稍缓了一口气，放松下来，这一战实在太艰辛了！

宇无敌是仙院中的重要角色，既是大长老的二弟子，也是关门弟子，实力强大，是未来对外征战的主力。

由于三院的长老们都在场，因此石昊没有下狠手，毕竟是大家都是九天十地的人，将来还要一致对外呢。

石昊松开脚，一把拎起那只如同小狗崽般的九幽獭，有力的大手捏住了它的脖子。

九幽獭哀号着，龇着雪白的牙，瞪着眼。

至此，仙院众人心中的石头才落了地，他们猜想石昊应该不会对九幽獭怎么样。

看到一尺长的“小狗崽”在石昊手中挣扎，众人觉得很不可思议，气势惊人的宇无敌如今竟落得这般田地！

仙院的人最为失落，默不作声。他们信心满满，认为宇无敌一定能击败石昊，谁能料到现在是这样一个结果。

此时此刻，“尴尬”二字都不足以形容仙院众人的心情。

圣院的人则神情凝重，眉头紧锁，心事重重。无论是宇无敌还是石昊，在他们看来都是威胁很大的对手，需要多加注意，小心防范。

“荒居然这么强！”

“仙院的宇无敌虽然也很强，但最终还是不敌荒！”

“一开始还以为宇无敌会赢呢，结果荒转败为胜了！”

仙圣两院的众人纷纷议论着刚刚的对决，对石昊有了新的认识。

而天神书院的人则是惊喜不已，原本不少人觉得仙院高不可攀，其门徒不可战胜，而石昊用战绩证明，哪怕是仙院的人，也一样会被打败。

“呵呵，我天神书院的人获胜了。”远处，天神书院的三长老笑道。

“仙院底蕴深厚，人才、神药以及宝具不是都有很惊人的储备吗？今日怎么大败了？”圣院的一个老头子问道。

“有本事让你圣院的人上去试试！”仙院的长老气得直瞪眼，愤愤地说道。本来弟子输了，他的心情就不太好，圣院的老家伙还故意来讽刺一番。

“规则规定不允许教主级人物上场！”天神书院的一位长老见状，急忙补充道。

“我院最厉害的人早已达到了教主级。”圣院的老头子颇为自豪地说道。

“我院的小天王也已成为那个级别的高手，不如你我两院派人比试一番。”仙院的长老冷然一笑，道。

石昊抖手将九幽獓扔出擂台，这时轮回神通已经失效了，尺许长的“小狗崽”变大，成了一只恐怖的凶兽。

九幽獓仰头长啸，声音凄厉，让人毛骨悚然，像是一只受伤的兽王在对天怒吼，即将要发狂。

众人惊诧不已，九幽獙可是十凶之一的后裔，若是真发起疯来，后果不堪设想。

所幸九幽獙很快就平静了下来，最后重新化成了宇无敌。

宇无敌自知惨败，不好意思继续停留，于是乘着一叶扁舟冲进了那颗石质星球之中。

仙院的人纷纷叹息，无不为宇无敌感到遗憾，他有天神境第一人之势，结果却在天神书院遭到了如此打击。

拱桥上，仙院的一群奇才沉默不语。

许久后，小天王缓缓开了口："宇无敌败了，我说话算数，湛蓝甲胄暂且寄存于你处，等你融合古种成功，成为教主级人物，我再来取。"

擂台上，石昊只是点头示意，没有说话。

"还有人上场吗？再不出手的话，'天神境第一人'的称号就要被荒摘走了。"有人在暗中喊道。

这话是在刺激仙院的人，也是在为石昊树敌，更是想让圣院的人参与到战斗之中。

众人齐刷刷地望向擂台，注视着那道修长的身影。

石昊旁若无人地盘坐下来，运转心法，汲取天地精华，骨文逐渐覆盖了他的全身。

"我来与你对决！"高空中有人喊道。

"我来，让我去与他分个高下！"另一个声音响起。

"算了，还是我去吧！"有人说道。

几个年轻人争执起来，都想与石昊决一胜负，他们是圣院的人。

天神书院的众人觉得有些可笑，这些人竟然争抢着出手，把荒当成了什么？难道谁都可以与荒对决吗？

王曦脸上露出担忧之色，她知道石昊的厉害，担心圣院的人会吃苦头。

"你们刚才已经见到他的手段有多厉害了，贸然出手定会吃亏！"王曦叮嘱道。

“嫂子请放心，我们也有手段。方才大话已经出口，如果不去对决，岂不是让人笑话？”其中一个人应道。

圣院的人倒也坦诚，他们之前奚落过石昊，现在要是怯阵，确实有失颜面。

这时，一道赤光落在擂台上，圣院的一位强者出场了。他浑身闪烁着红色的光芒，很是引人注目。

“赤炎子与你一战！”圣院的这位强者喝道。他一上来就主动出击，刚猛霸道，颇有一番气势。

赤炎子拥有两道仙气，突破了今世法的极限。他血气旺盛，仿佛搬来了一片血气所化的汪洋，漫天都是血气，淹没了擂台。

“好恐怖的血气之力，这个人不简单！”连天神书院的二长老都忍不住赞叹起来。

石昊愕然，此人的血气贯通天日，很是惊人！

“赤炎子是圣院搬血境中数一数二的人！”远处，圣院的人朗声道。

“轰！”

随着一声巨响，血气化成了烈火，大火熊熊，烈焰腾腾，焚烧九天。这是血气大法，是圣院创造的一种无上功法。

石昊不敢大意，撑开唯一洞天进行防御，与赤炎子展开激烈的碰撞。

“巅峰炼体士！”石昊惊呼出声。他第一次见到这样的人，赤炎子全身闪烁着光芒，与他正面对抗时，竟发出了如同金属碰撞般的声音！

“天啊，居然能与荒的肉身对抗，不愧是从圣院中走出来的人！”天神书院的弟子惊叹道。他们都知道石昊的肉身有多强大，可现在居然有人敢和他拼肉身！

赤炎子一个摆腿，与石昊的手臂撞在一起，响声震耳欲聋，而后他纵身一跃，以威猛之势俯冲而下，双掌连拍，掌影成片，如巨山般压下来。

“轰！”

拳掌交击，声音响彻天地，血气翻涌，长空破碎。

“咚！”数百回合后，赤炎子被石昊一拳击飞，终究还是败了。

“我来领教！”这时，一个威严的声音传来。

圣院再次有人扑来，那个人的肌肤上布满了纹路。一时间，道钟、神塔、飞剑以及战矛等武器化形而出，径直冲向了石昊。

这是一个在铭纹境与列阵境中实现了重大突破的人，其实力不容小觑！

不久后，圣院的这个人被石昊一腿扫中，横飞了出去。

圣院又一个人大败！

随后，又有三个人出手，不出意外地都被石昊击败了。

第972章 争夺奇才

WANMEI SHIJIE

圣院的五大高手都败给了石昊，惨淡收场。

高空中，白骨葫芦里的一群人陷入沉默，现在还有谁可与荒对抗？天神境居然无人能够打败荒！

王曦再一次惊叹石昊实力的深不可测，圣院居然没有人可以压制他！

王曦感受到了一种强烈的威胁，如今荒还没有真正成长起来就已经如此强大了，如果他以后达到了顶峰境界，会变成什么样？她不由得为家族感到深深的担忧，招惹了这样一个厉害的人物，日后王家是否会受到荒的威胁？

仙院的人同样无话可说，宇无敌也败了，连他的本体九幽獙都不是荒的对手。

除非小天王这样超越天神境的人出手，不然独自立于擂台上的那个黑发少年已经可以称得上是无敌了。

天神境第一人？许多人心中默默思量，今日之战是成就了荒啊！不过，他的确有这样的大威势。

这个称号送给荒也算是实至名归，毕竟战绩摆在那里，仙圣两院确实无人可以与荒匹敌。

“真是没有想到荒的实力竟如此惊人！”邀月公主叹道。

仙院的人听了这话虽觉得有几分刺耳，但又无法反驳，毕竟方才的大战是有目共睹的。

短暂的宁静过后，天神书院的众人沸腾了，荒一人居然击败了仙圣两院的几大高手！

天神书院的弟子虽然知道石昊很强，但是起先并不认为他能胜出，毕竟仙圣两院弟子的实力太强了。

谁能想到最终的胜利者是天神书院的弟子！

荒真的是天神境第一人吗？天神书院中很多人有点不敢相信自己的同门能获得这样的荣誉。

天神书院的众人对石昊愈发敬畏了，同时也很自豪，一个少年打破了神话，天神书院胜过了仙圣两院！

“哈哈，仙院又如何？还说什么宇无敌是天神境第一人，要压制石昊！还不是被石昊击败了，仙院的人不觉得脸红吗？哈哈！”远处，曹雨生大声取笑仙院众人。

仙院的人脸色铁青，羞恼不已，却又想不出什么话来反驳。

圣院有些人想笑，可一想到他们的人也败在了荒手里，硬生生又把笑容憋了回去。

“还有谁要上场？”石昊问道。

一群人你看看我，我看看你，都没有说话。

仙院的人很尴尬，他们之前太傲慢了，扬言要压制石昊，现在却无人敢迎战。

这时，石昊感受到了一股深深的敌意，他蓦地回过头去。

元青！

居然是元青！他也来了，而且就站在仙院长老的旁边，看向石昊的目光十分不善。

石昊身上不由得起了一层鸡皮疙瘩，汗毛都差点竖起来了，他很想打败元青，却深知自己还无法与之抗衡，对方已经是半个至尊了。

元青没有久留，似乎有什么顾虑，只是与仙圣两院的长老简单交谈了几句便离开了。

石昊听闻元青曾先后进入仙圣两院修行，认识不少高层人物，此时看来所言非虚。

这让石昊有几分担忧，他若真要进入仙圣两院，元青会不会是一个大的阻碍？

修炼不易，石昊闯过了许多难关才走到今天这一步，他不想因为一个小人而招来意外的祸事。

看着元青离去的背影，石昊不禁思忖起来，此人故意来此耀武扬威究竟是何意，是轻视，还是一种警告？

“哈哈……承让，我天神书院赢了。”天神书院的一位长老笑道。

“天神书院出了一些好苗子，这等人才若进了我院，一定会大放异彩。”仙院的长老说道。

“这等人才最适合在我院成长，将来必会成为我院的骄傲。”圣院的长老也想拉拢人才，这般说道。

听完这些话，天神书院的长老的心情顿时变得有些复杂，仙圣两院这是把天神书院当成了“苗圃区”，好的苗子要被挑走，而天神书院只能默默地在背后提供苗子。

“小金，你那是什么脸色？你要知道，好苗子来我仙院培养会更好，我们有更适合他们成长的土壤。”仙院的长老拍了拍天神书院的长老的肩，笑道。

“凭什么去仙院？来我圣院才是正途，今世法必定会战胜仙古法！”圣院的长老一本正经地说道。

“你在说什么，难道你圣院想与我仙院较量一场吗？”仙院的长老问道。

“有何不敢？”圣院的长老应道。

仙圣两院的长老虽然没有大声争吵，但是看似平静的神色中时不时露出锋芒，意欲争夺天神书院的好苗子。

一个荒已让他们意识到天神书院很不简单，肯定有不少人才！

随后，几人在仙圣两院的长老们耳畔低语，汇报刚刚了解到的情况。

“咦？还有和荒同级别的人？”仙院的长老有些惊讶。

“是，那个人在三千道州与荒交过手，当时未分出胜负，进入天神书院后两人便没有对决过了。”前来汇报的人说道。

“其中一个人持有世界树幼苗。”

“书院中还有人得到了一枚无瑕的阴阳种。”

“还有一个是守护者的后裔，亦有无敌之雄姿。”

一个又一个消息传来，让仙圣两院的长老们震惊不已。

“不简单啊，我们还真是小觑天神书院了！”仙圣两院的长老们面露诧异之色，叹道。

此时，石昊跃下了神级擂台，清漪、曹雨生等人马上迎了上去，天神书院的众人欢喜不已，纷纷祝贺石昊大胜。

石昊看了一眼拱桥上的人，许多人都面无表情，只有小天王微笑着冲他点了点头，邀月公主也颔首示意，对他表示祝贺。

有人暗中来找石昊，想邀请他进仙院。

石昊没有立刻表态，他想知道仙院能提供些什么，是否会送出无瑕的古种。

圣院的人也来了，真心诚意地邀请石昊加入圣院。

远处，王曦面露惊讶之色，没有想到石昊的地位居然高到需要圣院的长老亲自邀请。她心中颇有些不自在，同时还有几分纠结，自己究竟是要进圣院，还是入仙院呢?

十冠王、谪仙、绿陀以及玄昆等人都被人围住了，成为仙圣两院极力拉拢的对象。就连莫道也成了仙圣两院争抢的对象，长老们想从他身上探听到有价值的信息。

除此之外，由于清漪疑似是真仙转世，因此也引起了巨大的轰动，仙圣两院为她争得面红耳赤。

天神书院一下子热闹了起来，仙院和圣院的人开始争夺门徒，各自都不想退让半分。

石昊先是被围拢，然后被人拉走，不知怎么的就被带到了一处较为偏僻的角落，周围都是仙圣两院的高人。

天神书院的二长老也来了，陪在石昊的身边，帮他参谋如何走下一步。

“我想知道如果我加入仙院，是否会得到完美无瑕的古种？”石昊直接问道。这是他最关心的问题。

“放心，以你过人的天资，你一定能得到一枚无上古种。我们一定会给予你最好的条件，助你修炼。”仙院的一位长老拍着胸脯承诺道。

天神书院的二长老咳嗽了一声，道：“我怎么听说仙院的几枚古种早就被内定了？”

“仙院的老家伙，你就不要坑人了，古种早已被小天王等人分完了！你们没有多余的古种，还要将这个少年带进书院，这不是害他吗？”圣院的老头子冷笑道。

“胡说！还有没有使用的古种，其中有一枚是要送给从天神书院选拔上来的弟子的！”仙院的长老反驳道。

“我早已听闻那枚种子虽是落在我天神书院弟子的头上，但不是要送给长生世家那个孩子的吗？”天神书院的二长老问道。

仙院的长老咬了咬牙，道：“我来想办法，我马上联系仙院，让他们寻到一枚完美的种子。”

“说到底，那几枚种子都有了人选，你做不了主，还要重新寻找，这谈何容易？”圣院的老头子奚落了仙院长老一番，而后看向石昊，道，“孩子，这仙院不去也罢，古种早已分配好了，你争不过人家！”

第973章 选择

WANMEI SHIJIE

“你……”仙院长老朝圣院长老射去两道如同闪电般的目光，却无法反驳什么。几枚无上古种的确早已承诺给另外几人了，如今也不可能反悔了。

“你可要想清楚，你究竟是在惜才，还是在耽误人家。”圣院的老头子进一步说道。

“不来我仙院，去你圣院就好吗？”仙院的长老冷然一笑，道，“走今世法这条路重在体魄的修炼，需要各种无上仙药。长生药你们舍得放手吗？早已送人了吧？还有真龙的心头血多半也要给你们书院的那几个弟子吧？至于天凤的涅槃精血也有人继承，其他几样更不可能旁落。”

这些话不仅让石昊大吃一惊，也让天神书院的二长老感到诧异，圣院居然有这么多珍稀之物！

真龙的心头血、天凤的涅槃精血……这些可不是一般的血，都是血液中的精华，一条龙能有几滴心头血？

“我圣院资源丰厚，采尽了九天的造化，拥有无数天材地宝，不会少了荒的那一份！”圣院的长老朗声道。

“哈哈……你能做主吗？那些东西早已分配好，别以为我不知道！”仙院的长老大笑道。

石昊心头一震，仙圣两院果然不简单，有那么多惊天宝物，只可惜都已经有主了。

天神书院的二长老为了帮石昊争取资源，道：“你们都知道荒天资过人，可就算他进了仙圣两院，若得不到古种，拿不到诸如真龙的心头血之物，又有何意义呢？至于功法经文，我们也能为他找到。”

“放心，圣院还有一些天角蚁力之极限血，可以送给荒。”圣院的老头子郑重地说道。

“算了吧，我早就听闻那种血极其珍贵，不可能存留下来，你们绝对早就分配给他人了！”仙院的长老冷哼一声，道。

“两位道友若是拿出诚意，我便答应让荒去深造！”天神书院的二长老朗声道。

很快，仙圣两院的人都采取了行动，各自取出一座小型的白骨祭坛，开始祭祀。

白骨祭坛发出耀眼的光芒，两位长老将写好的骨书送上祭坛，等待回应。这是和遥远的域外沟通的一种专用方式。

漫长的等待中，石昊这边暂时安静了下来。

与此同时，天神书院的另一边格外热闹，一些弟子仍被仙圣两院的人紧紧围着。

“得道成仙是修行的最高境界，也是每一位修士的终极目标。若没有选择仙院，将会是你们一生的遗憾。”这是仙院的人在游说。

“算了吧，仙古覆灭足以说明一切，那种道法早已落后了，不值得将故纸奉为经典。”圣院的人强调今世法才是唯一的路，是希望所在。

很快，天神书院的弟子们不再犹豫，都做出了选择，其实他们心中早就已经打算好了。

十冠王、谪仙、绿陀等人进入仙院，白衣宁川、王曦等人进入圣院。

王曦原本有意进仙院，不过在家族的干预下，最终还是去了圣院，那里有一位绝代人杰，可能会成为她的未婚夫。

“你们别拉我，我早已决定去圣院了。”曹雨生朗声道。

仙院的人气坏了，之前曹雨生在石昊和宇无敌对决时就没说过几句仙院的好话，他们怎么可能还来邀请他。

“少自作多情！”仙院的一个年轻人脸上尽是鄙夷之色。

“不请我，你们过来干什么？”曹雨生问道。

“我们是来请这位小仙子的。”仙院的那个年轻人看向太阴玉兔，说道。

仙院的人其实不是很愿意来拉拢太阴玉兔，只因为看到她抱着一只纯血的麒麟幼兽，所以才硬着头皮过来了。

这时，仙院的一位长老亲自赶到太阴玉兔身边，准备邀请她进入仙院。

“我的麒麟幼兽平日喜欢吃神药，差不多十天就要吃一株，你们有吗？”太阴玉兔笑问道。

当神药是萝卜吗？十天吃一株？众人咂舌。

仙院的那位长老却满脸笑容，道：“这个可以想办法解决。”

“小道友可愿加入我圣院？”圣院的一位长老走向曹雨生，问道。

“当然！”曹雨生重重地点了点头。

直到此时，天神书院才没有那么喧闹了，大部分人都做了选择。

“石昊，你要去仙院吗？你刚击败宇无敌，日后和小天王肯定会有一战，去仙院不太好吧。”曹雨生跑到石昊面前问道。

随后，一群故人来到了石昊近前，除了清漪要去仙院，其他人都选择了圣院。

“我在等消息。”石昊想看仙圣两院给出的待遇如何，这样说道。

不久后，拉拢石昊去仙院的长老出现了，他皱着眉头，张了张嘴，一副很为难的样子。

“前辈有话请讲！”石昊看出了仙院长老的迟疑，率先开了口。

“几枚古种早已分配给他人，其中一枚送给了你天神书院的人，算是偿还长生世家曾经给予仙院的恩惠。”仙院长老叹道。

随后，仙院长老补充道：“你放心，只要再寻到一枚新的古种，一定给你。”

石昊摇了摇头，没有说什么。

“石昊击败宇无敌是有目共睹的，谁有这种天资？连石昊都不能拥有无上古种，那还有谁配拥有？这种书院不去也罢，太不公平了！”曹雨生为石昊打抱不平，嚷嚷道。

来自三千道州的其他人也都愤愤不平，觉得仙院有失公正。

“去圣院，又不是没有地方可去！”曹雨生等人大喊道。

仙院长老十分尴尬，上面的人不同意再拿出一枚种子，说是几枚种子早已分配完毕，现在无法更改人选了。

石昊叹气，说到底还是因为仙院人才太多，像小天王这样的人可能不止一两个，所以仙院的长老们才不愿意改变之前的安排。

圣院的老头子也回来了，他搓着手惋惜地说道：“晚了一步，那些真血都分下去了。”

这次，曹雨生等人更不满了，道：“好东西都分完了，我们去圣院还有什么意义？”

“有我等为你们提供指导，同样还会开启仙府，到时候得到仙血，可以为你们造大道根基。”圣院的老头子信誓旦旦地说道。

“放心，到时候各种无上典籍任你们观阅。”圣院的老头子许诺道。他不光是看重太阴玉兔、曹雨生等人，还想通过他们把石昊也拉到圣院去。

“这样好了，荒就留在天神书院吧。为他打好修行的基础，我天神书院也能做到。”这时，天神书院的二长老开口了。

这句话让仙院和圣院的长老同时变了脸色，没有想到天神书院的二长老会突然来这么一招！

石昊听到这话，便说：“好，我留在天神书院。”

“年轻人你可要想好了，我仙院可是九天十地最适合修炼的地方啊！”

“小道友，圣院不仅有各种洞府，还有无数奇珍异宝和典籍，那里才是适合你深造的地方！”

仙圣两院的长老争相劝说，都想将石昊带走。

“算了，仙圣两院人才济济，缺我一个不算什么，我就留在天神书院了。”石昊说道。他认为仙圣两院有很多奇才，不会给予他足够的重视，与其如此，还不如留在天神书院。

“先让荒留在我天神书院吧，如果我们这里没有什么可教的了，会送过去的。”天神书院的二长老这样说道。

“好吧。上面的人说过三院的洞府可能会挪移到同一处无上仙土，到时候见面会很方便。”仙院的长老想了想，这样说道。

“不错。”圣院的老头子点了点头。

到了离别时，石昊站在天神书院的大门口，送走了那些故友。

看着故友们离去，石昊心里涌起了复杂的情绪。

在天地大乱将起之时，这可能是最后的宁静了，留给他们的时间不多了。这是至关重要的时刻，他们要迅速崛起！

天神书院很安静，石昊独自徜徉在鹅卵石小路上，想着以后的路。眼前是一片紫色的竹林，雾霭弥漫，一道身影突然浮现出来。

大长老的真身出现了！

“我给你十日时间，你好好琢磨今后的路，想清楚后再来见我。”大长老说完，便消失了。他极少出现，是九天十地最强大的人物之一，仙圣两院的长老们都很敬重他。

天地寂静，石昊坐了下来，开始思考今后的路。随后，他取出了一些东西，低头观看，其中有从三千道州带上来的一口古棺，里面封印着玉石书。

接着，石昊又取出一个石匣，这是他从仙古遗迹最深处得到的，应该比古棺中的玉石书还珍贵。

随后，石昊的躯体微微发光，一枚种子出现了，它忽大忽小，带着混沌之气，发出神秘的光芒。

这枚种子如同孕育着仙物的天地胎盘，还没有成熟。这也是石昊从三千道州带来的，来自天人族的古矿。

石昊陷入沉思，这些东西很重要，可能与他未来的道路有关。

第974章 以身为种

WANMEI SHIJIE

紫色的竹林很安静，竹子紫莹透亮，竹叶闪烁着紫色的光芒。

由鹅卵石铺成的小径旁，溪水从玉石般透亮的竹子根茎上流过，发出叮咚之音，悦耳动听。

石昊静坐在一边，仔细打量手上的东西，认真地思考着。今后的路应该如何走？他凭这些东西能踏上修炼仙古法的路吗？

他不知道这枚奇异的种子是否完美，也不知道里面究竟孕育着何物，当时齐道临只说这是仙金。

其实，他并不是没有选择的余地，除了仙古法这条路，他还有今世法的路可走。

他成功修炼出唯一洞天，已是前无古人，若是实在找不到完美的种子，也可以放弃仙古法，坚定地选择今世法。

他只是有点不甘，想先修仙古法，再修今世法，相互借鉴，从而将二者融会贯通。

他渴望力量，希望成为最强者，只有这样才能自保，从而在将来与异域征战的时候胜出。

在浩大的战场上和上一纪元的不朽者激战，光是想想他就觉得热血沸腾，那才是绝世一战！

他不愿成为历史的尘埃，他要活下去，参与那一战，保护亲人和朋友。

石昊收起经文、大罗剑胎等，只留下了那枚种子。种子依旧在变化，忽大忽小，弥散着混沌之气。

石昊一直心存疑虑，这枚种子是否可以作为与道法相融合的种子呢？

“要先修今世法，再修仙古法吗？”石昊自言自语道。如果没有合适的种子，就只能如此了。

可是，修今世法的话，在突破极限时需要各种天材地宝，还记得修炼出唯一洞天时，柳神以其汁液助他突破。

按照圣院的人所说，开辟洞天、化灵等体内宝藏，最好辅以真龙的心头血、天角蚁力之极限血等，天神书院有这些东西吗？

石昊知道书院中有不纯的凤凰血，但如今应该也所剩无几了，况且他现在需要的是精血中的精粹。

想到这里，石昊准备前去拜见大长老，他已经想好了以后的路该怎么走。

大长老的栖居地很普通，不是灵山附近，也不是神木成片的园林里，而是在一块沼泽地中。

一间简朴的茅屋，没有大道气韵，也没有仙气，和普通人的住处并无两样。茅屋周围是一个烂泥塘，其中有泥鳅、龙鱼出没。

大长老身穿麻衣，坐在一块褐色的大石块上，手持一根竹竿，正在垂钓，一副清闲的模样。

石昊施了一礼，静静在一旁等待。大长老的钓饵散发出阵阵清香，闪烁着亮丽的光芒，竟是一株神药。

石昊震惊不已，这是在钓什么东西？居然需要以神药做钓饵，太奢侈了！

这时，竹竿一沉，显然是有东西上钩了。大长老轻轻一提，一个生灵露出水面，咬着钓饵不松嘴。

这是一只白龟，大约有尺许长，背上的壳如同羊脂玉一般，而它雪白的头竟是虎头，尾巴足有一米多长，像是蛇尾，与寻常的龟截然不同。

这是龟吗？怎么如此怪异？大长老以神药为钓饵就是为了钓它？

石昊双眉紧皱，像是想起了什么，道："这是……八珍龟？"

"正是这贪吃的家伙，破坏了我垂钓的心情。"大长老轻轻一甩竹竿，将八珍龟放回了泥塘中。

"八珍龟可是大补之物啊！"石昊叹道。

八珍龟号称太古八珍之一，是绝世美味，此外，它还有补血第一的美名，当人气血干枯时，以它为药引子便能补充亏损。

石昊没想到烂泥塘中居然会有八珍龟，难怪大长老会以珍贵的神药为钓料，整日坐在这里垂钓。

可让石昊感到不解的是，大长老为什么要放走八珍龟？

“我要钓的不是八珍龟，而是地下洞府中的生灵。那个生灵太狡猾了，我垂钓数年，就是不见它上钩。”大长老看穿了石昊的心思，解释道。

石昊大吃了一惊，比八珍龟还要稀有，价值更惊人？那是什么生灵？

石昊想到了刚来天神书院时听到的传言，整个书院坐落在遗迹上，地下有仙家洞府还未开启。

想到这里，石昊有些明白了，烂泥塘可能与地下的仙家洞府相通！

这也难怪，不然以大长老的本领，他根本用不着垂钓，直接抓来便是，唯有那个洞府能阻挡大长老。

“这么快就来了，你已经想好未来的路了？”大长老问道。

“是！”石昊点点头，郑重地说道，“无论是仙古法还是今世法，我都想学！”

大长老抬头看向石昊，眼中露出两道精光，一头白发飘动，平淡中透出一股惊人的威势。

被大长老盯住的瞬间，石昊觉得浑身的血液都凝固了，大脑一片空白。

“你的雄心不算小。”大长老淡淡地说道。

“这一纪元很有可能会再次覆灭，我不甘，大长老也不甘，九天十地的所有人都不甘！而我们能做的就是从自身开始努力，不断提升自我。我要变强，我要改变这一切！”石昊大声地表明决心。他想变得更强，从此无惧异域的各路高手！

“修仙古法需要古种，你有如此资质，却没有一枚无上古种，实在太可惜了。”大长老提到了古种的问题。

石昊直言道：“我以为书院之所以将我留下，是因为能帮我寻到一枚种子。”

“地下有一个洞府，不过不一定有无上种子，无上种子在仙古纪元都异常罕见，恐怕难以寻到。”大长老叹道。

“我准备了一枚种子，只是不知道是否合适。”石昊一边取出种子，一边说道。

“咦？这枚种子有意思，还在成长中，正在孕育天地造化。”大长老目光灼灼地盯着种子，道。

“大长老，这枚种子如何？”石昊问道。

“不简单，非常珍贵，不过目前还在孕育之中，不知道等到什么时候才会成熟。”大长老答道。随后，他又主动询问这枚种子的来源。

石昊认真回答，然后说道：“之前我想以此天地胎盘孕育自身，而不是等它成熟，再与之融合。”

“有想法，和我准备传授给你的合道法相近，说不定真的能成功。”大长老笑道。

“嗯？”

石昊闻言，顿时大吃了一惊，那不过是他先前一个大胆的念头，原来真的可行！

“天地间有几枚无上古种，从古至今都可以数得过来。仙院之所以能发现好几枚，是因为那几枚是上一纪元的先民故意留下来的。”大长老解释道。

大长老走遍九天十地，想寻到一枚完美的种子，但是都未能如愿以偿。界坟中的万道树、天种都被人守护着，无法采摘。因此，他翻阅无数古籍，吸取前人的经验智慧，想另辟蹊径，最后终于有所收获。

“没有无上古种，就以自身为种，祭炼真我。”大长老说出了他找到的前人走过的路。

石昊无比震惊，这样的路实在是太冒险了！

以自身为古种，不假外物，凭借肉身成道，使元神归一，真我演化。

这如何能做到？

世人之所以选择阴阳种、世界树幼苗以及宇宙雏形的种子，是因为它们本就完美无瑕，天生为道。修炼者若是与那样的完美种子融合，便能踏出至高无上的路。

以身为种，能行吗？难道自身可以超越宇宙雏形的种子，胜过万道树吗？

“仙古纪元是否有人成功？”石昊问道。

“都失败了，要么功力尽失，要么在修炼中直接殒命。”大长老神情凝重，沉声道。

第975章 前方的路

WANMEI SHIJIE

这是一条不归路，在那个人才辈出、群英荟萃的时代，无数英杰选择了以身为种的修炼道路。

很多人都殒命了，幸存者黯然离开修炼道路，从此失去了光环，几乎成了废人。

骨书上这样记载那段历史：这条路注定是不归路，它被黑暗深渊隔开，隐约可见前方仙气弥漫，引得无数英杰奋不顾身地前行。一位又一位奇才不断踏上这条路，结果几乎都跌落深渊，陷入万劫不复之地。

石昊不禁有些担忧，这条路太险恶了，他能成功吗？

“在以前，无上种子能寻到几枚？不少奇才因为没有可融合的古种，但又不甘平凡，所以只能走这条路。”大长老叹道。

石昊默然，他能体会到那些人的心情，因为他也是一样。他想站在神道的巅峰，无论路途有多坎坷，他都要不断前行！

“正因为没有阴阳种、万道树等，所以才有人走这条路，你要走吗？”大长老问道。

以身为种的路走起来很艰难，随时可能会殒命，这是没有完美古种的奇才仅有的选择，若不想归于平凡，唯有迎难而上。

“我要走这条路！”石昊下定决心，朗声道。他知道未来是何等残酷，正因为未来很残酷，所以他要从现在开始活出真实的自我。

同时，石昊也明白，大长老不会真的指给他一条绝路，肯定还是有几分把握的，不然明知是一死，何必让他留在天神书院？

“好！既然你有决心，敢走这条路，我也就放心了，就怕你瞻前顾后，患得患失。”大长老目光中流露出赞许，道，“没有路，我们就造出一条路，超越古人，不然凭什么胜过异域！”

大长老开掘过许多仙家洞府，天神书院之所以能走到如今这一步，就是因为聚集了不少仙家洞府的资源。

大长老将以身为种的理论和真实经历等汇集在了一起，再加上他与今世无上高手的讨论研究，关于如何走通以身为种这条路已经有了一些眉目。

尤其是看到石昊的种子后，大长老觉得成功的希望更大了，那枚种子是一个天地胎盘，可以滋养自身。

“这些书籍你拿去看。”大长老送给石昊一堆玉石书，全都是以仙古文字记载的。

石昊立刻盘坐下来，认真研读，书里记载了以身为种的各种推演方法和一些需要注意的事项。

“这些书只是引子，当你真正开始融合古种的时候，还有专门的玉石经文。”大长老郑重地说道。

突破天神境不是那么容易的，而石昊要走的是不寻常的路，更需谨慎小心。

“这些书主要是指明一个大致的方向，等所有条件达成后，你就可以研读突破境界的经文，祭炼真我，成为教主级的强者了。”大长老补充道。

石昊仔细研读玉石书，认真揣摩其中的知识，初步领悟到了以身为种这条路的艰辛。

不过，石昊并不害怕，反而有点欣喜。当年修炼仙气时，他已经走过了最艰难的路，这一次就算再艰难，他也有信心挺过去。

大长老告诉石昊，当以身为种的路走到末尾时，会发生一些诡异而又可怕的事。

比如，有人修炼到了关键时刻，看到了一个熔炉炼化天地万物；有人看到无尽羽毛在空中飞舞，那是一些先人在羽化成仙；还有人看到一双恐怖的眼睛直直地盯着自己……

石昊用了三天的工夫看完了这堆玉石书，随后他闭上眼睛，思忖了很久。最后，他告诉大长老自己已经对此事有所了解。

“虽然你的身心都已准备好了，但是任何事情都要以防万一。一旦失败，你很有可能会功力尽失，甚至直接殒命。”大长老告诫道。

“我不怕！”石昊坚定地说道。

若是平庸地活着，不如直接殒命，这是石昊的真实想法。如果他和一般修士没有什么两样，将来在战场上肯定会被异域的敌人轻易打败。

石昊知道，若是不能提升实力，只会重复前人的悲剧。

“嗯，还是要做准备。”大长老说道。

“都需要什么？”石昊问道。

“需要各种天材地宝，如果你不小心失败，它们可以保住你的性命；如果成功，则可以助你一臂之力。”大长老严肃地说道。

大长老提到的天材地宝十分珍贵，件件都价值连城，石昊只听了一些就愣住了。

“太阳神藤、天神树、复生草、辟邪神竹……”大长老一口气报了十几种天材地宝。除此之外，还有奇草、矿石等，都是稀世珍品。

石昊顿时脸色大变，这些东西可都是神级的，他要到哪里去找？

“我有引魂莲、天神树、复生草。”石昊硬着头皮说了几种材料。

大长老非常惊讶，没想到这种东西石昊都能寻到。

“你能拿出几种就不错了，天神树等只需要截取一些枝叶，不伤其根本。”大长老说道。

接着，大长老告诉石昊，大多数材料已经准备好了，目前只差几种了，需要石昊自己去寻找。

“还差什么？”石昊这下压力小多了，问道。

“辟邪神竹的汁液。”大长老应道。

辟邪神竹洁白如玉，每五百年长一节，因此二十节的就是一万年以上的古竹。一般说来，连辟邪神竹的幼苗都很难寻，更不要说汁液了。

“黄泉果，在极阴之地长了九千年以上的。”大长老又提到一种天材地宝。

黄泉果是传说中的果实，很多人都认为它不可能存在，这要怎么找？

“就这两种东西需要你自己去寻找，别的我可以帮你凑齐。”大长老对石昊说道。

石昊闻言，顿时松了一口气。这份恩赐太重了，这些可都是天地间的绝世宝物，任何一种都会让人疯狂，大长老就这样大方地将它们赠送给他了。

“多谢大长老！”石昊认真地向大长老施了一礼。

“辟邪神竹和黄泉果在同一个地方，不用你多跑路。”大长老给石昊指明了地方。

石昊有些不解，既然大长老知道要找的东西在哪里，为什么要让他亲自去寻找？这其中有何深意？

“那是一个特殊的地方，你前往那里就算是开始突破了。你可以利用奇异古地修炼肉身和元神，修行从那里开始。”大长老郑重地对石昊说道。

“是！”石昊激动不已，应了一声。果然如此，一切以那里为起点。

如果凑齐了这些天材地宝，就可以事半功倍，那么他的修行便又多了一份保障。

“我已经没有退路了，一定要超越古人，踏出一条无敌大道！”石昊坚定地说道。

“你有信心就好。”大长老看着石昊，不禁想到了年轻时候的自己。

随后，大长老叹了一口气，道：“不要重复我的悲剧。”

“什么？”石昊看着发白如雪的大长老，眼睛瞪得大大的。

大长老也走过这样的路？他……失败了？可是，一般说来失败者不是要么殒命，要么成为废人吗？大长老如今依旧功力超群，是少有人可匹敌的人物，这有点不符合常理啊！

“我能继续存活，还取得了如今的成就，是因为一场机缘，不然也会像其他走以身为种这条路的人一样，早就败亡了。”大长老略为怅然地说道。

石昊终于明白为何大长老要他走以身为种这条路了，因为大长老亲自走过这条路，有一定的把握，可以传授经验。

“可惜啊，找不到那株合道花，不然一切都不是问题。”大长老叹道。

“合道花是什么？”石昊很是疑惑，问道。

“天地间第一奇花，不是长生药，不过它比长生药更珍贵。”大长老应道。

合道花是为某一族至高无上的大帝和仙道人物准备的花，可以真正合道，成就无上道果，古往今来仅有一株。

第976章 锤骨法

WANMEI SHIJIE

合道花拥有奇异之力，可以让一个人直接合道。它一直被记载于史书上，从古到今几乎无人见过，如果不是上一纪元有真仙说出合道花的名字，世人还不知道它是否真的存在。

“合道花在哪里，一点线索都没有吗？”石昊问道。他倒不是将希望寄托在合道花上，只是有些好奇。

石昊觉得凡事还是依靠自己的力量比较好，只有自身真正经历过，才能理解那种妙境。

“昔年，不仅大帝寻过合道花，生命垂危的真仙也找过，可是都没有找到。听闻有史以来，只有两三个生灵有幸服食过合道花。”大长老说道。

世人都知道合道花比长生药还珍贵，不容易得到。

大长老也找过合道花，他挖掘各种古迹，从一篇石刻上发现了一些线索。

“成仙半途，九幽之地，有其踪迹。”这是大长老得到的残缺记载。

这是一个很矛盾的提示，成仙半途应该是神圣之地，怎么又扯到了九幽之地？九幽之地可是异常凶险啊！

唯有一点可以肯定的是，合道花所在的地方多半有什么危险，一般人很难靠近，否则先民早就去采摘了。

大长老和石昊不再谈论这个话题，因为寻到合道花的概率太小了。

“将这篇门法记熟！”大长老对石昊说道。

只见一块青色的骨头上有很多蝌蚪文，骨文交织，非常密集。

“锤骨法！”石昊惊呼出声。

锤骨法是一种锤炼骨头的门法，可让人由内而外变得强大，从而开启体内的宝藏。

“不要小觑这篇门法，这是炼体一途最高奥义的《引路篇》。”大长老语重心长地说道。

“啊，这才是《引路篇》？”石昊撇嘴道。他已经算是一个炼体士了，还需要引路吗？

大长老解释道：“你只是强行突破到了这一步，并没有进行系统的练习，有了这篇门法，你的肉身会更强。这《引路篇》对应天神境，可不是随便什么人都能修炼的！”

石昊听到这番话，有些动心，《引路篇》就如此厉害，后续的篇章会有多惊人？

“等你突破极限后，可以去圣院寻找完整篇，唯有教主级以上的人物才可以修炼完整篇。”大长老对石昊说道。

石昊参悟了两日，牢牢将《引路篇》记在心中，有了深刻的领悟。

大长老又传授给石昊下一篇门法，那篇门法刻于一块黄金骨上，是以仙古纪元的文字刻写而成的。

锻神法！

石昊大喜，这是讲如何锻造元神的门法，今世并不多见。

“修炼锻神法需要强大的肉身和元神，不然的话，人多半会迷失，最后甚至殒命！”大长老警示道。

锻神法虽然不全，但是用于天神境的修炼已经足够了。

十日后，石昊只身前往一处秘境，准备寻找辟邪神竹和黄泉果。

石昊心想，这多半是大长老对他的一种考验，如果连指明地点的神药都得不到，谈何悟道？

无量天，地域辽阔，一望无垠。

天神书院在无量天，那处秘境在无量天的仙丘，距离天神书院不知道有多远。

这是石昊第一次独自在无量天中穿行，他走过一座又一座巨城，借助法阵横越虚空。

大长老没有让石昊借助书院的祭坛前往秘境，而是让他到天地中亲自走一走，以便熟悉无量天的环境。

“将来会有激烈的大战，如果现在不熟悉山河地貌，以后会吃大亏。”石昊自言自语道。

在路上，石昊苦苦修炼锤骨法与锻神法，不敢有丝毫大意。

“五行羊肉串，大补圣品！”

“蛟肉馅包子，味美价廉！”

在一座巨城中，石昊感受到了尘世中的喧嚣，不禁有些恍惚。他远离尘世太久了，自从来到九天上，便一直在书院和遗迹中穿行。

在巨城停留数日之后，石昊继续赶路，前往那处秘境。

一路跋涉，最终石昊来到了一处宽广平坦的地方，置身其中，就像一片树叶落入大海中一样。

石昊取出一块玉牌，玉牌开始发光，为他指了一条路。

这是大长老给石昊的玉牌，没有它的话，石昊是无法找到秘境的。

依照玉牌的指引，石昊抵达了目的地。一座大山直插云霄，气势恢宏，上面刻着两个大字：仙丘。

如果没有玉牌指引，这座山就算近在眼前，石昊也看不到，甚至会直接穿过去。

这让石昊有些疑惑，这座山到底是真实的还是虚幻的？为何只有手持玉牌才能看到？

“隐藏在虚空中的大山，唯有手持刻有神秘法阵的玉牌才能接近。”石昊自语道，好像悟到了什么。

据说，这座大山附近有一片丘陵，可是石昊只看见绵绵的山峰和这座山中之王。

“登上此山，有机缘者可以看见悬空寺，而后才能进入仙丘。”石昊轻语道，这是大长老给予他的提示。

不料石昊才开始登山，山体就剧烈地晃动起来，一股巨大的压力扑面而来，仿佛无数星辰砸在了他的身上。

石昊动弹不得，全身被禁锢了，透不过气来。

登山的路是台阶，每一个台阶都有一丈高，石昊一步一步地攀登，才登了数十个台阶，浑身就已经被汗水浸湿了。

石昊终于明白大长老为什么要他亲自来取辟邪神竹的汁液和黄泉果了，这也是一种磨砺和考验啊。

石昊即使撑开唯一洞天，释放出三道仙气，仍只能以极其缓慢的速度登山。他一日都没有歇息，连续走了半个月，这才爬了九万九千多个台阶。

近十万丈高！

靠近山顶时，石昊的骨头都快裂开了。

长达半个月的登山让石昊承受了强大的压力，他身上的许多骨头都出现了裂痕，几乎都要碎掉了！

锤骨法……

石昊心有所悟，这是要锤碎他的骨头，再到山巅滋养吗？

登上山顶的那一刹那，石昊感到金光扑面，无比刺眼，一轮红日从东方升起，仔细看像是一只金乌，烈日炎炎，浓烟阵阵。

石昊正好赶上了旭日东升，一轮巨大的红日仿佛就是从山顶升起的！

原来山的另一面就是一片海，红日从海的尽头跃到了空中，景色壮丽，美得动人心魄。

“当！”

黄钟大吕，悠悠鸣响。

巨大的钟声从铺天盖地的朝霞中传来，深沉而震撼。

在石昊的前方有一座古寺，古寺是由金色的砖石建成的，神圣祥和，被一片金光笼罩着。

石昊感到身心一阵舒畅，就像是多日不眠不休，突然得到了休息和放松。

这是一座悬空的古寺，许多人盘坐在古寺前，默默领悟，一言不发。

他们在悟道！

石昊大吃了一惊，居然有这么多人在这里悟道！

这些人有老有少，全都一动不动，有的人发髻中插着骨簪，穿着兽皮衣，赤裸着上半身，看起来很原始；有的人身穿以仙金制成的金属战衣，仙光闪烁，看起来神圣无比。

这不是一群凡人，每个人都散发着让人敬畏的气息，让人忍不住顶礼膜拜。

石昊倒吸了一口凉气，这里的场面让他感受到了一股强大的压力，这到底是一群什么人？他注意到无论是老人、中年人还是少年，眼底深处都饱含沧桑，应该都早已成年。

这些人或背着巨大的弓，或手持古老的战矛，全都有专属的至强兵器，每一个人仿佛都是无敌的战神。他们如同化石般一动不动，像是已经在此盘坐了亿万年。

太奇异了！

这时，石昊脑后升起了一轮神盘，一团古火开始映照这群人，各种大道烙印浮现出来。

第977章 战神烙印

WANMEI SHIJIE

石昊的感觉十分敏锐，他第一时间察觉到脑后出现了神盘。这群人在寺庙前吟唱，石昊猜测他们是为了悟道长坐于此的。

石昊身有所感，心有所悟，一步一步向前走去。

石昊承受着如同仙山压顶般的压力，体内的骨头噼里啪啦响个不停，仿佛随时都会碎裂。不过，他没有停下，而是缓慢又坚定地走了过去，来到金色的古老寺庙前，接近了这群人。

随后，石昊盘坐在这群人的后方，虽然离他们还有一段距离，但是走到这里已经是他的极限了。

石昊震惊不已，久久不能平静，这究竟是怎样的一群人？留下的烙印竟如此厉害，连他都不能融入。

“咔嚓！”

就在石昊坐下的一刹那，他的右腿骨断了，全身的骨骼如遭锤击，当当作响。

痛，剧痛难忍！

“砰！”

惊天动地的声音响起，石昊剧烈地颤动着，像是遭受了严重的撞击，身体都变形了。

他的骨节在分开！

此时，石昊全身的骨头都在碎裂，骨头上出现无数细密的裂痕，骨质发生了改变。

这简直让人绝望！

石昊努力让血肉复原，继续顶住这种压力。

石昊是痛苦的，更是超然的，虽然他在盘坐下来的刹那就知道了会是这样的结果，但是他的心灵得到了满足。

只因他在接受锤炼！

吟唱声和先天神魔的诵经声在石昊听来是一种无比神圣的声音，骨头被击碎就如同钢铁被锤炼一般。

此时，石昊知道了大长老让他来此地的目的，一是为了让他寻找辟邪神竹的汁液和黄泉果，二是为了让他接受这种可怕而残酷的洗礼。

一群古人在此地悟道，石昊却融入了进来！

普通人一靠近这里，就会粉身碎骨，形神俱灭，而修出三道仙气的石昊可以承受这种压力，并在此领悟，融入其中。

“咔嚓！”

碎裂的声音响起，虽然不是很响亮，但是很清脆。

石昊的肉身在不停地抖动，这种痛苦难以形容，意志可以坚持，肉体却疼痛难忍。

此时，金色古寺中所有的砖石和瓦片都散发出光芒，此地显得越发神圣祥和了。

盘坐于此地的一群人无比肃穆，给人一种庄严而神圣之感，他们虽是亿万年前留下的烙印，但与真实的人并无两样。

大道的气息如同水波般向石昊涌来，他渐渐被淹没，成了这里的一部分。

然而，石昊的疼痛也加剧了，一条条秩序神链在这里交织，如同锯条般割着他的骨骼。

他的骨头更加破碎了！

金色的骨髓流了出来，闪耀着光芒，尽显神道气息。

痛到极致之时，石昊停止了颤动，面孔也不再扭曲，他彻底放松了，意志已经超脱了肉身。

石昊与这里的人和物融为了一体，不分彼此，一同发出耀眼的光。

打碎骨骼，重新塑造！

石昊刚开始施展从大长老那里学来的锤骨法，成千上万的锤子便如同雨点般落了下来。

“呜呜——”

这时，鸣笛声响起，一艘大船从山脚来到十万丈高的巅峰，停在了古寺的前方。

“真是好运气！古代的烙印再现，你们默默领悟，会有大造化！”战船上的一位老者惊喜地说道。

战船上有很多年轻男女，他们气质不俗，似乎修为颇高，不过只有几人能下船承受此地的压力。

“唉，只有修出三道仙气的年轻人才能靠自己的实力站在山上。”一位老者轻叹道。他大袖一挥，所有人手中顿时多了一片洁白的骨符，压力锐减，全都能下船了。

众人“呼啦”一声下了船，远远地看着金色古寺和无数道如同战神般的模糊身影。接着，他们静下心来，默默参悟道法。

没有一个人敢轻易接近古寺，也没有人注意到石昊，因为他早已被金光淹没了。

直至半日后，有修出三道仙气的人顶着压力接近了古寺，这才发现了盘坐在地上的石昊。

“怎么像是天神书院那个人？”有人惊呼出声。

这引起了其他人的注意，战船上的长老也被惊动了，众人纷纷向石昊所在的方向望去。

逐渐散开，石昊的身影显现了出来。

“他是……击败宇无敌的荒？！”一些人怪叫道。他们是仙院的人，无论如何也没有想到会在这里见到石昊，长老们也没有留意，因为石昊已经与战神烙印融为了一体。

有人大喊道：“不可能是荒，他怎么会跑到这里来？古寺是禁地，所有闯入者都会粉身碎骨的！”

“这些都是亿万年前的战神，天啊！难道荒是他们其中一个人的转世？难怪他那么厉害！”有人惊叹道。

领队的仙院长老已经认出那个人确是石昊，当即被石昊的天资震惊，感叹不已。

“我院也只有小天王那个级别的人才敢靠近这座古寺。”仙院的一个年轻人说道。

此地平静了不到半日，另一艘大船出现了。原来是圣院的人来了，他们看到石昊，皆惊诧万分。

“是他？”王曦也来了，看到石昊她无比震惊。

“哈哈，是石昊！”曹雨生惊喜地说道。

“真是没有想到这个人会来，他没有进仙圣两院，居然也能进入此地。”一个年轻人的话语中带有嘲讽之意。

对于天神境的许多人来说，如今的石昊如同一个盖世大魔王，自从他击败宇无敌后，不少人就对他生出了一种深深的恐惧感，特别是和他境界相同的修士，感受更加强烈。

仙圣两院的修士都是借助宝船飞上来的，仅凭一己之力，他们根本无法抵达此地。

仙圣两院的长老带着众多弟子来到此地，是为了帮助他们寻找机缘和造化，没想到竟遇到了石昊。

众人看向石昊时，目光各异，心情复杂。

不少人对石昊怀有敌意，天神书院一战他太霸道了，让仙圣两院颜面尽失。当然，也有一部分人很钦佩他，还有一些人对他只有深深的畏惧。

一连过了数日，不少人都无法继续坚持了，哪怕手持长老给的骨符也难以支撑下去。

“好，那就通过虚空桥去仙丘吧，说不定那里会有天大的机缘。”仙院的一位长老说道。

许多人纷纷起身离开此地，战神烙印的力量实在太强大了，一般人根本难以忍受。

又过了四日，在此地坚持的人数少了八成，仅剩少数人继续在这里盘坐。

就在这一日，石昊睁开了眼睛。他全身的骨头都被秩序神链击碎了，而后自动痊愈，金光闪烁，骨质转化，骨头变得洁白透亮。

整整十日，石昊如同在地狱中修行一般，所幸他熬过来了，心灵得到了升华，有一种无法言喻的愉悦感和圆满感。

石昊睁开眼后，环视一周，有几分惊讶，周围的人居然有一些是他认识的！

不远处，邀月公主浑身都是汗水，苦苦支撑着。

“你真是……顽强，居然坚持了这么久！”邀月公主对石昊说道。她脸色发白，看起来很是痛苦。

“又见面了。”石昊笑道。随后，他站起身来，离开古寺，向前走去。

“年轻人，你真是了不起。”仙圣两院的长老们赞叹道。

“见过前辈！”石昊向长老们行礼。

“小天王等人也曾在此锤炼肉身，我以为今世再无人能做到这一步了，看来我们错了。”一位长老叹道。

“去吧，你在此地敲开了道骨，趁着骨头还未闭合，正好去寻辟邪神竹的汁液，说不定能找到最古老的那一株。”另一位长老对石昊说道。

石昊向仙圣两院的长老告别后，便离开了此地。

高山之巅除了悬空的古寺，还有一条小路，那条小路一直延伸出山体，通向虚空中。

是以鹅卵石铺成的虚空桥！

在路上，石昊觉得压力小了一些，可以正常行走了。

奇怪的是，路上有很多人停下了脚步，他们都是疯疯癫癫的，有的乐呵呵地傻笑，有的大哭大叫。

石昊在这条路上感受到了各种各样的情绪，那是英灵造成的，它可以扰乱后世闯入此地之人的心智。

石昊没有停留，他必须趁骨骼还未愈合尽快找到辟邪神竹的汁液。

小路蜿蜒，石昊来到了一片丘陵区域，这里云雾缭绕，幽静无比，如同仙境一般。

这就是仙丘。

第978章 如履平地

WANMEI SHIJIE

瀑布悬挂在山体上，耀眼的光芒透过层层云雾迸发而出，这个地方美得惊人，富有仙道气息。

此地景色优美，同时又显得十分神秘。

“啊——”

这里仍有人抱头哀号，甚至满地打滚，看起来无比痛苦。仙圣两院的人在此地迷失了。

“哈哈……我得到仙古第一经文了，一定会天下无敌！”一个年轻人狂笑道。

虚空中不时有流光划过，那是英灵，可以侵扰人的心智。

不过，英灵不会真的毁灭一个人，时间到了它会自行离开，被它影响的人会恢复过来。

可如果不幸被下一个英灵附着，意志不坚定的人依旧会癫狂。

当然，也有人会因此有所收获，因为英灵是无上强者留下的精神印记，往往记载着惊天动地的功法。如果运气够好，就有可能得到英灵的认可，获得惊世传承。

但是这种幸运儿很少，英灵早已失去了自主意识，很少会主动传授功法。

“你……是荒！”有人恢复了过来，惊呼出声。

看到石昊丝毫未受侵扰，许多清醒的人无比惊诧，纷纷感叹他的意志强大，实力惊人。

石昊继续前行，虽然不时有英灵扑向他，但是几乎都被他滚滚的血气震开了。

金色的骨髓在石昊的体内缓缓流动着，散发出无比恐怖的气息，吓退了许多英灵。

不过，仍有一些强大的英灵扑向石昊，其气势仿佛要吞掉日月山河。石昊的金色骨髓吸引了英灵，唤醒了它们沉睡的记忆。

“锵！”石昊拔出大罗剑胎，直接把扑向他的英灵击飞。

“哧！”

伴着一声轻响，一个英灵突然化成一柄神剑，神剑发出五彩光芒，直指石昊的眉心。

石昊的额头渗出点点鲜血，眼看就要中招。一不小心，他就会和其他人一样，在这里迷失很长时间。

这时，大罗剑胎发出耀眼的光芒，那个英灵见状，大喊道：“这剑……怎么可能……还在世间？！”

英灵居然说话了，石昊可以清楚地感知到它发出的是神识，这让他感到无比震惊。

“英灵还有意识？”石昊自言自语道。他很是震惊，接着猛地向那个英灵抓去。

可惜，英灵逃了，又变成了本来的样子。

清醒的人渐渐多了起来，他们看到石昊，议论纷纷。

石昊视旁人如无物，继续前行。

片刻后，石昊到了山门前，这里将通往仙丘的最深处。

两座石山像两扇大门一样守护在此处，四周翠竹成片，晶莹翠绿，光芒灿灿，可与上好的翡翠媲美。

可惜，这些翠竹并不是辟邪神竹。

辟邪神竹是无比珍稀的宝物，价值惊人，既可辟邪，防御毒物，又能滋养肉身。

山门的不远处站着一群人，他们想着怎么打开山门，前往仙丘的最深处。

这群人当中不乏修出三道仙气的年轻至尊，而且大多都在仙圣两院最强大的年轻修士之列。

看到石昊，这群人不由得心中一惊，其中有些人之前挑衅过石昊，甚至还和石昊对决过。

“让一让。”石昊淡淡地说道。他已经感觉到了这个地方压力惊人，让人如同陷入泥沼般难以动弹。

这群人听到石昊的话，先是一怔，然后面色通红，怒气冲冲，心想：荒这副态度完全是不把我们放在眼中啊，未免也太狂妄了吧？

可是，这群人现在都陷入了“泥泞”之中，随意行动的话，可能会被场域掀飞。

石昊眉头紧皱，感受到了巨大的场域之力，空间在扭曲，似乎要将他掀翻，他体内的骨骼此时更是咔咔作响。

石昊护住躯体，撑开了唯一洞天，准备对抗此地的场域之力。

“让一让！”石昊再次开口了。

这群人看到石昊步履平稳地前进，都惊呆了。

石昊在前进的路上看到了王曦，她白衣如雪，双腿战战，被场域之力压得几乎要摔倒了。

此时，王曦察觉到后方的气息有几分熟悉，发现是石昊跟上来了。

王曦害怕与石昊对决，时至今日她已经明白，凭她的力量，她不可能压制得了石昊。

道路很窄，石昊呼吸急促，吐出的气体如同热浪一般滚滚而来。

王曦汗毛直竖，这种气氛让她浑身不自在，实在太尴尬了，居然在这种情况下和石昊相遇。

石昊停了下来，看着挡在前方的王曦，没有出声。他并未出手，现在他一心只想寻到辟邪神竹的汁液，让自身达到更高的境界，并没有闲工夫清算以前的恩怨。

王曦冷汗直冒，精神紧绷，随时准备对决。

“走不走？”石昊淡淡地问了一句。

王曦顿时生出了一种羞耻感，原来对方完全没把她放在眼里，她白紧张了，真是丢脸啊！

王曦没有说话，艰难地移动脚步，将身体靠在旁边的石壁上，总算让出了一条路。

石昊脚步平稳，继续前行。

王曦震惊不已，心想：荒真的太强大了，在这里居然没有被压制！

“嫂子，这个人太可怕了，以后可能会成为大哥的竞争者，我们现在还是不要招惹他为好。”直到石昊远去，后方才传来圣院的人的声音。

“轰！”

一声巨响过后，石昊用拳头打破了金色屏障，成功闯入山门。

一群年轻人好不容易来到这里，使尽了浑身解数试图打开山门，结果全都以失败告终。

“荒怎么会这么强，一拳就打破了屏障？”

“不可思议！”

“看来他的三道仙气是自己修出来的，实在是厉害！”

这群年轻人议论纷纷，言语之中全是惊讶和敬佩。

石昊只身一人闯过山门，震惊了众人，就连同样修出三道仙气的年轻至尊都瞠目结舌。

此时这群年轻人认为荒也许真的会得到辟邪神竹。

石昊穿过金色屏障后便停了下来，一股神圣的气息没入他的体内，他顿时觉得浑身暖洋洋的，无比舒畅。

石昊的直觉告诉他，这里有天材地宝！

石昊再次上路，在仙丘的最深处寻找辟邪神竹的汁液。

“嗷——”

突然，一只怪鸟从石山上飞了下来，这只鸟恐怖而妖异，竟发出了兽吼声，直接攻击石昊的元神。

“一个不算很残缺的英灵？”石昊自言自语道，“这东西如此完整，也许会有昔年的记忆。”

石昊抽出大罗剑胎，将剑对准了那只怪鸟。

“呼！”

狂风大作，那只怪鸟停在半空中，不再大叫，盯着大罗剑胎没有下来，似乎有些忌惮。

“哧！”

石昊一挥剑，那只怪鸟立刻逃之夭夭。

“真是古怪！”石昊自言自语道。

这时，一个老农不知从哪儿走了出来。他手持一把药铲，道：“又有人走到这里了，一切机缘自取。”

“你是？”石昊愣住了，问道。

这个地方居然出现了一个老农，这个老农还说着奇怪的话，实在有点不符合常理。

“我是昔年被人刻在石壁上的一幅画，长年累月生出了一点灵性，负责守护此地，并引导后人。”老农答道。

石昊心中有几分惊讶，那幅画是何人所画？居然能让一幅画上的人有了灵性！

“请前辈指点！”石昊对老农施了一礼，说道。

“再往里走，你有多高的境界就要面对多强的压力，危机四伏，你还要继续吗？”老农问道。

“继续！”石昊毫不犹豫地答道，并询问此地是否真的有辟邪神竹。

“有几株，最古老的一株还没被人找到过。”老农应道。

石昊认真请教，又问了老农一些问题，之后才大步前进。

也不知道前行了多久，石昊看到远处一座石山的山顶长着一株雪白的竹子，竹子有水缸那么粗，发出洁白的光芒，圣洁无比。

“轰！”

巨大的声音响起，突然，雷电开始攻击竹子，雷声隆隆，闪电刺眼，汁液四溅。

宁静的氛围被打破了，石昊不禁感叹，那究竟是怎样的一株竹子，居然引来了混沌闪电！

“咦？居然出现了，最古老的辟邪神竹。”老农惊讶地说道。

第979章 闯

WANMEI SHIJIE

那株竹子洁白如玉，近乎透明，闪电缠绕在它的四周，场面神异又惊人。

石昊从未想过一株竹子还可以长成这个样子，它的周围神光闪耀，好不壮观！

“看着不算很远，不知道你能否靠近，接下来的路我不敢走了。”老农说完便化成一道影子向后飘去，最终没入石壁中。

石昊略作停留，而后坚定地向前迈步。他本就是为了辟邪神竹的汁液而来，如今辟邪神竹都已经近在眼前了，怎能轻言放弃？

“嗖！”

突然，一杆战矛刺透虚空，冲向石昊，那种力度和气势令人心惊胆战。

石昊心中一惊，此刻他的肉身居然不受控制，被煞气侵蚀，难以动弹，几乎快要裂开了。

“啊！”

石昊大吼一声，眉心发光，元神像是燃烧起来了，整个人如同金色的汪洋般翻涌。

这是神魂在挣扎、在燃烧、在斗争！

片刻后，石昊终于摆脱了煞气的禁锢。他深吸了一口气，挥动手中的大罗剑胎向前刺去。

“当！”

仙剑与战矛撞在一起，声音响彻天地，光芒冲霄，如同一颗星星被点燃，继而崩裂。

石昊察觉到战矛的力量锐减，它本可以斩下星辰，此时却在晃动。

一声闷哼过后，那杆战矛化成一只蝙蝠，横飞了出去。

石昊瞬间明白了，它是被大罗剑胎震慑住了。

那只蝙蝠通体赤红，眼睛呈金色，突然，它发出可怕的声波，向石昊猛地冲去。

“嗡！”

大罗剑胎发出耀眼的光，阻挡了那只蝙蝠发出的声波，紧接着，大罗剑胎上浮现出一个人形生灵的身影。

“轰！”

巨大的声音响起，一道绚烂的光芒散开。那只蝙蝠尖叫一声，仓皇逃走，瞬间消失得无影无踪。

这里终于恢复了平静，石昊大口喘着气，胸膛剧烈地起伏着，眉心微微裂开，他感觉自己刚才像是到鬼门关走了一趟。

险恶之地！

化作战矛和蝙蝠的那个英灵煞气十足，实力惊人，如果不是有大罗剑胎，他恐怕凶多吉少。

这都过去多少年了，残存的英灵怎么还如此强大，难道它们恢复了生前的部分记忆？

石昊心中颇不平静，长长地舒了一口气。

“昔日也有人进来，他们是怎么对付这些英灵的？”石昊自言自语道。

石昊凝视着大罗剑胎，如果没有这柄剑，一切都将不同，他相信若是其他人进入此地，肯定也要倚仗奇珍异宝。

“老农还说过进来的人实力越强人，承受的压力也会越大。”石昊暗自思忖道。

在接下来的路途中，石昊快速前行。

嗯？怎么会这么远？

石昊惊诧不已，他分明早就看到了那株白色的竹子，可走了这么久还是没有接近它。

半个时辰后，石昊终于来到了山脚下。

这里是一片空地，地上全是焦土，寸草不生，将石昊与那座石山分隔开来。

“嗷——”

恐怖的吼叫声传来，紧接着，让人头皮发麻的事情发生了。

石昊才踏进这里，无数英灵便哀号着扑向了他。

龙雀、魔猿、蜘蛛以及蝙蝠等强大的英灵一齐涌上来，仿佛要将石昊吞噬个一干二净。

“哧！”

伴着一声轻响，石昊抽出大罗剑胎，成千上万道剑光瞬间迸发出来，无比耀眼。

石昊的额骨早已裂开，无数英灵想要占据他的躯体，但他的元神并没有离体而去。

大罗剑胎刺进那些英灵的体内，有的英灵惨叫着逃走，有的英灵化成飞灰，还有的英灵依旧向前冲，想没入石昊的躯体内。

“轰”的一声，石昊穿上雷帝所留的甲胄，射出万道雷霆。即便如此，他还是被英灵淹没了，成千上万的英灵号叫着，景象无比骇人。

“砰！”

一声巨响过后，石昊受到了重创，那些英灵蜂争相冲撞他的骨骼。

“哧！”

石昊猛力回击，大罗剑胎的光芒环绕在他的身体周围，无比刺目。他没想到来这里采摘辟邪神竹会遇到这样的事，一切都超出了他的预料。

不知道过了多久，石昊发现那些英灵都逃走了，大罗剑胎依旧在鸣响，之后一切恢复了平静。

石昊感到一阵眩晕，大脑有点空白，甚至想不起来刚才发生了什么。

“结束了吗？”石昊自言自语道。

随后，石昊艰难地起身，咬牙继续前进。

“轰！”

山脚下，一块巨石裂开，一个近乎透明的生灵从中走了出来。它被太阳照射后变得绚丽多彩，光芒四射。

金刚人！

石昊不由得睁大了眼睛，这是由金刚石化成的生灵，数量稀少，异常坚固，不过它早已被人制成了傀儡。

这个金刚人几乎可以打败一切对手。

值得庆幸的是，这个地方的法则可以压制金刚人的法力，因此它只能比天神境的人强半个境界。

“压制！”石昊低语道。他想起了老农说过的话，这里必定会压制闯入者。他只希望金刚人的实力不要太强。

“轰！”

响声震耳欲聋，这将是一场惊天动地的大战，金刚人的体魄十分强大，一般人难以与之对抗。

此时，石昊体内的骨骼都是断裂的，还未愈合。他没有想到采药之旅竟如此凶险，好几次都差点丢掉性命。

这一次，石昊能不能躲过一劫呢?

“轰！”

千百次的攻击与碰撞后，石昊终于将这个金刚人打败了。

“我赢了？”

石昊呼吸急促，有些不敢相信。

只是和仙古遗留下来的傀儡对战，他就感到如此吃力，想到这一点，石昊的心情变得复杂起来。

紧接着，石昊开始登山，准备接近那株最古老的辟邪神竹。

石昊回头瞥了一眼，发现金刚人竟然恢复过来了，只见它没入一块巨石中，然后便消失不见了。

石昊不禁倒吸了一口凉气，太可怕了！

石昊不再多想，径直来到了山巅，此时雷霆已经消失了，只剩下混沌之气包裹着通体洁白的辟邪神竹。

这株竹子耸入天穹，绚烂无比，散发出神圣的气息。

“扭转乾坤”。

这里只有这四个字，是形容辟邪神竹的吗？

石昊不禁陷入了沉思，辟邪神竹能破解各种疑难问题，助自己一臂之力吗？

“锵！”

伴着一阵金属的响声，一个漆黑的金属人出现了。它通体闪烁着大道的印记，让人望而生畏。

“黑暗仙金！”石昊惊呼出声。

这个金属人没有一点杂质，全部是由黑暗仙金制成的，太不可思议了！它曾经是一个强大的生灵，拥有极强的战斗力，后来被人降伏，强行炼成了傀儡。

又是一个傀儡！

“轰！”

金属人向天挥了一拳，一下子就击穿了苍穹，域外的星辰碎片四处散落。

石昊愕然，这是多么强大的一股力量，他该如何去对抗？

这里依旧有奇怪的法则，金属人的实力受到了限制。

“又是如此。”石昊低语道。

“我来自异域，昔年追随一位不朽者至此，最后不幸殒命。”金属人突然以神识传音。

石昊愣住了，原来这是异域的生灵，它为什么要跟随不朽者来到这里？

辟邪神竹旁，一块紫色的巨石闪烁着点点光芒，一个烙印浮现出来，那是一个中等身材的人形生灵。

那个人形生灵盘坐在地上，自言自语道：“可笑啊，我本为不朽者，居然还来这里寻找所谓的辟邪神竹破解不祥，真是荒谬！”

接着，那个人形生灵又大喊道：“我就是诡异与不祥，还破解什么？哈哈哈……”

一阵疯狂的大笑之后，那个人形生灵的身影便渐渐消失了。

石昊震惊不已，呆呆地看着那块紫色的巨石，一句话也说不出来。

当年到底发生了什么?

石昊注意到辟邪神竹的竹节上有一个孔洞，洁白的汁液不断从里面流出来，在竹子的根部形成了一个池子。

第980章 唯一路

WANMEI SHIJIE

那株如同水缸般粗细的竹子不仅枝干是白的，就连叶子都雪白如玉。

竹子耸入高空，与常见的笔直的竹子不同，形状如同虬龙一般，苍劲无比，枝叶茂密。

伴着混沌之气，竹子的根茎处形成了一个池子，池中满是洁白的汁液，散发出阵阵香味。

不过，这番神圣的景象没有让石昊感到陶醉，相反，他觉得有些胆寒，紫色巨石上的古老烙印到底揭示了什么？

那位不朽者留下的嘶吼声充满了不甘，甚至含有一种沮丧和绝望。

那位不朽者要为何要寻找破解诡异与不祥的办法？他为什么说自己是诡异与不详？

石昊仔细推想一番后，忍不住打了个冷战，汗毛直竖，这其中牵扯的太多了！

这时，那个金属人缓缓向石昊走来，浑身闪烁着耀眼的光芒，还带着一种让人战栗的气势。

金属人守在这里只有一个目的，那就是拦住闯入者！

“锵！”

石昊抽出大罗剑胎，准备和金属人大战一场。

金属人的道行被此地的法则削弱了很多，只比石昊高半个境界，但是依旧处于压制石昊的境界。

“这是真身的碰撞，不依靠外物。”金属人发出了神识。

石昊一怔，他拿出大罗剑胎的瞬间，对方的道行在激增，这对他而言极其危险。一道神光从金属人的天灵盖射出，撕裂苍穹，似要将日月星辰都斩落。

石昊不得不收起大罗剑胎，不然对方的道行都会释放出来，那样他就没有获胜的希望了。

这是一种考验吗？石昊暗自叹息。

“来吧！”石昊怒吼一声，主动向前冲去。

“轰隆！”

随着一声巨响，地动山摇，像是两颗彗星撞在了一起。金属人也爆发了，两人以拳对击。

石昊的拳头当即裂开，剧痛感蔓延开来。

黑暗仙金号称真仙炼器的瑰宝，与它正面对抗，后果可想而知。

石昊受到了不小的打击，血肉之躯怎能与黑暗仙金相比？如果成为无上生灵，也许可以与黑暗仙金匹敌，但如今石昊还不行。

石昊踉跄着倒退，紧盯着那个恐怖的金属人。

突破这样的关卡太艰险了！

论体魄，黑暗仙金肯定比血肉之躯强大，哪怕石昊是极境炼体士，也无法与之抗衡。论道行，金属人比石昊高半个境界，差距不小。

辟邪神竹近在咫尺，却无法得到，石昊要怎么过去？

石昊目光凌厉，盯着眼前的金属人，怒吼一声。

不想在这里殒命，唯一的办法就是硬闯！

这时，石昊浑身精气沸腾，肉身与那个金属人相差无几，仿佛镀上了一层仙金。他释放出所有力量，向金属人攻去。

“轰！”

巨大的声音响起，石昊施展出他学会的第一种十凶宝术——鲲鹏法！

一只鲲鹏发出刺目的光芒，猛地向那个金属人扑去。

石昊彻底明白大长老为何让他独自前来了，这是对他的生死考验！

“如果连这一关都过不了，我如何才能超越前人，以身为种？！”石昊怒吼道。

石昊与金属人从天上打到地下，又从地层深处打到九霄之上，连喘气的机会都没有。

这次的寻药之旅出现了太多意外，遇到的每一件事都超出了石昊的想象，先是战神烙印，然后是仙丘的各种对决。

石昊体内的仙气腾起，全都缠绕在拳头上，猛地向金属人击去。

“哧！”

金属人的拳头也发出了一道道仙光，更为惊人。

金属人是由什么化成的？黑暗仙金！

黑暗仙金是真仙的炼器材料，自带仙道属性。仙光抵挡了仙气，如同汪洋般欲将石昊吞没。

这是无比艰苦的一战！

石昊的拳头裂开，渗出了一点鲜血，剧痛无比。

“雷帝宝术！”石昊大喝一声，用闪电向金属人劈去。

刹那间，金属人的仙金之躯仿佛要熔化了，刺目的光芒迸发出来，温度高得让虚空都有些扭曲了。

可是，当雷电消失后，金属人又恢复了过来，简直不可思议！

金属人受伤了？

石昊继续施展雷帝宝术，直至雷电耗尽。

金属人渐渐有了抗性，不怕雷电了？石昊大吃了一惊，冷汗直冒，这也太恐怖了。

到了最后，金属人的仙金之躯竟化成了液体与石昊对决，而且力量更为恐怖。

没有人形，还可以作战！

“啊！”

石昊大吼一声，展现轮回神通，施展出天生至尊术，他要与金属人拼个你死我活！

艰苦的战斗仿佛没有尽头，打着打着，石昊快撑不住了。

“超越之战！”淡漠的声音突然在此地回荡。这是一种规则，也是守护此地的力量。

这个声音可号令此地所有的傀儡，维持此地的秩序。它道出了根本，唯有凌驾于所有同等级者之上，才能在这场对决中胜出。

以弱击强吗？

石昊怒吼着，将所有道法都施展了出来，可他连六道轮回天功都不知道施展了几遍了，还是无法战胜金属人。

“希望之战，不是绝望之战，超越前人，胜过古今同境界至尊，才能走出此地！”

石昊再次听到那个声音，心中有了一丝慰藉。

“仙古覆灭，看不到一点曙光……”古老的声音在回荡，带着悲凉之意。它是在告诫来者，如果过不了这一关，就无法打败异域的生灵，要是能与金属人战到最后，就有希望成为无敌的教主。

此时的石昊已经近乎疯魔了，各种道法如同一柄柄仙剑般从他的身体中冲出来，耀眼夺目。

在这个年纪和境界，石昊能有如此惊世的战力，已经称得上是“前无古人，后无来者”了，这个纪元有几人可与他比肩？而现在的他却处于被动的地位，数次险些被金属人打败。

恍惚间，石昊看到池子的旁边还有一块青石，石头上有一行模糊的字，是用仙古文字刻写的：

“所谓的希望之地，也不过如此。我来过，我取过辟邪神竹的汁液。”

这段话后面还有一个印记，十分奇异，那是属于异域皇族的标记！

石昊的双眸一下子亮了起来，那是一个年轻人所留，有人来过这里，以神池中的汁液洗礼过躯体！

来自异域的生灵在上一纪元末就已经成功了！

石昊心中大为震惊，果然是有天资的人啊，可惜是敌人。

不过，石昊注意到那块青石上的文字最后几笔很潦草，似乎是力气已经用尽，异域的人可能是经历了极其巨大的考验才成功的。

“我自然也能成功！”石昊呐喊道。这时，他开始压缩唯一洞天，将各种道法烙印收回体内。

到了最后，发光的唯一洞天被压制到极点，如同一轮小太阳发出耀眼的光，石昊将其收进了腹部。

“嗯？”

石昊有些出神，恍惚间像是看到了另一条路。

“生与死的徘徊，生与死的分隔，我看到了希望……”石昊自言自语道。

“轰！”

被压制的唯一洞天瞬间爆炸，响声震耳欲聋，形成了一个轮盘，将金属人击飞了。

“我的路，我的道，这是起始之路！”石昊朗声道。他有了一种全新的认知，目光也越发坚定了。

金属人奄奄一息，全身都是裂痕。

石昊一步一步走向那个池子，心中想的是刚才的爆发，还有自己的领悟，这是一条前所未有的路。

石昊在思索，在悟道，这是属于他自己的道！

第981章 池中悟道

WANMEI SHIJIE

石昊沉浸在奇异的玄境中，思绪翻涌，在生与死之间徘徊竟激发出了他最深层次的潜能，使他瞬间领悟。

石昊徜徉在一片崭新的天地中，领悟无穷奥义。

与此同时，石昊的脚步也没有停下，他渐渐靠近了洁白的辟邪神竹，闻到了馥郁的香气。

不远处，被打倒的金属人居然站起来了，它的伤口在愈合，乌光闪耀，妖异而强大。

金属人目光冷厉地盯着石昊，再次冲向石昊。

若是此时被打扰，石昊的领悟可能会中断，可是冰冷的黑暗仙金傀儡是无情的，只会忠实地守护辟邪神竹。

“咚！”

沉闷的声音响起，金属人再次出击，乌黑的拳头带着强大的力量，施展绝世神通。

此时，石昊浑身骨文交织，腹部的轮盘发出成千上万道光芒，依旧沉浸在悟道之中。

好像是受本能驱使一样，石昊体内的唯一洞天仍在收缩，变得更加灿烂了。他发出一声低沉的嘶吼，整个人跟着冲了过去，“轰”的一声，撞在了金属人身上。

这是领悟的力量，可以开启人体的宝藏，恐怖至极。

石昊还处在悟道的过程之中，这次的爆发只是初步的探索，释放出的力量是这种状态下的一种本能。如果可以掌控本能，随时释放力量，肯定会更加惊人。

而石昊若是因此找出一条与众不同的路，就更厉害了。果然只有适合自己的路才是最强的大道！

金属人被击中后，没有再发起攻击，就此消失了。

石昊沉浸在悟道之中，一直没有回过神来，他不断思索，试图捕捉玄妙的道路轨迹。

这实在太诡异了！前一刻石昊还在与金属人对战，差点殒命于此，现在他却陷入了沉思，有了大彻大悟的感觉。

他在悟道！

二者之间有着天渊之别，一切来得如此突然！

生与死是极致的对立，这两种奥义不断演化，随后在石昊的体内成形，化作了生死轮盘。

此时，唯一洞天已经完全没入石昊腹中，变成了一枚种子，如同金色的仙丹般发出耀眼的光芒。

各种骨文和法则全都蕴藏在金色的种子里，照亮了石昊的体内世界，光芒从他的腹部迸发出来。

不过，那枚种子周围也缭绕着一层不祥之气。

石昊欲化解不祥，只留下神圣的气息，可是，他发现玄奥之义逐渐变得模糊，不再清晰。

“有些肤浅了。”石昊低语道。他决定不再强行化解不祥之气，任它们缭绕着种子。

在天地之间，有生就有死，有黑就有白，有阴就有阳。世间万物都有其对立面，没有什么纯粹与绝对。

石昊突然领悟了这其中的奥妙，不再强求。天地有阴阳对立，人体自然也是如此。

“轰！”

不祥之气没入金色的种子之中，响声震耳欲聋。

“噗！”

石昊吐出一口鲜血，身体剧烈地晃动起来，腹部出现很多裂痕，渗出了一点鲜血。

石昊这才回过神来，他居然险些殒命于此？

睁开眼睛的刹那，石昊发现自己已经走进了池中，竹子洁白的汁液芬芳无比，无数道光芒冲进了他的体内。

神奇的是，石昊腹部的伤口很快就愈合了，与此同时，他体内所有的骨块都抖动起来，发出如同战歌般的声音，响彻此地。

很明显，进入池中之后，石昊的身体便开始向好的方面发展，这是一种体质的进化！

石昊任体质进化，骨骼被锤炼，思绪则回到了刚才悟道的境界之中。他要接着领悟，抓住那种感觉，他不想错过悟道的机会，对他来说，这次悟道的意义极其深重！

那种领悟太深刻了，石昊重复尝试压缩唯一洞天，又有了同样的感觉。

"不化解不祥之气……"石昊喃喃道。他反复尝试，将唯一洞天不断压缩、释放。

石昊明白，让不祥之气围绕这一极点运转，越转越快，之后强大的力量便会充满他的肉身。

可是，石昊又一次遭受了重创，旋转的不祥之气和极点的威力都很强，几乎快把他的腹部撕碎了。内在的不祥之气与极点已经平衡了，可对于肉身来说，还是没有达到平和的状态。

值得庆幸的是，石昊有辟邪神竹的汁液滋养身体、治愈伤口，不然早就灰飞烟灭了。

"阴阳要平衡，体内世界要平和。"石昊自言自语道。他将不祥之气压在腹部深处，随后释放种子中的生气，以生气为主导，封印不祥之气。

石昊反复尝试，极点不断爆开，阴阳二气弥漫，生与死的力量交织在一起。

石昊无比镇定，一言不发，静静地感受体内世界的变化，似乎是以一个旁观者的身份在审视自身。

石昊忘记了时间，丢掉了岁月，时间仿佛都凝固了。时间的流逝对于他来说已经没有了意义，他已经在体内世界神游了。

石昊没有任何情绪波动，无喜无忧，一心关注体内世界的各种变化。

终于，石昊的腹部安静了，阴阳二气流转，生与死的力量平衡，化成了阴阳图。

有形之道，无形之道，世间不见阴阳图。天地万物间不见那种图卷，那只是对于道的抽象描述。

这时，石昊醒悟过来，散开了阴阳图。不祥之气化成了一片海，黑沉沉的，没有生机；生气则化成了一汪泉水，清澈明亮。

石昊终于摸索出了真正的门径，若是日后将其逐步完善，很有可能会创造出一种全新的体系！

当然，这还只是起步，石昊只参悟了身体的一个部位，还有许多宝藏等待他开启，他的肉身蕴藏着天地至理。

“轰隆！”

突然，惊雷阵阵，雷电从天而降，全都击在了石昊身上，恐怖至极。

这是突然间降下的天罚，雷霆无尽，闪电密集，石昊虽然有辟邪神竹替他阻挡，但还是被击中了。

石昊睁大了眼睛，难以置信，他在修仙气渡天劫时都没有遭遇这样的天罚。是因为他刚才试图走出一条新路，所以招致了天罚吗？

虽然正处于危险之中，但是石昊的眼睛变得越发明亮，雷劫降临，这说明他刚才的领悟非同一般！

“我的路，哈哈！”石昊大笑道。

这是一个天大的惊喜！

原本，石昊的骨头已经闭合了，可现在由于遭受了雷劫，他的骨头又裂开了。

生死相伴，福祸相依。

此刻的石昊没有丝毫的恐惧，他发现自己被闪电击中的同时，辟邪神竹的汁液也流淌得更多了，洁白无瑕的汁液从竹节上滑落，直接滴在了他身上。

石昊的骨骼再次被重塑！

竹节的孔洞中滴落的白色汁液汇入石昊的骨头中，与骨髓融合，发生了巨大的变化。

第982章 残酷的蜕变

WANMEI SHIJIE

辟邪神竹的洁白汁液被石昊的骨头吸收，与金色的骨髓交融，散发出旺盛的生气。

生命之力在孕育，在成长，这是一种惊人的蜕变！

天空中的闪电很是奇异，色彩斑斓，形态各异，它也变强了，这是一个十分可怕的信号！

力量强大的闪电，威力十足的雷霆，每一次出击都如同火山爆发般气势惊人。

即使是坚韧顽强的石昊，此时也眼前一阵发黑，险些昏厥过去。

“轰！”

伴着惊天动地的一声巨响，又一道雷光落下，石昊再次被击中，剧烈的疼痛感在他体内蔓延开来。

天地无情，石昊感觉自己像是被世界抛弃了一样，因为他在悟道，想要开创与众不同的修行之路，所以就要受到如此残酷的打击吗？

按照骨书上的记载，无论是过去还是将来，一些破坏天地间平衡的行为必遭天罚。

这一点从修士突破时被雷霆干扰就可以看出来，因为这一行为被天地忌惮，所以会受到惩罚。

而现在，石昊探索出了另一条修行门径，后果就更严重了。

“啪！”

清脆的声音响起，一道赤色闪电落下，击中了石昊的肩，他感到一阵钻心的疼痛。

再这样下去的话，石昊肯定躲不过这一劫！

“沙沙”的声音响起，雪白的辟邪神竹在摇动，洁白的竹叶发出光芒，尽力抗击雷电。

幸好有辟邪神竹在一旁帮忙，不然石昊早就已经被雷电劈晕了。

闪电一道接着一道击落，展现出各种色彩，虽绚烂至极，但充满了危险。

“咔嚓！”

清脆的声音响起，石昊的胸膛被劈中，难以忍受的疼痛感蔓延开来。

到了后来，雪白的辟邪神竹也无法为石昊抵挡闪电了，闪电改变了轨迹，不再从高空降落，而是从四周将他包围。

光芒还在闪耀，雷霆不断落下，石昊奄奄一息，动弹不得。

池中的汁液不时被雷电击中，四处飞溅，正是因为池中的汁液，石昊才有机会活下来。

“我不能就这样屈服。”石昊自言自语道。他虽然身体不能动了，但是意志坚定。

石昊用雷帝宝术引开闪电，以鲲鹏法削弱闪电的威力，用轮回神通化解恐怖的闪电。

石昊使出浑身解数，顽强抵抗，可依旧处于随时会殒命的困境之中。闪电在他的体内游走，声音无比刺耳，让人听了毛骨悚然。

石昊尝试将辟邪神竹汁液中的生命精气引入体内，任雷电劈向自己，产生不祥之气，再将其吸进腹中。

生与死的力量对立，阴阳二气流转，在石昊的腹部形成一个轮盘，最后构成了一幅阴阳图，这是道的体现。

石昊颤抖不止，雷电被引进躯体之中，涌入了阴阳图内。

石昊想以自创的方法化解雷霆，成功闯过这一关。

惊天动地的响声不绝于耳，一道道雷光全部汇聚在石昊的腹部，璀璨夺目，恐怖至极。

闪电成为一道优美的分割线，将阴阳两区划分开来。

在这里，阴阳可以逆转，不祥之气与生机彼此转化，相互融合。

石昊开始吞噬雷电，让躯体其他部位成为通道，引雷电入体内，使肉身产生惊人的变化。

一轮生死盘映照腹部，看起来光辉灿烂。

“居然成功了？”石昊自言自语道。

不过，石昊还没有摆脱死亡的阴影，形势十分严峻，如果现在出现失误，他就会直接殒命。

“砰！”

随着一声巨响，阴阳失衡了，闪电形成的分割线瞬间断裂了。

阴阳图险些粉碎，一旦阴阳图碎裂，石昊的唯一洞天也有可能会随之毁灭。

石昊快速压制、化解，而后以肉身迎击漫天雷光，遭受雷劫的重击。

只能熬过去了！

到了这一步，石昊已经没有退路了，他不能放弃，只要还有一口气，就要坚持到底。

刚才的阴阳平衡之道肯定是行不通了，而现在这样硬撑苦熬也不是长久之计，最后还是会殒命。

石昊的唯一洞天不断放大，防护己身，可是很快又被雷电压制了。

还是不行！

这时，石昊想到了柳神，她曾经被诸天闪电攻击，最后只剩下半截树桩，为了保命，将柳神法发挥到了极致。

“我要像柳神一样砍掉半截躯体吗？”石昊自问道。他可没有什么根茎，砍掉半截躯体之后可能就直接没命了。

“我要如何渡过此劫？”石昊大吼道。他的精气在变弱，意志在动摇，似乎已经无力再抗争了。

要撑过去！

石昊振作起来，眼中迸射出坚定的光芒，一声怒吼几乎盖过了雷电的轰鸣声。

“没有不可对抗的闪电，这些一样可以击败！”石昊嘶吼着，努力坚定自己的信念。

石昊衰弱的气势发生了转变，意志瞬间又回到了巅峰状态，此时他心中只有一个念头——打败天罚！

就像当初修仙气一样，只要怀着必胜之心，就一定能成功。

此时，石昊虽然身躯残破，但是意志强大，全身的血液一下子沸腾起来。

石昊生命力猛增，无数符文在他的体内交织，体内的血液变得十分璀璨。

生命力的激增让石昊出手的威力随之剧增，璀璨的血液带着一种神秘的力量，仿佛可以让人破茧成蝶。

石昊的精气神胜过了常态！

石昊先是挡住了雷光，引导雷电在体内运转，随后使用锤骨法，再次锤炼骨头。

这时，石昊体内的骨头发生了奇妙的变化，它们突然发出了声音，叮咚作响。

锤炼骨头是一个痛苦的过程，石昊的骨头被重塑，金色的骨髓在体内流动，瑞光万缕，神圣无比。

尽管雷光仍在接连不断地发起攻击，石昊的肉身受到了不小的损伤，但是也有源源不断的生机一直在涌向他的体内。

“雷电，你不过是熬炼我的工具！”石昊怒吼道。

石昊残破的躯体不断被修复，修复的速度甚至超过了雷光毁坏躯体的速度。

石昊挺住了，他看到了胜利的曙光！

随着修复的不断深入，石昊的骨髓由金色变为红色，充满蓬勃的生机，骨质渐渐变得更强了。

石昊骨头上的所有裂痕都闭合了，骨头开始新生，不时有碎屑脱落，被排出体外。

最后，辟邪神竹滴落的汁液已经不能满足石昊了，他取出大罗剑胎，在最粗大的竹节上开了一个小洞。

汁液汩汩地流出，与石昊的肉身融合。他的体质在变强，骨头比之前坚硬了许多。

也不知道过了多久，雷光终于消失了，这里恢复了宁静。

石昊不仅没有殒命于此，而且还完成了一次残酷的蜕变！

第983章 生命蓬勃

WANMEI SHIJIE

四周静悄悄的，洁白的池子近乎干涸，石昊盘坐在池边，一动不动。

一次天罚，一场旷世雷劫，就这样结束了。

经过辟邪神竹汁液的滋养后，石昊新生的肌肤雪白如玉石，整个人都变得水灵了，散发出一股圣洁的气息。

最大的惊喜自然是骨骼的蜕变，这是生命层次的提升，石昊虽然没有全面学习炼体的经文，但还是有所收获。

回想起刚才经历的一切，石昊感慨万千，差一点他就殒命了，刚才实在太凶险了！他从未遇到过这样的劫难，所幸熬了过来。

石昊站起身来，精神焕发，体内充满了勃勃的生气，如获新生。

“竟是这种气息……”石昊喃喃道。他仿佛体验了一次轮回，在这个地方重生了。

万物初始之气中，生气最为珍贵。

万物初生时，皆伴着本源的生命活力，只要采集到一点，人体就会大大受益。

比如，许多修道之人喜迎朝霞，采第一缕阳光，以期获得长生，就是这个原因。刚降世的生命也有各种力量，那些力量会在成长的过程中渐渐流逝，直至消失殆尽。

而现在，石昊身上的新生之力如同婴儿般纯净，十分珍贵，他只是随意地伸展四肢，便带出了阵阵风雷之声。

“嗯，多了一种气息，是实实在在的力量。”石昊自言自语道。

起初，石昊以为只是因为肌肤新生，所以才有了这种出尘的气质，实际上，他的血肉、骨骼以及骨髓之中都多了一股纯净之气。

石昊想要调动这股气息，却发现它已经与血肉一样，成了身体的一部分，不可分割。

这股神秘气息难道就是对抗不祥之力的力量？石昊思索着，心中充满了疑惑。

异域的人来这里寻找辟邪神竹，多半是为了寻找这种神秘的力量，或者说是寻找辟邪神竹的药力。

经过辟邪神竹汁液的洗涤和滋养，肉身在面对各种攻击时，说不定可以硬扛过去。

石昊取出一口玉鼎，开始收取神池中残留的汁液。紧接着，他拿出一个玉瓶，置于辟邪神竹的孔洞下接取滴落的白色汁液。

这种芬芳的汁液价值连城，哪怕只带出去一滴，也会让无数人眼红，是炼药的上好材料。

辟邪神竹扎根在石山上，微风吹来，摇曳多姿，令人赏心悦目。

石昊不再为美景驻足，他还要去采黄泉果，那是他此行的另一个重要的目标。

黄泉果听起来像是长在黄泉附近的，可石昊一路走来，并没有看到任何阴森的景象。

相反，这一路上山有仙气，水有神光，四处静谧安详，和石昊想象中的景象完全不同。

忽然，石昊看见了一条小河，河面泛着柔和的金色光泽，他心中一惊，这是黄泉吗?

石昊沿着小河向前走，据大长老所说，黄泉果就在河的尽头，它唯有生长在那里，才能结出成熟饱满的果实。

越是向前走，神圣的气息就越是浓郁，石昊觉得自己仿佛来到了天地初开之时，到处都是灵气，一草一木，甚至连普通的山石都带着灵性。

走着走着，石昊发现远处腾起了大片的火焰，他定睛一看，原来那不是火，而是光！

“好浓郁的气息！”石昊叹道。他猜想那里一定有什么神奇之物，可能是惊世的造化。

石昊按捺不住心中的激动和好奇，迫切地想知道那里究竟有什么。

外界，山门前聚集了一群强大的年轻人，他们被阻挡在门外，显得分外焦急。

就在刚才，这群年轻人感应到里面发生了什么特别的事，惊雷阵阵，天罚不止。

有人在渡劫吗？不少人都在猜测。

“荒……到底做了什么？是他引来了天罚吗？”圣院的一个年轻人问道。

在场的其他人沉默不语，大部分人都知道一定是石昊所为，只是不愿承认罢了。

“好大的动静，我想一定是荒所为吧。”一个白衣丽人袅娜而来，身姿曼妙，笑道，“咦？你们不是早进来了吗？怎么一直堵在这儿不进去，反倒让后来的荒领先了？”

白衣丽人看向王曦，故意挑起话题，表现出一副很惊讶的样子，正是邀月公主。

王曦看了邀月公主一眼，眼中闪过一道犀利的光芒，并未接话。

“轰！”

就在此时，山门内又传来一声巨响，这群年轻人皆大吃了一惊。

没有一个人不想知道石昊在里面干了些什么，主要是害怕他一个人得了所有的机缘。

“我们联手，一定要迅速闯进去！”仙院的一个年轻人提议道。

能够走到这里的都是绝顶的年轻高手，现在他们只能放下成见，团结一致，不然根本进不去。

这群年轻人虽然心中充满了不甘，但是不得不承认荒是强大的，只身一人就闯了进去。

仙丘深处，石昊还在沿着小河行走。这时，他看到了一座陈旧的石桥，这座桥岁月久远，残破不堪。

石昊沿着这座残桥来到了河对岸，发现腾起的光焰就在对岸的山谷中。

结果，石昊刚到河对岸，那座陈旧的石桥就坍塌了。破碎的石块落入金色的河水中，溅起滔天的浪花，响声惊天动地。

石昊有些疑惑，这条河看着既不宽，也不是很深，怎么会发出这么大的动静？

石昊回头看了几眼，没有久留，待他来到由丘陵围起来的山谷时，眼前的景象让他愣住了。

“这是……”石昊吓得睁大了眸子，久久无法平静。

那些光焰绝非由天地药草等造成的异象，而是从一具又一具尸体上散发出来的。

山谷中横陈着五六具尸体，尸体巨大无比，挤满了山谷，有的像是星域巨人，有的如同吞星兽，都很奇异，也有一些人形的。

这些尸体形状各异，不过都有一个共同的特点——神圣，即便是尸体，也没有阴森的气息。

这不会是真仙的尸体吧？不然为何殒身了还会发出如此灿烂的光芒？

这也有可能是异域不朽者的尸体！

石昊心中一阵激动，想过去仔细查看一番，却发现他被一片光幕拦住了去路，根本进不去！

石昊想硬闯，他先以一件宝具试验，结果宝具才冲过光幕就粉碎了，瞬间消失得无影无踪。

那件宝具是天神级的，如果天神硬闯，也会落得和宝具一样的下场。

虽然石昊远胜其他同境界的人，是天神境古往今来的最强者之一，但他不想冒险。

石昊选择了离开。

尽管那些尸体上可能有仙道人物留下的器物，但是硬闯太危险了。

终于，石昊来到了金色河流的尽头，这里有三株植物，每一株都有一人多高。

三株植物金光闪闪，无比耀眼，散发着神圣的气息，果实形似李子，呈金黄色。

这就是黄泉果？

石昊讶然，这也太容易了！他径直走了过来，没有受到任何阻击。

第984章 黄泉

WANMEI SHIJIE

果实芬芳扑鼻，让人精神恍惚，不禁迷醉在这种香气之中。

石昊的手快碰到金色的树枝了，果实近在咫尺，灿烂的光都已经洒落在他的手臂上了。

这时，一股森寒之意瞬间让石昊皮肤绷紧，毛发竖立。他快速后退，手臂上亮起各种符文，撑起了光幕。

这个地方本来很幽静，可转眼之间，石昊就觉察到了潜藏的危险。

虽然石昊的速度已经够快了，但还是有几点金光撕开虚空，冲到了他的手臂上。

“当！”

金属的撞击声让人胆战心惊，金光化作四条金色的虫子，与符文对抗，火星四溅。

可怕的是，由道法化成的符文光幕居然被这四条虫子咬穿了！

不过，所幸符文光幕拖延了虫子的速度，石昊趁机撑开唯一洞天，站在十丈外仔细凝视。

那是四条半尺长的虫子，通体金黄，静止不动时就像结有黄泉果的植物枝条一样。

此时，那四条虫子张开透明的翅膀，露出雪白的牙齿，发出让人毛骨悚然的声音。

“嗖！”

四条虫子迅速冲向石昊，喷出一片黄色的光雾。

四条虫子化成四道光束，对石昊发起攻击。它们的攻击手段复杂多变，一眨眼的工夫，它们就已经攻击了石昊数百次。

石昊大吃了一惊，这种虫子也太凶残了，尽管他使出了各种道法，但它们总能应对，连唯一洞天都被它们攻破了！

这里果然不是寻常之地，连诞生于此的生灵都如此不一般。

这是传说中的黄泉虫，它们一般来自九幽之地，是自古以来的十大名虫之一，具有无限成长性，能够成为虫仙。

出现在神药附近的这四条虫子算是变种，虽然此地有尸体，但都是仙尸，因此这四条虫子显得有些不同，静止不动时会发出圣洁的气息。

“嗖！”

那四条虫子再次冲来，发出的叫声凄厉无比，让人头皮发麻。

石昊猛力出击，一根又一根柳树枝条飞出，与虫子对抗。

虫子振翅，嗡嗡作响，整个虚空都在鸣响，几乎要坍塌了。

“咚！”

一团神光爆发，响声震耳欲聋，神力翻涌，虚空湮灭，骇人至极。

“轰！”

柳树枝条不断与虫子发生碰撞，声音响彻天地。

柳神法中的秩序神链将一条虫子抽得飞了出去，“扑通”一声，那条虫子落入金色的河水中，溅起浪涛。

另外三条虫子看到这番景象，振翅而鸣，更加狰狞了。

“轰！”

巨大的声音响起，石昊施展鲲鹏法，无数神禽撕裂虚空，向着那三条虫子冲去。

三条虫子发出炽热的光芒，身体迅速膨胀，最后竟吐出一根根白丝，如同蜘蛛一般。

三条虫子将丝结成网，试图笼罩虚空中的鲲鹏，吞噬石昊。

石昊一把抓住这张网，猛力一扯，网竟纹丝不动。他大喝一声，再用力一扯，也才扯断了两根丝。

“哧！”无数道闪电交织，石昊施展雷帝宝术，向三条虫子攻去。

石昊没想到这几条虫子居然如此难以对付，害他费了这么大的手脚。

“嗖！”

突然，一道金光从那条金色的小河中径直冲向石昊的腹部，那是之前被他击飞的那条虫子。

石昊见状，快速将唯一洞天收进腹部，任那条虫子冲过来，而后让由唯一洞天形成的极点在刹那间爆发。

那条虫子刚冲过来，正好遇到极点爆发，阴阳二气碰撞，让虫子落入风暴旋涡之中。

那条虫子挣扎了几下就没动了。

剩下的三只虫子变得慌乱起来，尖叫着一齐冲向石昊。它们以网为防御，对抗石昊的道法，欲钻进石昊的躯体中。

“嗖！”

大罗剑胎从石昊的眉心冲出，迅速放大，顺势刺中了一条冲向他眉心的虫子，那条虫子瞬间便殒命了。

另外两条虫子见到两个同伴先后殒命，都变得有些畏缩，其中一条干脆放缓了攻击速度。

另一条虫子则笔直向前，化成一道流光转眼到了石昊近前，准备展开攻击。而大罗剑胎此时还在忙着对付另一条虫子，已经来不及救援了。

“砰！”

石昊双手合拢，动作迅如闪电，夹住了这条虫子，一时间火星四溅，响声震天。

这条虫子一边尖叫着，一边拼命向石昊的手中钻去。

石昊的手渗出了一点血，“咯吱咯吱”的声音响起，那是虫子在与骨头摩擦。

另一条虫子见状大喜，快速冲来，也想钻进石昊的手中。

“噗！”

伴着一声轻响，像是有什么东西破碎了。

石昊摊开手，一条虫子掉了下来，是刚刚钻进他手中的虫子！这条虫子侥幸钻入他手内，却被他的骨头阻挡，被活活挤死了。

石昊要不是以辟邪神竹洗涤过肉身，说不定已经殒命于此了。黄泉虫身上的剧毒奈何不了他，这是辟邪神竹汁液的功劳。

石昊手的表皮被刺破，点点鲜血渗出，无比刺目，最后一条虫子看到这一幕，竟不由自主地颤抖起来。

辟邪神竹的气息让虫子惊慌了！

“哧！”

石昊快速出手，一把捏住了这条虫子，放在眼前审视。

不知道皇蝶复苏后能否号令这条虫子？石昊略作犹豫，考虑再三，还是没有留下这条虫子。

这个地方终于恢复了宁静，石昊再三观察，确认已经没有黄泉虫了，只有三株如同金色芭蕉般的植物，璀璨夺目，熠熠生辉。

第一株上没有果实，只有枝干，显然果实被黄泉虫吃光了。

第二株上有三枚果实，第三株上有五枚果实，皆金光闪闪，十分耀眼，发出的清香让人心神迷醉。

石昊环顾四周，确定没有任何危险后，小心翼翼地摘下一枚金色的果实，准备吃掉它。

与黄泉有关吗？

石昊百思不得其解，这枚果实让他心神放松，他根本就无法联想到任何不好的事。

无论怎么看，这枚果实都是与美好相关的事物，和地狱、黄泉等扯不上任何关系。

石昊放下心来，开始吞食这枚果实，入口的刹那，清新的气息涌入他的身体之中，奇异的香味弥漫开来。

与此同时，无数道神光在石昊的体内游走，随后全部集中在了眉心。

一瞬间，无数光芒交织，最后汇聚至额骨处。

石昊的元神在壮大！

石昊快速施展锻神法，不想错过这个大好时机，黄泉果对壮大元神有奇效，可以刺激精神力。

紧接着，石昊的眉心前浮现出一个璀璨的小人儿，小人儿悬在空中，口诵经文。

第985章 彻悟

WANMEI SHIJIE

这个小人儿不大，长得和石昊一模一样，不过比石昊更加严肃、神圣。

这个小人儿宛如一位混沌古神，又好像一位真仙，一动不动，口诵真经，发出光芒和混沌之气。

石昊沉浸在一种奇妙的境界中，锻神法自行运转，锻造元神，将黄泉果的力量引入体内，一心修炼精神力。

《原始真解》缓缓展现，而后慢慢化成文字，全部烙印在了小人儿身上。

这是一种神奇的变化，石昊在悟道，诸多奥义从心中闪现，他理解得越发透彻了。

石昊本以为自己已经掌握了许多东西，可是现在才发觉，他掌握的那些其实还能深入理解。

此时，石昊的元神在进化，领悟力跟着增进，道行也在增加。

一枚黄泉果而已，就让石昊的元神发生了极大的变化。

拳头大的小人儿飘浮在虚空中，盘坐于石昊的额头前，在天地中参悟至理与法则。

突然，锻神法停止了运转，只有拳头大的小人儿凭着本能在诵经，领悟天地间的奥义。

石昊一动不动，没有变化，唯有拳头大的小人儿盘坐在那里，事实上这个小人儿就是石昊！

神光闪耀，石昊陷入了一种诡异而无法形容的状态中，如同在经历轮回，或者说是经历一次远古的重生，另一个他正从虚无缥缈中走出来！

《原始真解》的诸多奥义一一呈现，过去石昊苦思冥想，随着境界加深才能理解这些奥义，现在他理解得比原来更深刻透彻。

直到这一刻，石昊才真正懂得了《原始真解》的奥义所在。

《原始真解》不是道法，也不是古天功，而是世间最原始的道理，只有掌握它，才能接近这乾坤的本质。

《原始真解》将一切繁复化为简洁，让一切奥秘无所遁形。

化繁为简，大道至简。

在悟透《原始真解》的刹那，石昊恍然大悟，如同醍醐灌顶一般。他回过头看之前学过的东西，一切都变得不一样了。

“原来最珍贵的东西一直在我身边，只是我没有彻底理解。”石昊自言自语道。

也许，不光是石昊，世上很多人都没有真正了解《原始真解》的本质，它可以让一个人看待世界和诸天奥义的眼光发生改变。

现在石昊才真正懂得什么叫化腐朽为神奇，最简单的骨文也可构成玄妙的神通，平凡的道法也有绽放光彩的那一天。没有无用的符文，也没有毫无意义的道法，只是还未到它们发光的那一天！

《原始真解》并未否定鲲鹏法和雷帝宝术等无上神通，而是让这些道法变得更强，以最古朴原始的真义助其成长。

“我会更强！”石昊大喊道。此时的他如同大梦初醒一般，一下子开悟了。

在此之前，石昊心高气傲，认为自己是古往今来天神境的最强者之一。直到现在他才明白，那个时候的他实在太自负了。

对于石昊来说，《原始真解》虽然并不是无敌宝典，但是一部最有用的经文，让他有所觉悟。

一切发生得如此突然，服下一枚黄泉果之后，在元神壮大、吟诵经文之际，石昊竟悟透了《原始真解》！

元神悟道，经文密布，越来越多的符文烙印在拳头大的小人儿身上，让小人儿显得愈发神圣与庄严。

参透了《原始真解》之后，石昊开始一遍又一遍地领悟雷帝宝术和六道轮回天功。

到了最后，石昊甚至产生了一种错觉，每一种至强道法和天功他好像都学过，现在只是重拾起来罢了。

不知不觉间，三道仙气早已升到石昊的头顶，化成了三朵大道之花。每一朵花上都有一个生灵在打坐诵经，它们伴着时光碎片，不属于这一世，也不属于未来，而是属于永恒的过去。

石昊的三朵大道之花中有一朵与别人完全不同，那朵花孕育出了一个神似他的生灵。

石昊之所以有学过世间万法与天功的感觉，就是因为这个生灵，就连他刚才悟透《原始真解》，也是这个生灵帮了他大忙。

花朵中的生灵被时光碎片包裹着，口诵经文，冷漠地俯视着石昊，这让石昊心中产生了一种复杂的感觉，有恐惧、兴奋，还有新奇。

这是生命本质的演绎……

直到这一刻，石昊还是不太相信转世之说，他试着用自己的理解去阐释这一现象。

悟道，更深层次的领悟!

这是石昊此时最大的收获，那朵大道之花上的生灵与元神产生共鸣，不断领悟大道的万千奥义，感受沧海桑田的变迁。一瞬间的出神，像是千百世的轮转，太奇妙了!

此时，石昊的元神上浮现出各种经文，经过一番筛选后，最后只留下最关键的《原始真解》，其他经文皆成为点缀，浮于上方。

万法匆匆过，唯有原始最真!

随后，《原始真解》和其他经文化成了繁复的纹路，朝着那朵包裹着神秘生灵的花朵而去。

这些纹路要刻在那个生灵身上!

“咦?”石昊讶然。

神奇的演化，一个是过去，一个是今世，两朵花代表不同的意境吗?

那些经文也在有选择性地进行取舍吗?

石昊像是抓住了什么，又像是错过了什么，可惜他已经脱离了悟道的境界，这一切都终止了。

石昊不知道下一次进入悟道的境界会是什么时候，不过，他彻悟了《原始真解》，这是最大的收获！

“另外两朵大道之花上何时会出现生灵？也许到了那个时候，一切都会变得明了。”石昊自言自语道。他有一种强烈的预感，刚才的过程只是某种演绎，并不完整。

这时，诵经声停止了，锻神法重新开始运转，石昊的元神继续壮大，吸收黄泉果的神力。

在寻找辟邪神竹的时候，石昊悟出了所走之路的雏形。

而在这里，石昊彻悟了《原始真解》，并与一朵大道之花上的生灵产生了共鸣，宛若经历了轮回。

“我变强了！”石昊大喊道。他感受到了《原始真解》的奇妙之处，施展各种道法愈发得心应手，释放出的道法威力也愈发惊人了。

石昊如果现在出去与天神境的其他人对决，一定会有很奇妙的体验，他已经迫不及待地想检验此行的成果了！只是，他还不能走，因为他的元神在蜕变！

石昊的元神在不断增强，这使他觉得有些昏沉，好像陷入了沉睡一样。

突然，一阵阴冷的风刮来，惊醒了石昊。

睁开眼的刹那，石昊看到了一条黄色的河流，河流没有丝毫生机，流向空旷而沉寂的远方。他环顾四周，一片荒凉，尽是萧瑟之景。

石昊不由得毛骨悚然，发生了什么？这是在哪里？

黄泉果……

一瞬间，石昊明白了为何这种果实会有这样一个名字！

石昊只看到了黄泉果神圣的一面，直到这一刻他才明白过来，黄泉果毕竟是黄泉果啊！

黄色河流的尽头有一处断崖，断崖下方有一座巨大的火山，火山口黑洞洞的，如同地狱深渊一般。

那就是地狱吗？

隐约间，石昊仿佛听到无数神魔在嘶吼，看到数不尽的厉鬼在挣扎。奇怪的是，河流的尽头分明与他隔得很远，他却清晰地看到了火山口中的地狱之景。

第986章 奇异之地

WANMEI SHIJIE

黄泉流淌，地狱无疆。

石昊陷入了沉思，他这是在梦中，还是被强行带到了奇异之地？

这里没有生灵，见不到一丝生机，只有一番荒凉、衰败的景象。

石昊掐了自己一下，想让自己醒来，可身上传来的疼痛感告诉他此时此刻他并不是在做梦。

他……来到了地狱附近？

石昊着实被吓到了，这一切是如此匪夷所思，不久前这里还无比圣洁，现在却这般荒凉。

石昊很是不解，黄泉果的力量怎么如此强大，竟把他带到了另一片天地？

石昊决定一探究竟，他展开鲲鹏之翅，划过空旷的长空，俯视这片毫无生机的大地，如同一个巡视世间的神祇。

大地尽头，巨大的火山口如同深渊一般，火山内有岩浆涌动，仿佛能够吞噬世间万物。

“嗯？”

石昊一怔，感受到了一股强大的吞噬之力，不由得心惊胆战。他赶紧后退，等离得够远了，才用天眼眺望火山口内的情况。

火山里岩浆涌动，任何物体一旦掉进去，瞬间就会化作一缕轻烟，消失得无影无踪。

石昊倒吸了一口凉气，不断后退，他究竟是怎么来到这里的？

突然，火山喷发了，地狱震动。

可怕的是，从那座火山中喷出来的不是岩浆，而是神魔！漫天都是灰色的雾，景象恐怖至极。

“天啊！”石昊忍不住发出惊叹。

石昊生出一种不祥的预感，果不其然，紧接着，整个大地剧烈地晃动起来，天地即将倾覆！

火山口内传出一阵“呜呜”的声音，阴森之气冲上云霄，阵阵黑雾扩散开来。

“不！”

石昊大吼一声。尽管他拼命抗争，但依旧无济于事，整个世界被一股强大的力量拉扯着，慢慢没入火山口内。

无垠的大地上，山虽然不多，但是每一座都高耸入云，此时它们都发生了奇异的变化，山体瞬间化作尘土向着火山口内的地狱飞去。

不仅如此，巨石等也翻滚着，被吸进了火山口内的地狱中。

这景象太奇异了！大地无边无际，物体无数，现在全都坠入火山口内的地狱。

火山口像是一个无底的洞，可以吞噬一切！

“轰！”

惊天动地的声音响起，石昊一样不能幸免，和乱石、巨山等一起落入了火山中。

石昊撑开唯一洞天进行防御，任杂物接二连三地砸来。他纹丝不动，体外符文闪耀，将一座又一座巨山削成粉末。

与此同时，石昊看到其他山体从远处坠落，直接掉进了赤红的岩浆中，有些当场化成灰烬，有些如同碎石块落入大海一般，只溅起了几朵浪花。

石昊诧异万分，心想：这里到底是什么地方？

这时，四周终于稍微安静些了，地上的物体绝大多数都掉进了火山里，地下世界清晰地展现在石昊的眼前。

岩浆上方浮现出一座座白色岛屿，岛上有数不清的黑色古老殿宇，魔神在其中进出。

此外，岩浆上方还漂浮着一些漆黑如墨的大陆，大陆上有很多孔，密密麻麻的，好像蜂窝一样。

每隔一段时间，就有白色岛屿沉没，黑色大陆也会破碎。它们坠入红色的岩浆中，消失得无影无踪。

岩浆海中不时会有巨大的石柱出现，石柱上绑缚着先天神魔，他们一会儿出现，一会儿又消失不见。

种种可怕的事发生在石昊眼前，他感到头皮一阵发麻，这是真实的吗？竟有这样的诡异之地，太不可思议了！

“轰！”

一声巨响过后，一座金色的殿宇从岩浆海的深处升起，散发出炽热的仙道气息。

仙雾缭绕间，一个生灵出现在石昊眼前，他被五根铁链牢牢地锁着，整个身体悬在空中。

这一瞬间，石昊分明感受到了仙道的力量！

接下来的一幕让石昊更加震惊，那五根铁链化成五彩仙金，开始攻击那个生灵。

“啊——”

那个生灵发出惨烈的叫声，神圣而强大的力量瞬间释放出来，骇人至极，惊天动地。

结果，“噗”的一声，那个生灵吐出一口鲜血，脸色变得惨白。

“那是仙吗？”石昊有些疑惑，自言自语道。

伴着一阵惊天动地的嘶吼声，那个生灵和那座金色殿宇一同落入了岩浆之中。

就这么完了？石昊看到这一幕，不由得出了一身冷汗。

“我不信！”石昊大叫道。

“轰”的一声，一座白色的小岛从岩浆中浮起，岛上出现了几根铁链，石昊一下子就被锁住了。

石昊拼命挣扎着，却无法逃脱，他现在的处境和刚才那个疑似为仙的生灵一模一样！

石昊的四肢和脖子被冰冷的铁链锁住，身体被拉得笔直，动弹不得。

生命竟是如此脆弱吗？难道我真的要殒命于此了？石昊在心里暗道。

不久前，石昊悟出了自己的路，得到了天大的机缘，现在却这么狼狈，竟要殒命了。

起初，石昊不相信这是真的，可现在冰冷的铁链缠绕在脖子上，让他不得不相信。

“地狱裁决！”恍惚间，石昊听到了来自岩浆海深处的一个冷漠而无情的声音。

“噗！”

随着一声轻响，石昊感到身体钻心刺骨般地疼，他忍不住大叫一声，吐出了一口鲜血。

这是一种难言的痛，石昊一时间难以接受，怎么能就这样死去？

石昊非常不甘，还有些愤怒，恨不得仰天嘶吼。可是，他能改变什么呢？连那个疑似仙的生灵都殒命于此了，更何况是他！

“我不甘！”石昊咆哮道。

石昊的躯体缓缓落进岩浆之中……

“呵呵，哈哈……”

此时此刻，石昊心中没有了悲哀，也没有了愤怒，竟哈哈大笑起来。

虽然这一切很逼真，让人分不出真假，但是石昊相信这一切肯定是精神在作祟。

“还有什么考验，尽管来吧！”石昊喝道。

这时，一柄仙剑刺向石昊，瞬间刺穿了他的眉心，他眼前一黑，随即陷入无尽的黑暗之中。

“黄泉果果然不是徒有虚名，让我误以为真的来到了地狱，已经殒命了。”黑暗中，石昊依旧在自言自语。

“不错，最痛苦的折磨，最悲惨的经历，才能修炼出坚韧的元神和至强的意志，这就是黄泉果吗？来吧！”

石昊坚信他现在经历的这一切都不是真的，他要坚定意志。

“我要变强，地狱，来吧！”石昊大吼道。

第987章 四道轮回印

WANMEI SHIJIE

石昊想从梦魇中彻底清醒过来，掌控一切。哪怕这是他塑造强大精神力的必经之路，他也想主动一些，而不是被动地陷在这里。

无边的黑暗笼罩着石昊，他的神志渐渐变得模糊，很快就要坚持不住了。

“这一切都是假的，还不醒来！”石昊再一次大吼。

为什么这样真实？怎么还不醒过来？

石昊一遍又一遍地以各种手段刺激自己，神志却越发模糊了。

“不行，这样堕入黑暗中，我是否会永远醒不过来？”石昊在虚弱中低语道。

这样的经历未免也太诡异了，如果在岩浆海中陷入彻底的昏迷，是否会发生意外？虽然这是精神世界，但若是受损，说不定会影响修炼。

“可笑！这是真实的地狱，黄泉果可以沟通阴阳两界，你吞下它的刹那，它就打开了虚空之门，将你拉进了地狱之中。”黑暗中，一个冷漠的声音响起，“为什么叫黄泉果？就是因为它含有地狱坐标，可开启虚空之门。如果你没有熬过这一个关卡，就会殒命于此，如果你坚持下来，你的意志就能得到磨炼。”

听完这番话，石昊有些迷惘，虽然他的意志很强大，但是刚才的经历太恐怖了，让他难以承受。

石昊现在开始有点怀疑了，这不是黄泉果制造的幻境吗？难道真的是黄泉果里的符文开启了虚空之门？

石昊顿时觉得毛骨悚然，出了一身冷汗。无论如何，他必须保持清醒，不管经历的是真实的还是虚幻的，坚定意志才是解决之道。

“砰！”

响声清脆，石昊感觉元神似乎碎裂了。怎么会如此真实，难道真的要殒命于此了吗？

石昊依旧不肯相信这是现实，可是元神分裂的剧痛感实在太真实了。

最后，“轰”的一声，石昊失去了意识，无边黑暗淹没了此地。

也不知道过了多久，岩浆中升起了一座白色的岛屿，岛上有一些磷火在摇曳，其中一缕磷火很是显眼，与众不同。

“我是谁？”那缕磷火残存着模糊的意识。随后，它看到了一柄灰暗的剑和一副满是锈迹的雷帝甲胄，生出了一种熟悉的感觉。

“我有印象，看着它们，我像是经历了一个人的一生。”那缕磷火低语道。

就这样过了很多年，这座白色岛屿上，一些磷火出现了又熄灭，唯有那缕磷火最为特殊，一直围绕着一柄剑和一副雷帝甲胄。

直到有一日，这缕磷火看到两块特别的白骨，想起了一些事情。

《原始真解》、万灵图……

这缕磷火努力地回忆着，思绪翻涌，充满了不甘和绝望。

“我是一个叫荒的人，我是石昊？”这缕磷火像是在自问。可是，它想不起来全部的事情，只有一些模糊的印象，它很痛苦，很想知道过去究竟发生了什么。

就这样，这缕磷火每天都在苦思、挣扎，面对遗物，努力回想。

一年又一年，岁月流逝。

一晃眼，就过去了数十载。这缕磷火记起了越来越多的事，过去逐渐变得清晰起来。

生前的他由于食下一枚黄泉果，堕入了地狱，没有熬过去，最终不幸殒命于此……

当彻底回忆起过去后，这缕磷火愣住了，曾经的喜怒哀乐，过往的亲朋好友，一切都远去了。

这缕磷火忍不住发出一阵吼叫，那声音无比凄厉，在空中回荡。

记起了人世的部分后，这缕磷火充满了不甘和遗憾，他的生命已经终结了？他都没来得及与亲人朋友道别，就这样无声无息地埋骨在此了吗？

“这不是真实的！”这缕磷火怒吼道。

直至百年光阴过去，这缕磷火才稍稍得以平复心情。

时间无情，百年流逝，我经历的一切竟是真的？回想起过去的事，这缕磷火一阵感慨，心中最后的侥幸也不复存在了。

我还想回到人间啊，去见亲人，去见熟悉的人！这缕磷火跳动着，释放出剧烈的能量波动。

“心愿力已经足够强了，可以送你转生。”岩浆海中，那个无情的声音再次响起。

随后，一个轮盘携带着轮回之力，从炽热的岩浆中浮现出来。轮盘不断转动着，上面有几片区域，标明着需要转生去往的世界。

“嗖”的一声，这缕磷火被吸附在轮盘上，而后坠入一个已经开启的深洞中，就此往生。

前生过往种种，一一在心中浮现，生活中的酸甜苦辣接二连三地涌上心头。

石昊叹了口气，这一生就这样过去了吗？真是不甘啊。

石昊带着苦涩和遗憾坠入无边无际的深洞，前往转世。随后，他感觉自己变成了一个胚胎，吸收着母胎中的先天精华。

带着记忆投胎？石昊默默思忖，开始运转原始真解功法，修炼柳神法，试图从外面的天地吸收一些本源精气。

“黄泉果……真厉害！”石昊感叹道。

不知道过去了多久，在小婴儿即将降生时，石昊突然灵光一现，觉得不对劲，不应该有这样的转世。

“虽然我不明白为什么百年岁月的经历如此逼真，可我坚信我所经历的不是真的，我是荒，我是石昊，我要醒来！”石昊大吼道。

可惜，石昊并没有醒来，而是经历了生老病死。

这片天地没有充沛的精气，只有在母胎中获取的精气有效，出生后便很难汲取精气了。

最后，石昊享年一百六十岁。

石昊带着记忆去投胎，经历衰老与死亡，大多数时间都是沉默的。

直到有一世，石昊再次陷入地狱，又一次听到了那个神秘的声音：“数次转世，你有何感想？”

“黄泉果确实厉害，不过我比它还要厉害。”石昊的话音刚落，天崩地裂，岩浆翻涌。

惊人的事情发生了，石昊脱离了这个可怕的地狱！

石昊苏醒过来，发现自己站在三株金光璀璨的植物旁边，这里光芒普照，几枚黄泉果实挂在植物上面。

“大梦一场！”石昊叹道。他发现自己的元神强大了不少，一般人在天神境怎么可能拥有这种元神？

突然，石昊双目炯炯有神，连呼吸都变得急促了。在低头的刹那，他看到自己掌心有四幅图案，都是轮回印！

这是怎么回事？

这与他在轮回之地转世前被打上的烙印一模一样，每一次转世都会有一道轮回印。现在，他的掌心中一共有四道轮回印，而他在逼真的梦境中有过四世轮回。

在这一纪元的骨书中有模糊的记载，轮回不是人人都可以进行的，只有少数绝代天骄才有机会转世，个别人会有轮回印。

石昊左掌心的四道印记看着不是很大，纹路繁复，似是由轮回生死盘浓缩而成的。

石昊一阵发愣，这是怎么了？他经历的是真的吗？可为何他现在又完好无损地站在了这里？

石昊大惑不解，一时间思绪变得混乱起来。还记得他在修炼第二道仙气时，险些殒命。他先是元神离体，然后进入一座黑暗牢笼，在牢笼里看到了很多被关押的神秘元神。恍惚间，他在那片黑暗之地看到了轮回转生！

“一瞬间的凝神，就是一次前世今生。”石昊心中涌起万千思绪，低语道。

轮回是一个非常严肃的话题，无数天骄都对它感到迷茫、疑惑，谁都说不清楚轮回到底是怎么一回事。

大多数人认为肯定有天界与地狱，也有前世今生，可修士怎么会相信这些?越强大的人越相信自己，不相信所谓的天命，唯有如此，才能扭转因果，改变命运。

无尽光阴流转，悠悠千古逝去，始终无人能道出轮回的真谛。也许，轮回只是某段光阴的烙印，是神游太虚时的一段奇异旅程，是元神离体后的一段虚幻经历。

石昊琢磨着、沉思着、总结着。

第988章 英灵长眠地

WANMEI SHIJIE

不知道过了多久，石昊抬起头来，脱离了沉思的状态。

“我刚才出神的半刻钟心中颇不宁静，觉得此时的所有经历仿佛都在过去发生过，这是否也算是一种轮回？”石昊自言自语道。

石昊摇了摇头，这是真仙涉足的领域，不是他现在应该探究的问题。唯有自身长久地存在于天地中，揣摩生死轮回才有意义，他现在要做的是变强！

“元神之力真的很惊人啊！”石昊赞叹不已。他站在原地不动，眉心发光，一个小人儿从额骨走了出来。

这个小人儿站在石昊的眉心前，如同一轮小太阳在发光，无形之中散发出一种至高无上的威严。除此之外，小人儿身上还带有骨文，密密麻麻的纹路形成了一副天然的甲胄。

这些纹路是《原始真解》的骨文，如今已经与石昊的元神合为一体，形成了无上甲胄。

小人儿回归后，石昊感到神清气爽，精气神仿佛达到了巅峰状态。

无论是肉身还是精神，石昊都已经站在了武道巅峰之上。如果再遇到宇无敌，他坚信不会打得像之前那么辛苦了，现在，他有十足的信心击败对手！

这时，石昊取出一口羊脂白玉小鼎，准备采摘剩余的黄泉果。果实金黄透亮，散发出醉人的芬芳。

谁能想到服食了这种果实，居然会经历如同轮回般的事情！

直至现在，石昊依旧很疑惑，那究竟是梦还是真实的？手上的四道轮回印记太醒目了，时刻都在提醒他经历过的事情！

“剩余的黄泉果可以送人，不过必须为他们护法，不然容易出大问题。”石昊说完，转身离开了这里。

石昊沿着原路走了一段，然后又改变路径，想知道是否还有其他的机缘。

不久后，石昊来到了一片石林。数不清的乱石呈现在他面前，有的如同利剑横空；有的如同老牛横卧；有的如同鲲鹏展翅。

石昊凭着直觉不断向前走，最后来到了石林的最深处。这里有一座石山，山不是很高，一走近就能感受到一股神圣的气息。

“咦？又是那个老农。”石昊低语道。

之前石昊看到的老农在此徘徊着，不过这一次老农没有出声，像是在聆听什么道音，在此悟道。石昊也听到了，隐约有阵阵诵经声传来，而且可以听出来不止一个人在诵经。

“唰”的一声，石昊腾空而起，来到了石山上。他向山后眺望，顿时头皮一阵发麻。石山的背后阴雾笼罩，一片昏暗，众多生灵怒吼着、咆哮着，其中有一些生灵显得与众不同，盘坐在地上，一心诵经。

英灵！

密密麻麻的英灵全都集中在一片区域。

大多数英灵都是残缺的，只有那些盘坐在地上诵经的英灵是完好的，与其说它们是在讲经说法，不如说是在利用大神通降伏手下。

“这是一股十分强大的力量！”石昊忍不住感叹道。若是有朝一日将这些英灵放出去，天地恐怕要遭遇一场毁灭性的大劫。

“你仔细看，最后方有几个英灵变成了金色，和生前相比差不了多少。”老农对石昊说道。

石昊睁开天眼，果然看到密集的英灵深处有几点金光，灿烂夺目，如同小太阳一般。

石昊心中一惊，那几个英灵太强大了，前所未见，而且还带着仙道气息！

如果它们离开此地的话，谁能阻挡？

石昊不禁打了个冷战，别说那几个带着金光的英灵，就是其他的残缺英灵出世，都会掀起不小的风波。

老农解释道：“这里名为仙丘，其实是古时的墓地，大战后埋下了不少生灵，其中不乏真仙。那些生灵的精神印记化成了英灵，便造成了此地的恐怖景象，不过你不用担心，这些英灵暂时逃脱不了，这里有封印。”

石昊来到更高处的天空，发现石山的另一侧贴着一张发黄的纸，纸上写着一个仙古文字：封！

一张陈旧的纸而已，经过一番风吹雨打都已经泛黄了，居然还有如此强大的威力，压制着此地数不清的英灵。

“有人说过，后世有缘人可以来此揭下封印，带领这批英灵去参战。不过这些英灵不好控制，可能会敌我不分，酿成大错！”老农提醒道。

石昊有些出神，如果这些英灵参战，绝对会震惊整个世间。

“此外，还有一个人让我转告后来者，在这片古地之下沉睡着更为恐怖的至尊。”老农继续说道。

石昊听到这话，心中更不平静了。

“据说是英灵中的无上强者，在仙古纪元就已经成为至尊英灵，其前身久远得无法想象。”老农郑重地告诉石昊。

“我记住了，多谢！”石昊对老农说道。如果可以，他不愿再来此地，更不愿意带走英灵。可是如果真有需要英灵的那一天，他也会义无反顾地来这里，尝试解开封印。

“再见，我去修行了。以身为种，一定要成功！”石昊向老农告别道。他决定返回天神书院，开启涅槃之路。

（本册完）

《完美世界》第21册即将上市，敬请期待！